大唐狄公案

断案集

Robert van Gulik

JUDGE DEE AT WORK

〔荷兰〕高罗佩——著

张凌——译

上海译文出版社

猴与虎

目 录

插 图 一 览

晨之猿

暮之虎

人 物 表

晨之猿

狄仁杰：汉源县令。时为 666 年。

陶　干：狄公的亲信随从。

王掌柜：药铺掌柜。

冷掌柜：当铺掌柜。

曾　九：游民。

曾姑娘：曾九之妹。

老　张：游民。

暮之虎

狄仁杰：从北州前往京师。时为 676 年。

闵　良：富裕田主。

闵琪玉：闵良之女。

闵国泰：闵良之弟，茶商。

颜　远：闵宅主事。

廖　生：闵宅管家。

翠　菊：侍女。

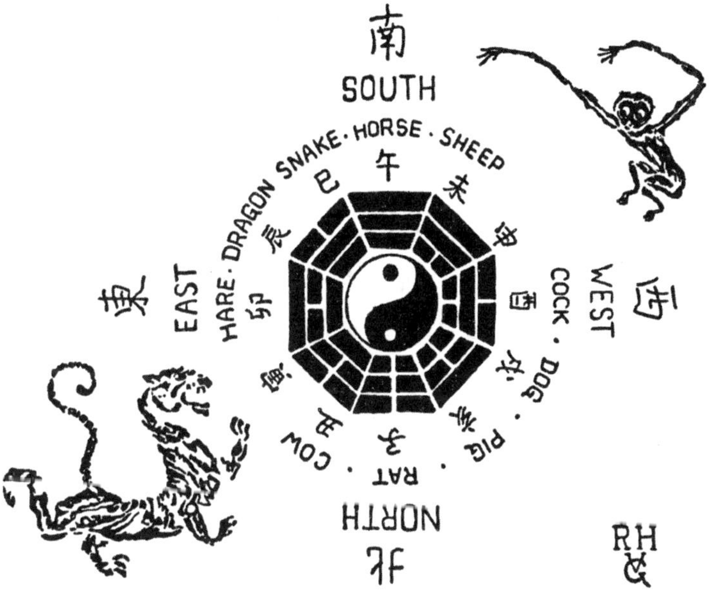
南
SOUTH
HARE · DRAGON SNAKE · HORSE · SHEEP
卯 辰 巳 午 未
東
EAST
西
WEST
申 酉 戌 亥
COCK · DOG · PIG
北
NORTH
RAT · COW
子 丑 寅
RH

在这张十二生肖图中——通常以南为上——猴与虎的图形标志着各自的确切位置，其他动物则仅用名称表示。这一系统被称为“十二天干”❶，包括子鼠（白羊宫）、丑牛（金牛宫）、寅虎（双子宫）、卯兔（巨蟹宫）、辰龙（狮子宫）、巳蛇（处女宫）、午马（天秤宫）、未羊（天蝎宫）、申猴（人马宫）、酉鸡（摩羯宫）、戌狗（水瓶宫）、亥猪（双鱼宫）。这一系统还可表示一天的二十四小时，例如子时是晚上十一点至凌晨一点，丑时是凌晨一点至三点，依此类推。

另有一个系统是“十地支”（此图未附在此），代表五行与五星，包括甲、乙（木与木星）、丙、丁（火与火星）、戊、己（土与土星）、庚、辛（金与金星）、壬、癸（水与水星）。天干与地支搭配后，形成了一个六十甲子：甲子，乙丑，丙寅，丁卯，戊辰，己巳，庚午，辛未，壬申，癸酉，甲戌，乙亥，丙子，丁丑，依此类推，直至癸亥。这一六十甲子构成了中国纪年的基础。六个六十甲子代表一年的三百六十天、农历十二个月以及永远循环往复的六十年一轮回。1900 年是庚子鼠年，我们如今生活在由 1924 年开始的一个六十甲子中，将会结束于 1984 年。今年是 1965 年，即乙巳蛇年，1966 年将会是丙午马年。

至于图形中心的八角形，将会在后记中予以说明。

---

❶ 此处有误，应为“十二地支”，下文中的“十地支”应为“十天干”。

晨之猿

献给我的好友长臂猿扑扑，1962年7月12日病逝于马来西亚迪克逊港。

炎夏清晨时分，狄公在内宅后方的游廊内乘凉。自从就任汉源县令❶以来，他已养成了这一习惯，先在宅内与家人共用早膳，然后出来独自饮茶。狄公将藤椅挪到雕花石栏边，缓捋长髯，悠然欣赏着对面的山坡。只见坡上长满了参天大树，下方灌木丛生，宛如一道翠障矗立在游廊对面。林中百鸟鸣啭，间有飞瀑的汩汩水声。难得如此良辰美景，着实令人赏心悦目，只可惜良辰易逝、美景不长，时候已然不早，自己立时就得离开此处，去县衙前院的公廨内查看送来的公文了。

忽听林中沙沙作响，并有树枝折断之声。只见两团黑毛物事从树杪飞闪而过，用细长的手臂悠来荡去，身后树叶簌簌飘落。狄公瞧在眼里，不禁微微一笑，只因格外喜爱猿猴的灵动敏捷，真可谓百看不厌。这些猿猴住在山间，虽然胆小怕人，但是每日清晨看见狄公独坐在此，也有了几分惯熟。其中一只有时还会稍稍停留，将狄公抛出的香蕉抓个正着。

这时枝叶间又传来响动，另一只猿猴探出身来，动作缓慢，只用一条长臂和两只似手的脚爪攀住枝条，左掌内握着小小一个物事，在游廊前停住不动，蹲踞在一根低枝上，褐色的双目圆睁，好奇地朝狄公打量。狄公终于看清它的左爪内抓着一只金戒指，上面镶有一大块绿宝石，在阳光下熠熠生辉。狄公深知猿猴一旦看见了什么中意的小玩意儿，就会顺手攫去，然而猴性不长，若非吃食，很快便会厌弃。如果自己不能立时让猿猴将那戒指丢下，等它过后扔进密林里，失主便再也无法寻回了。

狄公见手头并无瓜果可以逗弄猿猴，从而转移它对戒指的注意，便灵机一动，从袖中取出火镰，将里面的物事一一摆在茶几上，作势又看又嗅，拿眼角的余光一扫，见那猿猴正目不转睛地盯住自己，很快扔了戒指，朝下一荡，伸出两条长臂，将全身挂在一根最低的树枝上，生怕错过自己的一举一动，乌黑的绒毛上粘着几根稻草。过不多久，猿猴果然没了兴致，张口哇哇鸣叫几声，长臂一错攀向高处，在浓密的绿叶间消失了踪影。

---

❶ 见《湖滨案》。——原注

清晨时凭栏赏黑猿

狄公跨过雕栏，顺坡而下，直走到青苔遍布的岩石边。那戒指闪闪发亮，没费多少工夫便已看到。狄公拣起戒指，返回游廊，细细打量了一番。从其形制看来，必是男子所戴之物。指环用纯金打成两条盘龙状，上面镶嵌的祖母绿不仅格外硕大，而且通体碧绿，显然品质极高。如此价值不菲的珍品，失主若能找回，必会十分欢喜。狄公正想把戒指纳入袖中，冷不丁看见指环内面粘有几点污斑，色作深棕，不禁皱起两道浓眉，凑到近处细瞧，看去竟似是干凝的血迹。

狄公转身拍一拍手，见老管家急急走来，开口问道："你可知道对面山坡上住着什么人家？"

"回老爷，并无人家居住。那山坡太陡，林子又密，不过坡顶的山梁上倒是有几幢别墅。"

"不错，我记得确实见过几所消夏避暑的山庄。你可知道是谁住在那里？"

"说来有开当铺的冷掌柜，还有开药店的王掌柜。"

"冷掌柜我倒不认识。你说还有王掌柜？是不是在集市里开着一家大药铺，就在孔庙对面？此人可是个头不高，穿着讲究，平日里总是满面愁容？"

"正是，老爷。他满面愁容倒也有些缘故，听说今年生意上不大顺遂，况且独生子又痴痴呆呆，眼看就奔二十岁的人，斗大的字识不上一箩筐。有儿如此，真不知该如何是好……”

狄公漫不经心地点点头。戒指不可能来自那些山庄，因为猿猴十分怕人，不会冒险到庄内去。当然也可能是从谁家花园的僻静角落里拣来的，即便如此，以猿猴的性情，只怕等不到穿过树林来到山脚下，便已随手丢弃，所以定是从靠近山下的地方拣来的。

狄公命管家退下，又拿出戒指来细看。祖母绿的光彩似是骤然暗淡下来，忽地化作一只阴凄凄的眼睛，正对着自己黯然凝望。狄公只觉浑身大不自在，将戒指迅速纳回袖中，打算发出一则告示，不久失主便会来衙院认领，于是了结此事。狄公转身折返，穿过内宅走到花园，又一路行至县衙中庭。

此处颇为凉爽，皆因四周的高大房舍挡住了朝阳。十几名衙役在庭院内一字排开，班头正查看众人身上携带的家伙。一见县令老爷走来，这班人连忙抖擞精神，个个站得笔直。狄公本打算直奔对面的公廨，脑中忽然闪过一念，不觉止住脚步，对班头问道：“内宅后面山坡上的林子里，你可知道有没有能住人的地方？”

“回老爷，据小人所知，那里并没有房屋。半山坡上倒是有个小茅棚，用圆木搭成，以前有个伐木人住过，如今闲置已久。”班头说罢后，郑重其事地又道，“有些游民常在那里歇宿过夜，因此小人会定期前去巡查，只为防范他们不要生事。”

听去似是合榫，半山坡上一座荒废的小茅棚……

“定期是多少日子去一回？”狄公厉声问道。

“哦，小人是说……隔上一个半月左右。老爷明鉴，我……”

“这也能叫定期巡查！”狄公断喝一声，“我要你去……”话说了半截却又止住。如此行事并无益处，不可只为一点隐隐的不安就大发脾气。想必是吃下的咸食积滞在胃里，破坏了原本轻松愉悦的心情，早饭真不该吃肉……狄公再度开口时，口气稍稍和缓[1]：“那茅棚离此处有多远？”

“回老爷，步行大约需一刻钟，就走那条上山去的小道。”

“好。叫陶干过来！”

班头奔入公廨，旋即偕一瘦削男子转回。此人已上了年岁，身着一袭发白的褐色布袍，头戴一顶黑纱方帽，容长脸面上神色阴郁，长长的髭须耷拉在嘴边，颏下一绺

[1] 这一段心理描写，不见于荷文本《四根手指》。

山羊胡，左颊生有一颗黑痣，上面冒出三根长毫。陶干向狄公请安问好后，狄公带他走到庭院一角，给他看过那枚戒指，又讲述了一番此物的来历："你看这上面的凝血，可能是失主在林子里走路时划破了手，然后脱下戒指，去溪边冲洗伤口，不料却被猿猴抢走了戒指。此物看去颇为名贵，既然离早衙开堂尚有半个时辰，你我不妨去山坡上看看，不定失主仍在左近寻找。今早可有差人送来什么要紧的信函?"

陶干拉长了蜡黄脸面，答道："回老爷，有一封江北来的短简，由洪都头亲笔书成，道是马荣乔泰仍没能找到一丝线索。"

狄公皱起眉头。只因邻县江北出了一桩疑案，与汉源也有些瓜葛，两天前，洪亮与马荣乔泰动身前去，专为协助江北县令查案。狄公叹息一声，说道："且罢，我们这就出去，散散步也不无裨益!"又叫来班头，命他带上两名衙役随行。

一行人出了县衙后门，在泥径上行走一阵，又跟着班头拐入上山的小路。

小路曲曲折折，却仍是颇显陡峭。路上不见一人，只闻得从树梢传来的鸟鸣声。走了大约一刻钟，班头停住脚步，抬手指向前方一丛高大的树木，说道："老爷请看，那边就是!”

众人很快走到一小片空地中，四周皆是高大的橡树。空地后方有一座小小的木头棚屋，茅草屋顶上青苔密布，门窗关得严严实实。屋前立着一个旧木桩做成的柴墩，旁边一堆稻草。四下十分寂静，几如置身古墓一般，似是阒无人迹。

狄公穿过沾满露水的长草，伸手拉开屋门，半明半昧之中，勉强能看见一张木头板桌、两只脚凳，后墙处放着一张硬板床，床前的地上直挺挺躺着一个男子，穿一身褪了色的蓝布衣裤，下颏松垂，呆滞无神的两眼瞪得老大。

狄公立即转身，命班头打开窗户，又与陶干一同蹲下细看。死者俯卧在地，已是上了年纪之人，身形清瘦，个头倒是不矮，脸颊丰阔，面相端正，留着灰白的髭须和短短一绺山羊胡，修剪得十分齐整，头顶的灰白头发与凝血黏作一团。右手折放在胸前，左手伸直紧贴身侧。狄公试图抬起他的手臂，发觉已完全僵硬，不禁低声说道：“此人必是死在昨天夜里!”

“老爷，他的左手是怎么回事?”陶干问道。

只见死者左手的四根指头从最后一节处被齐齐切下，只剩下血迹斑斑的残桩，唯有大拇指完好无损。

狄公盯着这只晒得黝黑的残手，细细端详了半日，说道："陶干，你看见食指上这一圈发白的皮肤了没？边缘形状不齐，正与戒指上的盘龙相吻合。果然不出我所料，此人就是失主，可惜已被人害了性命。"说罢站起身来，对班头命道："让你的手下把尸首抬出去！"

两名衙役搬运尸体时，狄公与陶干迅速查看了一番。地面、板桌和脚凳都蒙着厚厚一层尘土，唯有板床上干干净净，屋里不见一丝血迹。陶干指着地上杂乱的脚印，说道："昨天夜里，显然有好几个人来过这里。这个小小尖尖的脚印，似是女鞋留下的，而那边的脚印肯定是个男子，块头还不小哩！"

狄公点点头，对着地面注视半晌，说道："我没看见地上有拖曳尸体的痕迹，因此一定是被人扛进来的。他们仔细打扫过床铺后，却没把死者放在床上，而是搁在了地上！此事好生古怪！我们再去看看尸首。"

二人走到外面，狄公指着那一堆稻草，说道："陶干，事事都合了榫。我曾看见猿猴身上粘着几根稻草。当尸首被搬进茅棚时，戒指从残损的左手食指上滑脱，掉进了干草堆里。今日一大早，猿猴经过此处，一眼看见草堆里有个亮闪闪的东西，于是拣了起来。我们上山曲曲折折走了一刻钟，不过从这里到山脚下的内宅背后却并不远。猿猴从树顶一路荡下去，用不了多少工夫。”

陶干弯腰查看柴墩：“这上面没有血迹，老爷。四根切下的手指也不知去向。”

“死者被砍被杀，显然是在另一个地方，”狄公说道，“过后尸身才被挪到此处。”

“如此说来，凶手一定很有些力气。将一具尸首搬上来绝非易事，除非那人另有帮手。”

“搜搜他的身上！”

陶干开始翻看死者的衣物，狄公则仔细察验死者的头颅。后脑有一处凹陷，似是被一个不大的重物猛击后所致，可能是铁锤一类。狄公又察看那只完好的右手，指掌间布满老茧，指甲却留得很长，保养得甚是得体。

“回老爷，身上什么也没有！”陶干说着站起身来，“连一块巾帕都不见！凶手定是把所有能表明死者身份的东西全都拿走了。”

“不过我们还有戒指，”狄公沉思道，“凶手无疑打算连戒指一并拿走。当他发现戒指丢失时，定会想到是从残手上掉下，落在了某处，不定还打着灯笼四处找过一阵子，自然是白费力气。”说罢一转身，看见班头正百无聊赖地叼着牙签，便喝问道：“你以前可曾见过此人？”

班头连忙站直答道：“没有，老爷，从没见过！”又询问似的看看两名衙役，见那二人一齐摇头，接着说道："回老爷，多半是个乡下来的游民。"

"让你的手下找几根粗树枝来，做成一副担架，将尸首抬回县衙去，让书吏与其他衙员都来认认，看可否有人认得死者。你吩咐仵作验尸后，再去一趟集市，请那开药铺的王掌柜到二堂来见我。"

下山的路上，陶干好奇地问道："老爷莫非觉得药铺掌柜对此事知晓一二?"

"那倒未必。我只是想起尸体不一定是从山下搬上来，也可能是从山上搬下去的！故此想问一问王掌柜，昨晚有没有什么无业游民或不三不四之人在山梁上打闹生事，同时还想打听除了他和开当铺的冷掌柜之外，还有什么人住在那里。见鬼，我的袍子被挂住了！"

陶干替狄公将外袍从荆棘上小心取下，狄公又道："死者的穿着打扮像个苦力或工匠，可是面相却似是读书人。手上皮肤晒得黝黑，长着老茧，却又保养得很好，说明是个有钱的士子，喜欢外出冶游。之所以说他有钱，是因为那枚戒指十分贵重。"

二人继续朝前走去，陶干默不作声，行至泥径时，方才缓缓说道："老爷，我觉得单凭戒指，恐怕不足以断定此人有钱。这些行走江湖之人，一般都十分迷信，常会随身携有一两样偷来的珠宝，当作护身的吉物。”

“所言极是。此刻我得先去更衣，浑身上下都湿漉漉的，过后你去二堂见我。”

狄公洗浴一番，换上墨绿织锦官袍，只来得及再喝一杯茶。陶干助他套上乌纱帽，二人走到二堂隔壁的县衙大堂。今日只有几桩例行公事，不消两刻钟工夫就已料理完毕，狄公拍案退堂后，回到二堂内坐下，推开案上堆积的公文，取出戒指摆在面前，又从袖中掏出折扇，指着戒指说道：“陶干，这真是一桩奇案！切去手指有何缘故？难道是凶手在杀人之前，先将对方折磨一番，要让他说出什么不成？或是手指上有某种能证明死者身份的痕迹，于是先行凶杀人，然后切去手指？”

陶干并未立刻作答，先为狄公斟上一杯热茶，随后在书案前的小凳上坐下，缓缓捻着左颊上的三根长毫，开口说道：“老爷，既然四指是被一齐切落的，想来后一种说法更合情理。据班头所言，那茅棚中时常会有游民歇宿。这些江湖客极有可能是帮会中人。要加入帮会，须得在头目面前对天发个毒誓，再一刀切去左手小指末节，以表明自己忠心不二。如果此案是黑道仇杀，那么切去四指必是为了掩盖小指残缺一事，让人查不出来龙去脉。”

狄公手持折扇，往案上一敲，赞道："好个陶干，果然说得头头是道、入情入理。就依你所言开始勘查，此案……"

这时只听有人叩门，却是仵作走入，恭恭敬敬行过礼后，将一张填好的尸格呈至案上，说道："启禀老爷，这是验尸结果。除了姓名之外，小人已写下所有细节。死者年纪大约五十左右，体格健壮，全身上下并无残疾或是疤痕胎记，也无跌打瘀青之处，死因是脑后遭到重击，凶器似为铁锤，虽然不大，分量却很重。左手四指被砍下，或在死前，或在死后。行凶时辰应是在昨天深夜。"

仵作挠挠头皮，略显胆怯地又道："老爷请恕小人直言，关于四指如何被切，小人颇为不解。残余的指骨未见压痕，切口周围的皮肉也无瘀伤，断处十分齐整。手掌当时一定是平平放置，然后四指被一刀切下，锋刃必定极为沉重又锋利。若是长剑大斧一类，断不能切得如此干净利落。此中原委，小人实在百思不得其解！"

狄公看过尸格，抬头问道："那人的两脚是何情形？"

"回老爷，看去是个跑江湖的。足底满是老茧，趾甲开裂，显见得整日奔波，还常常打赤脚。"

"明白了。可有谁认得他？"

"没有，老爷。衙内众人列队认尸时，小人正好也在场，并无一人曾见过他。”

“有劳你了，且先退下。”

班头正在廊道上等候，这时进来禀报曰药铺的王掌柜已到。

狄公合起折扇，对班头命道：“带他进来！”

王掌柜身量矮小，衣着考究，微微有些驼背，头戴一顶黑方帽，穿一身齐整的黑丝袍，面色灰白，浓黑的胡须遮不住嘴角露出的满腹心事，上前躬身揖拜。狄公温颜说道：“王掌柜请坐！此处并非公堂，不必拘礼。多有叨扰，实在过意不去，不过关于山上的情形须得相询。王掌柜日间当在店铺中照顾生意，想来晚间可是在山庄里？”

“回老爷话，正是如此！”王掌柜不紧不慢地温文答道，“此时正值盛暑，山居要比城中凉爽许多。”

“一点不错。本县听说昨天夜里，有几个不法之徒在山上胡闹生事。”

“回老爷，绝无此事，昨夜平静得很。往常确有不三不四之人在四近流窜，有时就在林中过夜，因为怕晚间入城会被更夫缉拿。山居样样都好，就是这色人等令人不快。时时听见此辈在路上争吵叫骂，好在小民及四邻的庄子都建有高墙，倒也不惧他们前来抢劫，眼不见为净罢了。”

“王掌柜最好还是再问一下家中仆佣。或许闹事并不在官道上，而是在贵宅背后的林中。”

“小民向老爷担保，家中无人眼见或耳闻此事。昨晚小民一直在家，宅内并没一人外出。老爷或可再问问当铺冷掌柜。他与小民是紧邻，他……他平日倒是起居无常。”

“周围还有什么人家?”

“回老爷，眼下再无旁人。倒是还有三座房舍，都是京城富商巨贾的消夏别业，现时全都闲置。”[1]

“明白了。多谢王掌柜。请你随班头去殓房走一趟如何？现有无名尸首一具，想请你看看近来是否曾在周围见过此人。”

王掌柜躬身施礼，出门而去。陶干说道:“老爷，死者难保不是在城中被害，三瓦两舍都是些是非之地。”

狄公摇头说道:“如果在城中杀人，尸首不是被埋在地下，便是被投入枯井之中。行凶者绝不敢冒险舆尸出城上山，因为必得经过衙院附近。”说罢从袖中取出戒指，递给陶干:“适才仵作进门时，我正想让你带上此物，到城里的几家小当铺打听一下，此刻便去。你不必担心衙内的例行公务！今早我自会料理。”

---

[1] 在荷文本中，此处提到附近还住着金匠行会首领苏掌柜。这一人物不见于英文本。

狄公朝陶干微微一笑以示鼓励，待他退下后，先整理早上刚送到的公文信函，又命人从档房中取来自己要用的卷宗，随即埋头阅览起来。其间只有班头进来过一次，禀报说王掌柜已看过尸首，声称从未见过此人。❶

及到午时，狄公命人送来米粥咸菜，就在二堂内用饭，由一名小吏从旁侍候。狄公呷着浓茶，反复寻思这桩命案，不禁缓缓摇头。虽说眼下的情形似乎都表明是黑道仇杀，心中却仍想另辟蹊径。须得说自己的怀疑并无切实的证据，只是觉得死者并非庸碌草莽之辈，而是一位知书达礼、洁身自好的正人君子。所有这些疑虑，眼下还是先不要告诉陶干。迄今为止，陶干为自己效命尚且未满一年，正急于大展身手，因此不好公然质疑他关于断指的推测，免得令其灰心。若是教得他以为直感比事实更重要，则愈发偏离办案的正途了！❷

狄公叹息一声，放下茶杯，顺手移过一厚叠卷宗，全是关于邻县江北走私案的文书。四天前，在两县分界处的河边，有三人企图将两只大箱偷运过境，正巧被巡兵撞

❶ 在荷文本中，班头前来回禀的过程，以二人对话的形式写在本节末尾。

❷ 以上两段内容，不见于荷文本，也即陶干出门后狄公便开始翻阅关于江北走私案的卷宗。

见，于是丢下箱子不顾，拔脚逃入江北县的山林中去了。过后发现箱中塞满了大小包裹，内有金粉银屑、樟脑水银，还有高丽出产的贵重药材人参——皆是官府课以重税的物品。既然赃物在江北县内被缴获，案子就归当地县令办理，但是那边人手不足，请求汉源施以援手。狄公疑心案犯在汉源县内亦有同伙，于是得知后立即应允，派出亲信谋士洪亮与马荣乔泰一道前去，三人已在界河渡桥上的军营关卡中安顿下来。

狄公从官文里抽出一张简图，开始细细查看。马荣乔泰已跟随巡兵搜查了整片林子，并盘问过住在四周的农人，却没能找到一点蛛丝马迹。官府对于逃税一向追查甚紧，如今此案毫无进境，不免令人焦虑。身为上司的本州刺史已给江北县令去信催问，严命他从速破案，还指示曰此事非同小可，鉴于缴获的赃物数额甚巨，足证并非小打小闹的本地私贩所为，一定有庞大的团伙在背后坐镇。那三名逃犯只是跑腿的喽啰，本来无关紧要，但须得从他们身上查找线索，从而抓获主犯。朝廷疑心京师某巨贾乃是罪魁祸首，如不能顺藤摸瓜捉住其人，则走私之举仍会继续发生。

想到此处，狄公不禁频频摇头，又自行斟上一杯浓茶。

陶干转回集市中，只觉心情大坏、疲惫不堪。在鱼市背后酷热腥臭的街巷内，他已细细打问过五六家当铺银庄，又跑了几处声名狼藉的酒馆客栈，然而并无一人见过这绿玉盘龙金戒，也不曾听说县城内外发生过帮会争斗。

孔庙前的宽大石阶上，挤满了各路小商小贩。陶干走到一个卖油糕的货摊前，一头坐倒在竹凳上，揉搓着酸痛的腿脚，心想头一次奉命独自外出公干就出师不利，不禁暗暗叫苦。以前总是与马荣乔泰一同办案，如今好不容易有个出头露脸的机会，莫非就此白白浪费了不成！陶干心中暗道："不错，比起旁人来，我既不算身强力壮，也不算经验老到，不过说起江湖上的各路门道、各种伎俩，我可比谁都门儿清！为何……？"❶

"客官若要买糕时，尽管请坐，若是不买，就请不要闲坐！"卖糕的小贩愠怒说道，"再说您拉着这副长脸，把别的客人吓也吓走了！"

陶干瞪了小贩一眼，掏出五文钱来，买了几块油糕权作午饭，皆因向来能省则省、节俭成性。❷ 他一边口中嚼着油糕，一边朝集市中打量，瞧见对面王家药铺的大门

---

❶ 此处的心理描写，不见于荷文本，却是移到了后面第四节的开头处。

❷ 此处的内容在荷文本中略有不同。陶干付了两文钱，然后开始细细翻寻，想要挑出两块较大的甜饼，小贩说："别人也想吃的！"陶干答道："你说的别人，定是指那些肮脏的苍蝇了！"

上饰有金漆、富丽堂皇，面上不禁露出羡妒之色。隔壁的店铺用灰石砌成，虽然不如药铺那般招摇，看去却也简朴大方，窗上钉有铁栅，上方悬着一面不大的招牌，书有“冷记当铺”四字。

“这当铺品级甚高，不是跑江湖的人能来的地方，”陶干口中咕哝道，“不过既然来了，不妨进去一瞧。冷掌柜在山上也有座别墅，昨晚有所见闻也未可知哩。”随即站起身来，从人群中一路挤过去。

店内阔大轩敞，高高的柜台前，十来个衣着齐整的客人正与典当伙计们交头接耳。后方有一张大桌，桌旁坐着一个肥硕男子，身着一袭灰袍，头戴一顶小黑帽，伸出白胖的两手，正在拨打一张大算盘。陶干探手入袖，摸出一张精美的大红名帖来，递给身边的伙计。只见名帖上写着“干陶，金银古董经纪”几个大字，角上注明的地址，乃是京城中某个珠宝商云集的著名街市。陶干以前行走江湖时，专事招摇撞骗，随身携有各色名帖，虽说业已金盆洗手、改邪归正，仍然舍不得将其丢弃，眼下正好派上用场。

胖子看见伙计递上的名帖，立时起身离座，一步三晃朝柜台走来，傲慢的圆脸膛上挤出一副笑容，招呼道：“贵客光临小店，不知有何见教？”

“不敢，但有一事请教冷掌柜。有人愿以贱价出让祖母绿戒指一枚，在下疑心乃是赃物，想打问以前可否有人拿来试图典当过。”陶干说话间从衣袖中取出戒指，放在柜台上。

冷掌柜立时拉下脸来，断然说道：“没有，以前从未见过。”忽见一个生着斗鸡眼的伙计正在背后偷偷打量，便冲那人厉声呵斥道：“这里没你的事！”又对陶干说道：“干先生，请恕我爱莫能助！”说罢一径走回大桌旁。

斗鸡眼伙计冲陶干挤挤眼，扬起下巴朝门外一指。陶干会意点头，转身出门而去，一眼看见隔壁王家药铺门前的红色云石长凳，便过去坐下等候。

透过敞开的窗户，陶干饶有兴味地朝药铺里打量。只见两名伙计正在用木盘滚药丸，另一人面前摆着一张铁案板，板上用铰链系着一把大切刀，正在将炮制过的根茎一类草药切成薄片，还有二人忙于分拣风干的百脚与蜘蛛。陶干知道将这两样东西与蝉蜕混在一起，用杵臼研细，再拿温酒化开，便是治疗咳喘的良药。

忽听有脚步声传来，却是斗鸡眼伙计走到近前，从旁坐下，得意地笑道：“我那肥头大耳的东家没认出你来，不过休想逃过老子的法眼！我分明记得在县衙里，亲眼看见你坐在书办的桌子旁边！”

“废话少说!”陶干怒道。

“这位朋友，实话告诉你，那贼胖子没吐实情！他不但见过那枚戒指，还曾在柜台前捏在手里细细打量过哩。”

“真有此事？没准他早已忘到九霄云外去了。”

“忘了让我天打雷劈！就在两天前，一个十分标致的姑娘拿着这个戒指到店里来，我正要开口问她是不是打算出典，东家却将我一把推开，自己上去搭讪了。这老色鬼见了年轻貌美的女人，就跟丢了魂儿似的！我在一边看见他们窃窃私语，但是没能听见说了些甚。临了那姑娘重又拿起戒指，径直出门去了。”

“是个什么样的姑娘?”

“敢说不是什么大家小姐！一身蓝布衣裤，还打着补丁，像个粗使丫头。要是老天开眼，等我有了钱，家里置这么一个漂亮丫鬟倒也使得！那模样儿可真是天仙一般！总而言之，我家掌柜的不是什么善类，背地里干过许多见不得人的勾当，外带偷漏税金。”

“你对你家掌柜似乎怨气不小。”

“你可没见过他是怎么使唤人的！他和他那个势利儿子整天价盯住我们不放，一刻都不得闲儿！要给自己捞点油水，更是想也别想!”伙计长叹一声，一本正经地接着又道，“小民情愿为官府效劳，搜集他逃税的证据，一天只要十个铜板即可。至于刚才说的话，就收你二十五文钱吧。”

陶干站起身来，拍拍伙计的肩膀，咧嘴笑道：“好小子，真不赖！有朝一日你也会当上掌柜，吃得肥头大耳，整日欺负手下伙计，算盘打得震天响！”随即板起脸来，正色说道：“若是用得着时，我自会派人来召你。后会有期！”

伙计大失所望，匆匆奔回店内去了。陶干跟在后面，迈着方步再度走入当铺，用瘦骨嶙嶙的手指在柜台上敲得山响，一力大呼那胖掌柜，随即亮出盖有县衙朱印的官牒，断然说道：“还请冷掌柜随我去县衙走一趟，县令老爷有请。不不，不必进去更衣，这身灰袍合适得很。动作麻利些，时候已经不早了！”

二人坐进冷家华丽的软轿内，一路直奔衙院。❶

陶干命冷掌柜在公廨内暂候。冷掌柜走入前厅，瘫坐在长凳上，立时展开一把大绸扇用力摇晃起来，眼见陶干转回，连忙跳下地来，惴惴不安地问道：“请问这位官爷，到底是为了何事？”

陶干怜悯地看了冷掌柜一眼，心里实则乐不可支，

---

❶ 在荷文本中，陶干与冷掌柜坐轿前往县衙的途中，冷掌柜企图贿赂陶干，先是掏出两串铜钱，后是一块银锭，陶干不为所动。

开口缓缓说道："这个嘛，官府的事，我可不能乱讲。不过实话对冷掌柜说：现在要是把咱俩掉个个儿，我还真不乐意呢！"

冷掌柜汗出如浆，跟着陶干走进二堂，见狄公端坐在书案后方，扑通一声跪倒在地，连连叩头不止。

"冷掌柜不必行此大礼！"狄公冷冷说道，"你且坐下听好！本县有言在先，若是你回话时有意欺瞒，就只得召至公堂讯问了。昨晚你人在何处？从实道来！"

"我的天爷爷！真是屋漏偏逢连阴雨！"冷掌柜出声叫道，"老爷开恩，小民只是多喝了几杯黄汤下肚，天地良心，绝无虚言！昨日小店打烊后，有个老朋友过来，是个姓朱的银匠，邀我去街角的酒肆里同饮，只喝了两壶而已，老爷！最多两壶！我两腿都没打战。想来一定是那老头儿将我告到了老爷面前？"

狄公点点头。此人吓得语无伦次，自己也听得不明就里，原打算等冷掌柜说他昨夜在家，于是问一问山梁上可有动静，然后再抛出他为了戒指而撒谎一事，此时倒不妨顺风使舵。狄公想到此处，厉声喝问道："你究竟有何说辞，本县倒想听听！"

"是是，老爷英明。跟老朱道别后，小民坐入自家轿子，命轿夫上山回庄子去，刚转过这衙院一角，就有一群游手好闲的无赖后生围上来笑骂。若是平日里，我不理会这些人也就罢了，偏偏昨晚……小民是说，我那时……总之气血上涌，命轿夫放下轿子，要给这些混账们一点颜色看看。忽然平地里冒出一个老头儿，一脚踹在我的轿子上，嘴里还骂骂咧咧，说我是甚么守财奴、刻薄鬼。以我的身份，哪里咽得下这口恶气！我走出轿子，推了这老无赖一把。老爷明鉴，就推了一下，他便顺势仰面朝天躺在地上，不肯起来了。”冷掌柜说罢，掏出一方大丝帕，揩揩满脸油汗。

“那人可曾跌得头破血流？”狄公追问道。

“头破血流？回老爷，没有没有！他跌在土路边松软的泥地上。小民本该仔细查看一下，以确保那人无事，可是那帮小无赖又叫嚷起来，我只好赶紧坐回轿中，命轿夫快快离开此地。走到半山坡上，我脑袋让晚风一吹，稍稍清醒过来，才想起那老叫花子或许是心病猝发，于是又下了轿子，对轿夫说想要走走路，让他们先回山庄去。然后我一路下山返回原处，不料……”

“为何不让轿夫抬你回去？”狄公插话问道。

冷掌柜面露尴尬之色，“这个嘛，如今这世道人心，你老也不是不知。如果那老叫花子真有个三长两短，我可不想让自家轿夫知道。那些人心贪脸硬，难保不会拿此事来讹我……话说等我回到街角，老叫花子已不见了人影。听旁边一个小贩说，我刚走了没一会儿，就见他自行爬起，恶狠狠骂了我几句，然后转身朝山上走去，腿脚利索得很哩！”

“明白了。过后你又做了些甚？”

“问我？哦，我另雇了一乘滑竿，坐上去回到家中。闹了这么一出，弄得我腹中作恶，在自家门口下了滑竿，忽觉十分不适。幸亏邻居王掌柜父子散步回来，其子搀扶着我进了家门，那小子壮得跟一头牛一样，过后我便上床歇息了。”冷掌柜复又揩揩脸面，最后说道，“老爷明鉴，小民深知不该对那老头儿动手。如今他既然告了我，要是花点钱能将此事揭过的话……当然，数目要公道，并且……”

狄公起身离座，和缓说道：“冷掌柜随我来，有一样东西要给你过目。”

狄公走出二堂，后面跟着陶干与一头雾水的冷掌柜。行至庭院内，狄公命班头带路去门楼中的殓房。众人步入房中，一股霉味扑鼻而来，里面只支着一张板桌，上头覆着一片芦席。狄公掀起芦席的一角，问道：“冷掌柜，你可认得此人？”

冷掌柜一看死者的脸面，便失声叫道：“死了！天哪，我竟把他打死了!”随即跪倒在地，口中哭告道:“老爷开恩，老爷开恩呐！小民只是一时失手，绝非有意的！我……”

“等到开堂审案时，你再替自己分辩不迟。”狄公冷冷说道，“此刻先回二堂，本县另有事情要问你，姑且镇定一二!”

狄公回到二堂，在书案后坐下，示意陶干在前面的条凳上落座。冷掌柜见狄公并未招呼自己坐下，只得硬着头皮站在地中，班头虎视眈眈从旁看觑。

狄公缓捋颊须，默默打量了冷掌柜半日，随后坐直起来，从袖中取出祖母绿戒指，问道:“你为何要对我的手下说从没见过这戒指?”

冷掌柜瞪大两眼盯着戒指，听到这突如其来的一问，似乎未被吓到，却恼怒地反诘道:“回老爷，小民怎会知道这位大哥在县衙里当差？否则定会如实奉告。只因这戒指曾令小民颇为不快，区区私事，实在不足与外人道。”

“好吧，本县且来问你，那年轻女子是什么人?”

冷掌柜耸耸肩头，“回老爷，小民实在无可奉告！那女子衣着寒酸，左手小指缺了一节，应是帮会中人，不过长得不赖，模样着实标致。那天她把戒指放在桌上，问我值多少钱。这倒真是个值钱的古董，老爷想也看得出来，大约值六两银子，要是碰上识家，愿出十两也说不定。我就跟她说：‘若是现下典当，愿付纹银一两。若想出售，可付二两。’哪怕来的是绝色佳人，买卖总还是买卖，老爷说是不是这个理？可这姑娘倒好，从我手里一把抓回戒指，撂下一句‘不卖！’然后扭头便走，从此再没见过。”

“本县所闻却大不相同。”狄公冷冷说道，“且说实话，你二人交头接耳，都谈了些甚事？”

冷掌柜涨红了脸面，“如此说来，那饭桶伙计又在盯我的梢了！老爷，说出来实在有些难为情。我见她孤身一人从乡下来到城里，且又生得这般俊俏……怕她结交匪类，并且……”

狄公拍案喝道：“大胆刁民，少来支吾搪塞本县！还不从实招来！”

冷掌柜面露惧色，回道：“小民约她过后到附近的茶馆一见，还……还拍了拍她的手，只是安抚之意，不想她忽然着了恼，说如果我再胡来，她就开口召唤等在门外的哥哥。然后……然后她就转身走了。”

“这还差不多。班头，将此人暂且关入大牢，罪名是失手杀人。”

冷掌柜正满口喊冤，班头上前一把揪住，将他拖出门去。

狄县令盘问冷掌柜

"陶干，再倒一杯茶来。"狄公命道，"此事实在蹊跷！冷掌柜与那姑娘见面的情形，他本人所述与店内伙计所言并不相合，不知你听出来了没有？"

"回老爷，听出来了！"陶干急急说道，"那下作的伙计可没提他二人在柜台前争吵一事，说的是两人悄声低语。据我想来，那姑娘应是答应了冷掌柜的提议，至于冷掌柜所说的争吵一事，其实发生在后头，即相约会面的行院里。冷掌柜为何要杀死那老头儿，原因正在于此！"

狄公已缓缓啜饮了几口热茶，此时放下茶杯，靠坐在椅背上，说道："陶干，接着往下说！"

"冷掌柜平日里拈花惹草，这回可惹出大乱子来了！姑娘、姑娘的哥哥和那老头子是一伙儿的，都是道上的人；姑娘就是诱饵。冷掌柜到了约定的行院，刚想动手动脚，姑娘便叫喊起来，道是此人要侮辱她的清白之身——都是仙人跳的老一套。她哥和老头儿再冲进来开口要钱，冷掌柜总算脱身出来，可是在回家的路上，又被老头儿截住，且又大叫大嚷，引来众人围睹，还是想要钱。冷家轿夫只顾着驱打小混混，没能听见冷掌柜与那老头儿争吵些什么。冷掌柜一时情急，于是出重手把老头儿打倒在地。老爷以为我推测得如何？"

"颇有几分道理，与冷掌柜的为人处事十分相符。接着说下去！”

“冷掌柜坐轿上山时，开始害怕起来，倒不是怕老头儿有个三长两短，而是怕道上的人得知此事后找他寻仇。他从小贩口中打听得老头儿已经上山，就偷偷跟在后面，在半山腰处下手，从背后将人打倒在地，用的是带棱角的石块或者刀柄。”

陶干略停片刻，见狄公点头鼓励，才又接着说道：“冷掌柜有把子力气，对周围一带又很熟悉，将尸首搬去荒废的茅棚并非难事。至于切去四根手指，是怕有人发现死者是道上的人。不过究竟在何处切指，又是如何切掉的，我得说尚且没有头绪。”

狄公坐直起来，手抚长髯，微微笑道：“说得着实不错。你头脑清楚，条理明晰，推想时又能不拘俗套，日后办案一定大有可为！你适才所言，我定会仔细斟酌，不过，这一番推断的根基，完全在于那当铺伙计所言不虚。其实我提到二人所述不符的时候，意在以此为例，说明人言难以尽信。如今所知甚少，实情还隐微难明，要推断来龙去脉，恐怕为时过早。你我首先要核对事实，然后再顺藤摸瓜。”

狄公见陶干面露失望之色，连忙又道：“多亏你午后办事得力，如今业已掌握了三桩确凿的事实。其一，那个走江湖的俊俏姑娘与这戒指有关。其二，她有一个哥哥，无论究竟发生过何事，冷掌柜没有理由捏造出一个哥哥来。其三，这兄妹二人与死者有牵连，很可能属于同一帮会。如果属实，应是外地帮会，因为县衙里没人认得死者，冷掌柜也说过那姑娘是从乡下来的。

“故此眼下的当务之急乃是找到这一对兄妹。此事理应不难，如此美貌出众的外乡女子，必会引人注目。加入帮会的女人，一般皆是下等娼妓。”

“待我去问一问丐头，老爷！那老家伙颇富心机，从不与官府为难。”

“好个主意。你就去城里打听，我这边问一下当铺伙计、银匠老朱和冷家轿夫，看看冷掌柜到底说了几分真话，再让班头去找几个冲冷掌柜叫骂的无赖后生，以及看见老头儿起身离去的小贩。还须再问问王掌柜，证实冷掌柜回家时是不是果真喝得烂醉。这些事本是洪亮、马荣、乔泰的拿手好戏，可惜他们几个都不在，我亲自出马倒也不错。那桩走私案着实叫人头疼，我出去打探一番也可散散心。好，你我且去分头行事，但愿马到成功！”

红鲤酒店的厅堂内气味污浊，只有一个花白胡子的老头儿立在高高的柜台后方，身穿一件破烂不堪的蓝布袍，头戴一顶油腻腻的黑便帽，长脸上布满皱纹，留有蓬乱的髭须和一绺山羊胡，漫视远方，面带愠色，剔着一口残缺不全的黄牙。等到晚间，店内才会热闹起来，城中乞丐都要聚集此处上缴份子钱。陶干端起裂口的陶制酒坛，自行斟出一杯水酒，老头儿从旁默默看觑，随即抓过坛子放回柜台下方，哑声说道:“陶老兄忙得很呐，一早上跑东跑西，又是打听斗殴，又是打听戒指。”

陶干深知这老头儿手下的乞丐无处不在，随时都会给他通风报信，于是点点头，放下酒杯，嬉笑说道:“所以午后才得闲嘛！我想找点乐子，老实跟你说，不要挂牌的窑姐儿，想找家暗门!”

“算盘打得蛮不错!”老头儿不咸不淡地说道，“完事之后，再抓人家私自卖娼，白占便宜不说，还能回县衙领赏!”

“您老拿我当什么人了？我只想找家暗门子取取乐，最好是外乡来的，免得张扬出去，败坏了我的名头。”

“陶老兄何出此言?”老头儿殷勤说道，“你的名头还有啥好败坏的?”

陶干并未理会他话中带刺，沉思说道:“跟你老说，要年轻漂亮的，不过还得便宜!”

“人倒不是没有，就看陶老兄打算怎么谢我了!”

陶干在柜台上费力地排出五枚铜板，老头儿冷眼看觑，却无意收取。陶干长叹一声，只得又添上五枚，老头儿这才伸出指爪一般的枯手统统抓过，口中咕哝道："且去碧云客栈，过两个街口，左手边第四家。找曾九，他是姑娘的哥哥，听说生意由他说了算。"❶ 又意味深长地瞥了陶干一眼，歪嘴冷笑一声，"陶老兄，你跟曾九准保合得来！他这人性子直爽得很，又格外好客。你整日辛苦当差，理应好好享一享乐子！"

陶干道了一声谢，转头出门而去。

小巷十分狭窄，鹅卵石铺成的地面坑洼不平。陶干一路疾走，唯恐老丐头派了手下的叫花子赶在前面去给曾九通风报信，说是官府有人找上门了。

碧云客栈又小又破，夹在菜铺和鱼店之间。楼梯口阴暗狭窄，一个肥胖男子正坐在竹椅上打盹。陶干伸出枯瘦的食指，用力捅了捅胖子的肋条，大声叫道："找曾九！"

"叫什么叫！楼上第二间！顺便让他交房钱！"陶干正要上楼时，胖子弓腰伸头，口中叫道，"且慢！你看看我这脸上！"

---

❶ 在荷文本中，此处由丐帮头目口中初次道出曾九一伙从江北而来，以前跟随炊饼翁。

陶干见他左眼紧闭，面颊上肿起一大块，不见血色。

“就是你那曾九干的好事！狗杂种！”

“他们有几个人？”

“三个。除了曾九和他妹子，还有一个老张，也是个鸟人。本来还有一个，不过已经走了。”

陶干点点头，顺阶而上时，猛然醒悟老丐头为何会安排自己来到此处，原来暗地里另有用意，不禁抽动嘴角冷笑一声。这老东西，回头非得跟他算账不可！

陶干大力叩门，只听房内有人粗声粗气地吼道：“直娘贼！明天再来拿房钱！”

陶干推门进去。房内十分肮脏，两边靠墙处各摆着一张板床，除此而外空空如也。右边床上躺着一个大汉，穿一身打有补丁的褐布衣裤，额宽颊阔，满脸横肉，留着粗硬的短须，头发用破布条扎起。另一张床上睡着一个鼾声大作的瘦长汉子，一颗光头枕在交叠的双臂上。一个年轻俊俏的女子坐在窗前，正在缝补外褂，只套了一条蓝布阔腿裤，上身圆润丰腴，一丝不挂。

“曾九，没准我能帮你出房钱。”陶干说着，扬起下巴指指那女子。

大汉翻身坐起，抬手搔搔黑毛浓密的胸脯，用一双充血的小眼上下打量着陶干。陶干一眼瞧见他的左手小指缺了一节。大汉看了一阵，生硬地问道:“报个数?”

“五十文。”

曾九抬脚一踹另外那人垂在床边的一条腿，对他说道:“这位好心的老哥要借给咱们五十文钱，可惜他看咱们顺眼，本大爷还看不上他那副嘴脸哩!”

“拿了他的钱，让他滚蛋!”女子对曾九说道，“犯不上动手打人，这瘦瘪三已经够难看了!”

曾九猛地转过身去，吼道:“少管闲事！闭上你那臭嘴，少开口说话！老段叔的事都是让你给搅黄了，连个祖母绿戒指也没弄到手！没用的贱货!”

女子飞快起身，照着曾九的小腿猛踹一脚，曾九抬手一拳打在她肚子上。女子弯下腰去，口中直吸冷气。曾九上前又要动手时，没承想女子只是佯装吃痛，结结实实一头顶在曾九的小腹上，撞得他趔趄倒退几步。女子又从头上拔下一根长簪，恶狠狠地说道:“大哥，想不想肚皮上挨一下?”

陶干只顾盘算如何才能将这三人弄到县衙去，忽然灵机一动，想到这伙人初来乍到，地盘不熟，不妨从此处下手。

“回头再跟你算账!”曾九冲那女子说罢，转头对同伴又道，“老张，抓住这王八羔子!”

老张一把揪住陶干的胳膊反拧在背后，两手如同铁钳一般。曾九走上前去，将陶干浑身上下细细搜了一遍，不满地说道："还真是只有五十文钱！你抓住这厮，我要好好教训教训他，让他以后再来搅扰老子们睡觉！"[1]

曾九从墙角抄起一根长竹竿，作势要朝陶干头上打去，挥至半路时，突然猛一转身，正中他妹子的后背。女子正在埋头缝衣，痛得惊叫一声，跳到一旁。曾九哈哈大笑，忽又急忙蹲身，躲过了兜头飞来的一把利剪，不消说正是那女子抛出的。

"在下虽不想打扰各位，"陶干不动声色地说道，"不过现有一笔五两银子的买卖，想不想做？"

曾九正同女子厮打，闻言放手，转身喘着粗气问道："你说什么？五两银子？"

"天机不可泄漏，只可你知我知。"

曾九示意老张放开陶干。陶干将曾九拉到屋角，悄声说道："对令妹有兴趣的人并不是我，是我主公派我来的。"

曾九立时面色煞白，"是炊饼翁来要五两银子？他老人家昏了头了？怎么会……"

---

[1] 在荷文本中，此处老张说道："打烂他的脸！反正他也不会更难看了！"

客栈内陶干访曾九

“什么炊饼翁，”陶干怒道，“我家主公乃是一方豪富，家有良田万顷，平日里就爱寻花问柳，手面阔绰，如今玩腻了绿柳坊里娇滴滴的小娘儿们，忽然想找个丰盈壮实放得开的野味，我正是出来替他寻访的。令妹艳名远播，他自是有所耳闻，如今派我来给你传个话儿，让令妹去府上服侍几天，给五两纹银。”

曾九越听越惊，大声叫道：“你莫不是失心疯了？天下哪有女人值这许多钱？”皱起眉头思忖半日，忽又说道：“你这桩买卖不合我意！我不想她弄坏了一身细皮嫩肉，正打算让她正式出来挂牌，懂不懂？如此一来，我就能有个稳妥的进项了。”

陶干耸耸细瘦的肩头：“随便你，反正此地有的是外路女子。五十文钱还我，大家就此别过。”

“别急别急！”曾九抹了一把脸面，“五两银子哩！至少够我们饭来张口、舒舒服服过上一年了！好，下手重点儿就重点儿，她也不是没吃过苦，再给她多吃些苦头也不算什么，没准儿还能杀杀她的气焰。行，就这么说定了！不过我和老张要送她过去，也好认个门儿。”

“回头好敲诈我家主公？休想！”

“你还想拐人不成？一出门把我妹子卖进火坑，我找谁去？直娘贼！”

"好好好，那就一起走，自己瞧瞧去。要是我家主公恼了，命人揍你一顿，到时候可怨不得我。二十文钱拿来，算是我的抽头。"

二人讨价还价了半日，最后说定十文。曾九如数奉还了五十文钱，又额外添上十文。陶干将所有铜板纳入衣袖，不由咧嘴一笑，这下总算把送给丐头的钱捞回来了。

"这厮的主公要请咱们喝一盅，"曾九对妹子和老张说道，"咱们这就过去，听听他到底有何说头。"

三人沿着城中的大道往高处走去，又被陶干引着在迷宫也似的小巷里三弯两绕，来到一座青石大宅背后。陶干从袖中摸出一把钥匙，打开一扇小铁门。曾九赞叹道："你家主公定是家财万贯！这宅子老大了！"

"确实不小，"陶干附和道，"实话告诉你，这才只是后门，你还没见过正门什么样哩！"说着将三人引到一条长廊中，又小心翼翼锁上院门，"且在此处稍候，我去跟主公禀报一声。"说罢转过墙角，不见了踪影。

过了半日，女子开口说道："这地方我看不大对，只怕其中有诈！"

话音刚落，只见班头带着六名全副武装的衙役从墙角转出。老张骂了一声娘，伸手去摸腰间的匕首。

"只管放马过来！"班头冷笑一声，扬起手中的长剑，

"格杀拒捕，另有赏金!"

"老张，算了!"曾九厌恶地说道，"这群狗杂种就靠坑害穷人吃饭，杀起人来眼都不眨。"

女子想要从班头身边溜走，班头一把揪住，给三人都套上锁链，带到旁边的大牢中去。❶

陶干跑到三班房，告诉班头有两个游民和一个姑娘在后门附近，命他过去抓人，随后急急赶到公廨，向主簿询问狄公在何处。

"老爷正在二堂内。用过午饭后，老爷叫了几个人进去问话。这些人前脚刚走，后脚紧接着来了当铺冷掌柜家的公子求见，到现在还没出来。"

"那小子来这里做甚？老爷又没召他问话。"

"想来是听说父亲被拘，特为探听消息吧。有一事颇可注意，在进门见老爷之前，他细细问过门口的守卫，把今早在林中发现尸首的事情打听了个够。等你见了老爷，不妨跟他提一句。"

"多谢多谢，一定转告。依照规矩，守卫们本不该透露消息的!"

---

❶ 在荷文本中，曾九等三人被众衙役抓获后，曾九埋怨居然被一个老家伙给骗了，官兵头目答道你口中所说的老家伙，是我们这里最毒辣的一人。

老主簿耸耸肩头，“他们个个都认得冷公子。这些人每到月底，手头一紧，少不得要典当些东西，冷公子一向待他们不薄。况且整个衙门的人都认过尸了，已谈不上是什么秘密。”

陶干听罢点点头，朝二堂走去。

狄公坐在书案后方，已换上一件宽松舒适的灰布薄袍，头戴黑方帽。案前立着一个青年后生，年纪看去二十五六岁，身着整洁的褐袍，头戴一顶扁平黑帽，体格匀称，相貌周正，却是满面愁云。

“坐下!”狄公对陶干说道，“这位是冷家大公子，听说其父进了班房，一时急火攻心。我适才跟他说冷掌柜可能跟一桩命案有牵连，预备今日晚衙开堂审理。冷公子，本县只能言尽于此，你请自便，我还有要事得与手下商议。”

“老爷明鉴，家父绝无可能在昨夜犯下命案。”冷公子徐徐说道。

狄公扬起两道浓眉，“何出此言?”

“回老爷，说来简单，皆因家父昨晚喝得大醉。隔壁王翁父子送他回家时，是小民亲自开的门。家父当时烂醉如泥，王公子不得不将他扛进门来。”

“好吧，冷公子。本县自会斟酌此节。”

冷公子并无告退之意，清清喉咙，再度开口时颇显胆怯，“老爷明鉴，小民可能见过那一伙凶犯。”

狄公倾身朝前，厉声说道：“原原本本如实道来！”

“是，老爷。小民听说今早在半山腰荒废的小屋里发现了一具游民的尸体，敢问真有此事？”冷公子见狄公点头，接着又道，“昨晚月色甚好，凉风习习，小民一时兴起，外出散步，顺着宅院后面的小径下山入林。拐过第二个弯后，便看见前面不远处有两个人，虽然看得不甚分明，但是其中一个身材很高，肩上扛着一件重物，另一人个头矮小，身形苗条。小民想到夜晚林中常有不三不四之人，便打消了散步的念头，转头回家去了。今日听说有人丧命，便想到那高个子肩头扛的重物，保不定就是尸体。”

陶干听这冷公子口中所述，与曾九兄妹十分合谱，不禁看着狄公，想要示意一二。狄公却直盯着冷公子出神，忽然开口说道：“此番言语，足以让本县将令尊立时开释，再将你当堂拘押！因为令尊无疑不可能犯下杀人之罪，而你却大有机会！”

冷公子瞠目结舌地瞪着狄公，出声叫道：“小民没有杀人！小民可以证明此事！有人可为我作证……”

“果然不出我所料！你当时并非一人独行。如你这般的青年公子，怎会在晚间独自去林中散步，只有上了年岁之人方能有此雅兴。快说，那姑娘究竟是谁?”

“是家母的贴身丫鬟。”冷公子面上涨得通红，“我二人平日在家中无法尽意相会，便不时去那山坡上的小屋中见面。她可以证实小民说的全是实情，当时我二人一起走在林中，只是小民走在前，她走在后，因此没能看见那两个人。”说罢胆怯地望了狄公一眼，又道，“老爷明鉴，小民真心要娶，只是如果被家父知道……”

“好吧，你且去公廨内，让主簿录下口供。不到情非得已，本县自会替你守口如瓶。下去吧!”

冷公子正要告退时，陶干开口问道:“你看见的那个小个子，会不会是个女子?”

冷公子挠一挠头皮，答道:“小民当时没能看清那二人。如今被你一问，却是……不错，想来很可能是个女流。”

冷公子刚一离去，陶干便兴冲冲地说道:“老爷，这下真相大白了！我……”

狄公抬手示意一下，“且慢。此案错综复杂，我们还是先把头绪理理清楚。先跟你说说我这边查出的结果。首先，冷家当铺的伙计绝非善类。详审之下，方知他看见那姑娘把戒指放在柜台上之后，冷掌柜就命他走开。这期间还有别的客人进来，他只看到那姑娘后来抓起戒指出门而去，至于二人低声私语云云，全是他捏造而成，只为表明冷掌柜十分好色。至于逃税一事，他也只是道听途说而已。我警告他造谣中伤者将会被依律惩处，然后便打发他出去，接着派人招来银铺行会的首领。此人对我道是冷掌柜家资富有，生活豪奢，做起生意来诡计多端，与之打交道时不得不格外小心，不过一向奉公守法，从不越雷池一步，且又外出频繁，常在邻县江北滞留不少日子。至于他在那边做何勾当，行首自是一无所知。其次，冷掌柜确实与他那金匠朋友喝得烂醉。再次，班头找到了曾与冷掌柜纠缠的两个无赖后生。据他们说，冷掌柜显然是头一次遇见那老头儿，二人争吵时，并没提到什么姑娘。冷掌柜确实推了老头儿一把，可是冷掌柜坐着轿子刚一离去，老头儿就从地上自行爬起，站在原地骂了几句黑心掌柜云云，然后便走开了。最后，那两个小无赖还说了一件怪事，却是那老头儿说话时出语斯文，根本不像个跑江湖的。我本打算问问王掌柜，冷掌柜到家时是不是当真喝得大醉，不过他儿子方才已经说过此事，也就无此必要了。”

狄公端起茶杯一饮而尽，又道：“你且说说城里的事吧！”

“老爷，先得禀明一事，冷公子进来见老爷之前，曾向守卫们仔细打听过棚屋中发现尸体的情形。不过这已无关紧要，因为我已找到了证据，证明他在林中见到二人之事确属实情。”

狄公点点头：“我也觉得他不像是说谎。这孩子看去颇为坦诚，比他父亲可强得多了！”

“他见过的二人，定是无赖曾九与他的妹子——那姑娘着实姿色出众。丐头指点我去他们住的小店，另有一个姓张的同伙。据说还有一人，不过已经离去。我听见曾九骂他妹子‘坏了老段叔的事’，还怪她没拿到那人的祖母绿戒指。显见得老段叔就是死去的老头儿。这三个都是外路人，不过却认识本地的帮会头子炊饼翁。我已命人将他们三个全都关入了大牢。”

“干得好！”狄公赞道，“你是如何将他们迅速拿下的？”

“哦哦，”陶干含糊答道，“我骗他们说这里有一笔好买卖，他们就乐颠颠地跟来了。至于我对冷掌柜的推断，老爷说为时过早，确实高明得很！冷掌柜果然与杀人无关，只是碰巧与这几个跑江湖的会过两次面，头一回是姑娘拿了戒指去估价，第二回则是老头儿看不惯他趾高气扬地训斥几个小混混，上去冲撞了几句。”

狄公未置一辞，手捋长髯若有所思，忽又说道：“陶干，我可不喜欢什么巧合。虽说有时确实会发生，不过我总是先要怀疑一番。还有，你说曾九提到有个叫炊饼翁的帮会头目。在我提审他之前，你先去问问班头，关于此人都听说过什么。”

陶干离去后，狄公自行斟满一杯茶水，心中思量陶干究竟是如何将那三人引到县衙的，不禁微微一笑，自言自语道：“方才问起他时，答得含含糊糊，想是又去招摇撞骗了——这可是他的老本行！且罢，只要是为了办正事……”❶

一时陶干回来，禀道：“老爷，班头对炊饼翁的大名早已知晓，不过此人不在汉源，却是邻县江北的一霸，名声很不好。如此说来，曾九也是从江北来的。”

“我们的熟人冷掌柜也常住在江北，”狄公慢条斯理地说道，“陶干，我看凑巧的事未免也太多了！好吧，我会分别提审这几个人，就从曾九开始。告诉班头将他带到殓房里——可别让他看见尸首。我即刻便去。”

狄公走入殓房，只见曾九立在两名衙役中间，果然生得人高马大。前方一张板桌，尸首横陈其上，用一张芦席盖住，空荡荡的房内弥漫着一股恶臭之气。如今天气酷

---

❶ 这一段心理描写，不见于荷文本。

热，尸体恐不宜在此停放过久，狄公想到此处，上前掀开芦席，对曾九问道:“你可认得此人?”

“老天爷，居然是他!”曾九惊呼一声。

狄公手笼袖中，厉声说道:“不错，此人正是被你残杀，现有尸首在此。”

曾九爆出一串粗口咒骂。站在他右首的衙役抄起大棒，兜头打来，呵斥道:“还不快招!”

曾九挨打后，竟然没事人似的，只摇一摇头，大声叫道:“我没有杀他！这老家伙昨晚离开客栈时，明明是活蹦乱跳的!”

“此人是谁?”

“他名叫段慕才，是个有钱的书呆子，在京城里开着一家大药铺。”

“有钱的药铺掌柜？与你又有什么相干?”

“这老色鬼迷上了我妹子！一心想要加入我们一伙。”

“休想胡乱扯谎来糊弄本县!”狄公冷冷说道。

衙役又举棒欲打曾九的脑袋，却见他利索地低头闪开，冲口叫道:“千真万确，不然叫我天打雷劈！他为了我妹子神魂颠倒，还想要出钱入伙哩！可是我那傻妹子死牛犟，一个子儿也不要他的。瞧瞧这不听劝的小淫妇给我们惹下的祸事！居然弄出人命来了!”

狄公手抚长髯，心想此人一身蛮力，十分粗野，不过口中所言倒似是不虚。曾九见狄公不言语，以为不信自己的话，便又埋怨道："青天大老爷，我和我那同伙从来不曾杀人害命！虽说偶尔也会偷鸡摸狗，或是向路人借几文钱使花——这都是在道上讨生活的弟兄们难免要做的勾当。不过我们从没杀过人。再说我杀老段叔又能图个什么？他又不是手紧抠门不给我钱！"

"令妹可是青楼女子？"

"是啥？"曾九疑惑地问道。

"娼妓粉头。"

"哦，老爷是说那个！"曾九挠挠头皮，小心地答道，"实话告诉老爷，说是也是，说不是也不是。如果我们实在没钱了，她也会偶尔接一次客。不过平日里她只收自己中意的后生，让他们不花一个大子净白玩，就是这么个放着钱硬是不挣的蠢货！还不如正正经经出来卖，好歹是个生意，至少有些进项！还求老爷行行好，告诉我怎么着才能给她挂个牌，有了那东西，就可以大大方方上街招客了……"

"休得东拉西扯！"狄公怒道，"快说，你们从何时开始为当铺冷掌柜效力的？"

"当铺掌柜？我可没有，老爷！我从不为那帮吸血鬼卖命！我等以前听命于江北的炊饼翁刘老汉[1]，就住在西门边的酒肆里，我等是他的手下，听他号令。如今我们仨，我、我妹子还有老张，已经赎身出了帮会，金盆洗手了。”

狄公点点头，深知江湖上有不成文的规矩，入了帮的人只要出一笔钱，就可与帮主划清界限，从此井水不犯河水，入帮时交的钱和在帮中上缴的份子钱都会从中扣除。至于这笔账如何算法，时常会引起争执，甚而大打出手。

“你们出帮时，两造可都满意？”狄公问道。

“不瞒老爷说，当日确实有些麻烦。炊饼翁想讹我们一笔，那狗娘养的东西！不过老段叔还真有手腕，他拿出纸笔，一笔一笔算下来，白纸黑字，清清楚楚，证明炊饼翁存心欺诈。那老贼还不肯善罢甘休，可是在场的还有其他几个弟兄，都说老段叔算得没错。炊饼翁无奈，只得放我们去了。”

“原来如此。你们为何要从帮会中洗手赎身？”

“因为炊饼翁为人不地道，还逼着我等干些不明不白的勾当，就是让我们去铤而走险。有一次，他让我和老张

[1] 在荷兰文本中，此人姓廖。

搭手运两个大箱子过界。我说我可不干。其一，如果被抓住了，就会有大麻烦。其二，替炊饼翁做这种要紧差事的人，总是过后不久便意外丢了性命。虽说死生无常，不过接连出事，未免让我觉得有些蹊跷。”

狄公意味深长地看了陶干一眼，接着问道：“你和老张不干，那谁去干了？”

“老应，老孟，还有老劳。”曾九应声答道。

“他们现在何处？”

曾九抬手在喉头处比划一下，“天有不测风云嘛！”说罢嘿嘿一笑，小眼中却露出几分惧意。

“那两只箱子运给了何人？”狄公追问道。

曾九耸耸肩头：“天晓得！我偶然听见炊饼翁对老应说什么人在汉源城内的集市上开着一家大铺子。我并没多问，此事与我无关，知道得越少越好，老段叔也说我做得很对。”

“昨晚你人在何处？”

“我？我和妹子还有老张一起在红鲤酒店吃了点东西，顺便赌了两把。老段叔说他出去另吃，他不喜欢赌钱。我们半夜回房的时候，还没见他回来。这怪老头子好生可怜，竟被人敲了脑壳！他本不该独自出去乱走，这里人生地不熟的！”

狄公从袖中取出祖母绿戒指，问道："你可认得此物？"

"当然认得！这是老段叔的戒指，从他爹手里传下来的。我跟妹子说：'让他把戒指给你！'可是她非不肯听我的话。有这么个妹子，真是倒了八辈子的霉！"

"将此人押回大牢！"狄公对班头命道，"然后让女牢头带曾姑娘去二堂。"

二人穿过庭院时，狄公对陶干欣喜地说道："你将这三人诱来县衙，着实干得漂亮！我们总算找到了走私案的头一条线索！我会立即派人去见江北县令，让他速速捉拿炊饼翁，从此人口中可问出背后的主谋是谁，那两箱私货又是交给何人。八九不离十就是咱们的老熟人，开当铺的冷掌柜！他家资甚富，正好在集市中开着一间大铺子，且又三天两头往江北跑。"

"老爷真以为曾九与段某人之死无关？冷公子口中所述，似是与他兄妹二人正相符。"

"等到段慕才的谜团解开，此事自有分晓。据我看来，曾九适才已将他所知的情形和盘托出，不过另有许多事他并不知晓！且看他妹子有何说法。"

二人走入公廨，老主簿急忙起身恭迎，呈给狄公一纸文书，说道："启禀老爷，小人碰巧听到陶捕头向班头打听炊饼翁刘老汉。江北县的例行公文正好送到，其中有一段就是关于此人的。”

狄公迅速浏览过公文，转手递给陶干，怒道：“真是晦气透顶！陶干，你看这里！就在昨天早上，炊饼翁酗酒斗殴，竟被人打死了！”说罢一甩衣袖，直朝二堂走去。[1]

狄公在书案后坐定，郁郁地望了陶干一眼，黯然说道：“我本以为走私案就要水落石出了！如今又得从头来过。知道私货下落的三人已被炊饼翁灭了口，也难怪马荣乔泰寻不到一点踪迹！他们的尸骨定已烂在一口枯井里，或是被埋在荒郊密林中了！炊饼翁是唯一知晓幕后详情之人，如今竟也死于非命！”说罢恼怒地揪一揪长髯。

陶干缓缓捻着颊上的三根长毫，半晌后说道：“将炊饼翁在江北的同谋逐个审问一遍，不定就能……”

“不可能。”狄公断然说道，“炊饼翁把替他干脏活的帮手都灭了口，下手如此狠毒，足证背后的主谋有过严命，不许走漏一丝风声。”说罢从袖中抽出折扇，摇晃几下，接着又道，“段慕才之死必与走私密切相关。我深觉若是能勘破此案，走私之谜也将迎刃而解。进来！”

叩门声响过后，只见一个妇人进来，身量颇高，骨

---

[1] 主簿禀报江北县来信说炊饼翁被人打死这一情节，不见于荷文本。

瘦如柴，身着简素的褐袍，头上裹着一幅黑巾，推搡着一个窈窕女子走入。

“老爷，曾姑娘来了。”女牢头说话时嗓音嘶哑。

狄公对着曾姑娘上下打量，却见她一双乌溜溜的大眼也瞪视着自己，竟是毫无惧色。一张黝黑的鹅蛋脸艳色非凡，面上未施粉黛，正显出天生丽质。樱桃小口红艳欲滴，却露出刁蛮任性的神气，鼻梁纤巧挺直，弯弯两道蛾眉，一头乌黑光亮的长发分作两绺披散在肩头。如此一个绝色佳人，竟穿着一身破旧的蓝布衣衫，裤子上还打着补丁，实在太不相衬，此时傲然立于书案前，双手叉在权作腰带的草绳下。❶

狄公端详了半日，方才不紧不慢地开口说道：“官府正在追查段慕才的下落。你是在何时何地结识他的，当时情形如何，从实道来。”

“官老爷，你以为能从姑奶奶的嘴里套出话来，”曾姑娘咬牙怒道，“可就大错特错了！”

女牢头上前意欲掌掴，狄公抬手示意不可，又和缓说道：“曾姑娘，你如今站在此处，本县问你，就必须

---

❶ 荷文本中对于曾姑娘外貌的描述略有不同：一头乌亮的长发分作两绺从肩头披下，用一根红绳系在一处，面上虽不施脂粉，但是左边嘴角处的一颗黑痣，却比晚间出门侍宴的歌伎的精心妆饰更加引人注目。

回话。”

“你以为本姑娘怕挨鞭子？随便你打，我受得住！”

“才不会抽鞭子哩，”陶干从旁说道，“就算与老段叔无关，你还犯有流窜和暗娼两桩罪行，会判你左右脸上各刺一印。”

曾姑娘立时面色煞白。

“倒也无须担忧！”陶干又殷勤说道，“多扑些铅粉就看不出来了，至少不会太显。”

曾姑娘定定立在原地，两眼直盯着狄公，流露出惊惧之色，终于耸耸肩头说道：“好吧，犯王法的事我从没做过，我也不信老段叔会说我的坏话，绝不可能！我在哪儿认识他的？那是在京城里，大约一年之前，我腿上划破了，去段家药铺里替自己买点药膏。他正好站在柜台前，与我攀谈了几句，看去十分和善。我还是头一次遇上有钱人对我示好，却又不是一上来就说那些不堪入耳的鬼话，我就中意他这一点，答应当天晚上和他碰面，我二人当真一见如故，情投意合。他虽说年事已高，五十好几了，可真是个正人君子，说话从来都是和和气气的，也从不嫌我嘴碎话多。”说罢住口不语，望着狄公似有所待。

“你们来往了多久？”狄公问道。

“大半个月左右。我跟老段叔说我们一伙人得远走他乡，只好就此别过。他要给我一锭银子，我却没收。天地良心，我又不是卖身的婊子，要是真出去卖，我哥肯定乐开了花，这懒鬼就爱拉皮条！当时说完就各自走散，谁承想过了不到一个月，我们正在广业的一家客店里，老段叔忽然冒了出来，说是要娶我做二房，还会给我哥一大笔现钱。”

曾姑娘用衣袖揩揩脸面，又朝下扯扯衣襟，接着叙道:“我跟他说，这情意我心领了，可是钱不能收，也不愿嫁给他做二房。我在江湖上野惯了，只喜欢自由自在，从没想过要把自己拘在深宅大院里，既得对大太太服服帖帖，还得从早到晚受用人服侍。老段叔听罢很是伤心，二话不说就走了，我心里也不好受——为了这事还跟我哥干了一架，被他打得青一块紫一块的！又过了一个月，我们到了江北老家附近，正在上游一个小村子里，老段叔又冒了出来，说他决心要跟我们一起行走江湖，已把京城的药铺卖给了搭档。我哥说只要他定期交钱就行，自己可不会平白照顾人。我对我哥说那可不行，老段叔可以跟着我们，只要我愿意，他还可以跟我一起过夜，但是我不会收他一文钱。我哥听了气得要死，和老张一起抓住我，把我的裤子扯下来，要拿藤条狠狠抽我一顿。老段叔拦住不让打，还把我哥拉到一边，私下里商量了半日，最后说定由

狄县令提审曾姑娘

我哥教他道儿上的种种花招，他给我哥付钱，这全是他自己的事，我管不着。就这么着，老段叔入了我们一伙，到如今差不多已有一年，直到昨天晚上。”

“你是说段慕才这么一个养尊处优的富商，撂下京城里的荣华富贵不享，跑来跟你们一起行走江湖？”

“一点不错！我告诉你，他心里可中意呢！他跟我说了几百遍，以前从没这么舒心自在过，还说京城里那种日子早过厌了，三妻四妾们年轻时还好，如今只知道跟他唠叨个没完。几个儿子都已长大成人，整天对他的生意指手画脚，总想教导他应该如何经营店铺。他有个独生女儿，跟掌上明珠一般疼爱，后来嫁给一个商人，去了南方，再也见不到了。他还说以前几乎隔天就得出去赴宴，把肠胃都折腾坏了，自打跟着我们，再也没害过胃疼。老张还教他如何钓鱼，老段叔一下子就钓上了瘾，还成了高手呢。”

狄公手抚长髯，打量了曾姑娘半日，开口问道：“段慕才每到一处，是不是常去拜访生意上的旧相识？”

“根本没有！他说已经跟从前一刀两断，只是不时会去一个同行那里提钱。”

“段慕才随身可带着大笔现钱？”

“猜啥都是猜不对！老段叔虽对我痴心傻意，但是处事上精明得很呢！他身上最多就带些铜板儿。每到一个大码头，他就去银铺里，说是兑什么票，然后把取出的现银托付给一个相熟的同行保管。这一招很聪明，也是为了防着我哥那下作黄子！但是需要钱的时候，不论多少，老段叔总拿得出来，真是要多少有多少！我们初到汉源时，他身上揣着五根金条，想想看五根足赤金条哩！我从没听说过有人身上会带这么多钱！我跟老段叔说，天爷保佑，千万别让我哥看见！我哥倒不是心狠手辣，不过为了这么一大笔浮财，让他杀一城的人他都下得去手！老段叔可好，只是微微一笑，说是知道一个地方可以保管起来，一准儿没事，到了第二天，果然只剩下一串铜板在褡裢里了。能来杯茶润润嗓子吗？”

狄公冲女牢头示意一下。女牢头面有愠色，分明是对这破规矩的事心怀不满，却又不敢违拗，只得依命倒了杯茶。狄公并未留意这边，正拿两眼瞧着陶干。陶干点一点头，心知终于找对路接上榫了。等曾姑娘喝过几口，狄公又问道："段慕才把金条交给谁了？"

曾姑娘耸耸圆润的肩头，"他跟我讲过许多自家私事，但是关于生意，从不提一个字，我也从来不问。我吃饱撑了打听这些干啥？我们到这里的头一天，他对我哥说要去集市里见一个店铺掌柜。我哥说：'我还以为你是第一次到汉源哩！'老段叔答道：'以前确实没来过，不过在此地有故旧！’”

“你最后一次看见段慕才，是什么时候？”

“昨天晚上，就在吃饭前。他出去以后再没回来。也许是跑江湖跑累了，不想再这么下去，就回京城家中去了。腿长在他身上，愿来就来，愿去就去，是不是这个理儿？只是他根本犯不着故意骗我，昨晚还跟我说打算要正式行礼、对天起誓、拜入会门哩！何不把话挑明，就此一拍两散拉倒？我心里倒也有点儿念着他，但也没有太伤心。一个姑娘家身边少了个老头儿，还能活不下去不成？”

“此话倒也不错。他可曾说过要去何处？”

“他说要去头一天见过的那故旧家里吃饭，还神神鬼鬼地一笑。我居然就信了！”

狄公将祖母绿戒指放在案上，“你说你没有收过段慕才的任何东西，为何又想拿这戒指去典当？”

“我没去典当过！我特别喜欢这玩意儿，所以老段叔常常让我戴着玩几天。那天正好路过一家当铺，我一时来了兴致，就进去打问这戒指值多少钱。谁知那胖掌柜立时上前讨好巴结，还拽着我的袖子说些不三不四的下流话，我转头就出来了。”曾姑娘抬手撩开额前的一绺散发，似笑非笑地又道，“那天真是晦气得很！我刚一出门，又有个大块头的无赖一把揪住我的胳膊，管我叫相好的！那双直愣愣的金鱼眼真叫我恶心！老段叔立时过来对他说：‘把手放开！这姑娘是我的人！’我哥一拧那厮的胳膊，冲他背后踹了一脚。男人都是一个德性！看见走江湖的姑娘就想入非非，满以为自己动一动手指头，人家就会立时往他怀里钻！不过老段叔跟他们完全两样！你要说他拿什么罪名告了我，我就敢说你是个不折不扣的骗子！”

陶干留神看去，发觉狄公似是没听见最后几句话，正手捻颊须，两眼定定望着前方，显然心不在焉，竟似颇为沮丧。陶干不由心中一惊，暗自琢磨老爷为何忽然变成这般模样，就在提审曾姑娘之前，还满心指望着会找出走私案的线索。这姑娘无意中已然道出了十分要紧的消息，老爷想必也已推断出段慕才加入帮会只是一个幌子，为的是掩人耳目，很可能暗中负责往各处送钱。这个幌子实在高明，谁会疑心一个与人结伴浪迹江湖的老头子呢？段慕才早上去拜访过的人，定是负责分派私货的一名同党。如今只需去集市中彻查一番，挨家挨户问过所有掌柜店主，必能查明此人是谁，然后再顺藤摸瓜挖出背后的真正主使……朝廷正急不可耐要捉住此人哩！陶干屡次干咳，奈何狄公竟充耳不闻。女牢头见众人默然许久，也在一旁暗自纳罕，冲陶干投去询问的一瞥，陶干只得无奈摇头。

曾姑娘烦躁不安起来。只听女牢头斥道：“老实站好!”狄公猛一抬头，从沉思中回过神来，将纱帽朝后一推，对曾姑娘和缓说道:“段慕才昨晚被人害了性命。”

“你是说被人害了性命?”曾姑娘惊叫一声,“老段叔被人暗害？是谁干的?”

“我以为你会道出此人。”狄公答道。

“在哪里找到的?”曾姑娘屏息问道。

“林中的一间废旧茅棚，就在半山坡上。”

曾姑娘冲案上猛击一拳，眼中泪光盈盈，大声叫道:“一定是狗贼老刘干的！炊饼翁派人跟踪，只因老段叔帮我们跟他清了账！老段叔中了他的圈套！这狗贼，该死的王八羔子!”说罢抬手捂住脸面，失声痛哭起来。

狄公待曾姑娘稍稍平静后，指一指茶杯，看她又喝下几口，方才接着问道:“段慕才加入你们一伙时，可曾切去了左手的小指尖?”

曾姑娘虽则泪痕满面，却禁不住破涕一笑,“他倒是想，却又没那胆量！都不知试过多少回了，他把左手放在树干上，右手握着砍刀，我站在旁边替他数一二三！但是每次他都下不了手!”

狄公点点头，略一思忖，又摇头叹息一声，拿过一张大红名帖，提笔写下几行字，随后封入信封，在封皮上又写了几个字，对陶干命道:“叫一名衙吏来!”

一时陶干带着主簿返回。狄公将信封递给主簿，说道："让班头立即送出去。"又转头若有所思地看了曾姑娘一眼，问道："你有没有来往多年的意中人?"

"有的，是个江北的船夫。他一直想娶我做老婆，我让他再等一两年。那时他会有自己的船，我也快活够了，我们就一起开船运货，顺着大运河来来去去，挣的钱足够我二人使花，还可以过得逍遥自在!"曾姑娘说到此处，焦急地看了狄公一眼，"莫非你真要在我脸上刺印不成?那瘦麻秆可是这么说的。"

"不，我们不会的。不过今后一段日子，你得稍稍收敛一二。如此过法，即使逍遥自在，也终非长久之计!"狄公说罢，抬手示意一下。女牢头抓住曾姑娘的胳膊，带她出门而去。

陶干叹道："这姑娘可真能说！撬开她的口不容易，谁知一开口就打不住了!"

"我让她自己说个够。只有犯人撒谎时，才必须严加审问。下次可得记住了，陶干。"狄公说罢一拍手，一名小吏应声而至，于是命他拿条热手巾来。

"老爷，段慕才真是一只狡猾的老狐狸。"陶干接着说道，"那姑娘虽说不傻，但也从没觉察出老段在做走私的勾当。"

狄公未置一辞，整整案头的文书，将祖母绿戒指放在面前的空处。小吏端来一只铜盆，盆内盛有热水。狄公从水里捞起手巾，仔细揩擦过脸面和两手，朝椅背上一靠，命道："陶干，你去把窗户打开。屋里太闷。"沉吟片刻后，抬头又道，"我也不知段慕才算不算是个聪明人。曾姑娘口中所述的那般人物，平时倒也常见：人过中年，忽然对以前奉为圭臬的教导发生怀疑，对自己多年按部就班的生活也重新思量。到了一定的年纪，往往会有此一段经历。有那么一两年，会变得让自己和家人都觉得不可理喻，过后想通了，又会对自己的这些愚蠢念头一笑置之。然而这段慕才却与众不同。他决心与往昔一刀两断，打定主意从头过一种全新的生活。这种日子要是再过上几年，他会不会心生悔意，也是难以说定。段慕才真是个不俗之人，虽说性情古怪，却是坚毅果决。"

陶干见狄公默不作声，不免有些焦躁，在座中挪动几下，一心想要议论下一步该如何办案，干咳数次后，方才胆怯地问道："老爷，如今要不要提审老张？"

狄公抬头说道："老张？哦，你是说曾九的那个同伙，明天由你去问便是，只是例行公事而已。他和曾九都还好说，我是担心那个姑娘，不知该拿她如何是好！对于无业游民，官府向来看得很重，这些人鸡鸣狗盗，扰乱地方安宁，还混杂暗娼，以致偷漏税款。依照律法，曾姑娘当受笞刑，再入狱两年，可是如此一来，必定会就此沉沦，最后不是命丧法场，就是抛尸沟壑，未免太可惜了。这姑娘的心地不失纯良，须得设法为她另寻一条出路。”

狄公忧心忡忡地摇摇头，接着又道：“至于曾九及其同伙，我判他们去北军服劳役一年，治治他们游手好闲的懒病，同时有机会显显身手，若能改过自新，过后可入伍从军。至于曾姑娘……有办法了！就让她去韩咏翰[1]家里作侍女。韩员外端方守礼，治家极严，她在韩宅帮佣一年，当可体会得正经居家度日的种种好处，再去嫁给船夫，也能履行妇道、为人贤妻！”

陶干忧心忡忡瞥了一眼，只觉狄公看去十分疲惫，面色苍白，唇边的皱纹愈发清晰。这一天事务极多，若是自己主动请缨去集市里查问店铺，会不会被老爷看作自以为是？或者重审冷掌柜？还是先问清老爷到底有何打算为上。

“老爷以为下一步该如何行事？据我想来……”

“下一步？”狄公扬起两道浓眉，“没什么下一步了。你难道看不出此案已经了结？段慕才为何被杀，如何被

---

[1] 详见《湖滨案》。

杀，何人将尸首运至茅棚，全都真相大白了！连主持走私的本地头目也已水落石出。”见陶干目瞪口呆，不耐烦地又道，“你已听过了所有供词，是不是？我跟你说这些旁枝末节，全是由于一时无可措手，只能坐等这桩惨事的关键人物自行现身了。”

陶干正欲开口，狄公接着又道：“不错，这真是一桩惨事。陶干，每次勘破一桩疑案，我常会欣然自得，因为正义得以伸张，谜团终究破解，然而此案却让我胸中郁郁难平。今日一大早，我从猿猴的爪中得来这枚戒指，托在掌中端详时，便隐隐有种不祥之感，好生古怪。此物透出一股受难之气……受难是一种可怕的遭遇，有时能使人愈发高贵，但常会令人堕落。我们即刻便会看到，它是如何影响这位重要人物的，并且……”❶

狄公忽然煞住话头，朝门口看去。外面廊上传来脚步声，班头引着王掌柜进来。

王掌柜穿一身乌黑发亮的丝袍，看去短小精悍，躬身一揖后，彬彬有礼地说道：“老爷传唤，不知有何见教？”

狄公指着面前的祖母绿戒指，徐徐说道：“你不妨说

---

❶ 这一段议论，不见于荷文本。

说拿走死者物事的时候，为何单单落下了这个戒指?”

王掌柜看见戒指，不由得猛吃一惊，旋即强自镇定下来，愤愤说道:“老爷所言何意，小民一点不懂！班头拿着老爷的名帖来请，说是老爷有事相询，然则……”

“不错，正是关于你的同行段慕才被杀一事!”王掌柜正想说话，狄公举手示意，“你且听本县说完！此事的首尾，我已全部了然于心。段慕才托你保管五根金条，而此时你从江北走私到汉源的两大箱货物被巡兵截获，你从炊饼翁那里雇来的人未能成事，而那两箱物品你可能尚未清付，故此需要五根金条救急。正好段慕才为了加入曾姑娘一帮，想要切去左手小指一节来起誓，这便给了你一个杀人吞财的大好机会。”

班头朝王掌柜逼近几步，狄公对他摇头示意，接着说道:“段慕才自己要断指，却下不去手，你答应昨晚代他行事，就在山上自家的宅院里。你已答应用大铡刀来截指，这种药铡是用来将药材切成薄片的，每家药铺都有，刀身沉重，刃口锋利，用一条铁链拴在砧板上，把手装在另一头，可以切得又快又准，伤口平齐，疼痛也最少。段慕才肯这么做，就是为了向那个跑江湖的姑娘表明心迹，愿跟她厮守终身。”说罢住口不语。

王掌柜双目圆睁瞪着狄公，似是无法置信。

"段慕才还未将手放在合适的位置上，刀身猛然落下，一下切掉了他的四根手指，随即后脑又被铁药杵猛击一下，于是这不幸的老者当场毙命。然后尸体从贵宅搬到半山腰的废旧茅棚里，很可能过上十天半月才会被人发现，那时尸体早已腐烂，况且你已细细搜过全身，拿走了所有与死者身份有关的物事，本县将会认为死者是个来历不明的游民，下令将尸体焚化。然而林中的一只猿猴却引着我揭开了真相。"

"猿……猿猴?"王掌柜嗫嚅说道。

"正是，一只猿猴发现了段慕才的祖母绿戒指，就是我面前之物。不过这倒是与你无关。"

狄公默然半晌。二堂内静寂无声.

王掌柜面如死灰，口唇不住抽动，喉头吞咽数下，说话时声音嘶哑低弱，几乎难以听清:"是，小民承认杀死了段慕才。老爷所言，直如亲见一般。只是那两箱走私的货物，却非是小民的财产，只是由我经手、负责派送而已。"说罢叹息一声，用事不关己的口气接着又道:"过去这两年里，生意上霉星高照，怎么做怎么亏，债主催逼甚急，欠得最多的是京城里一个钱庄掌柜。"狄公一听名姓，立时想起此乃远近闻名的放债人，又是户部尚书的中表之亲。"他来信说如能去见他一面，万事好说好商量。我当即赶赴京城拜访，他待我十分殷勤，道是手上有桩大买卖，如果我愿意入伙，不但以前的债务全免，还可从中分得一笔可观的红利。我自是一口应承下来，他又面不改色地述说详情，我听罢大吃一惊。原来他所说的大买卖，竟是遍及大江南北的水陆走私！”

王掌柜抬手一抹双眼，摇一摇头，接着又道：“一听到这里面竟有如许暴利，我不由动了心，到底被他拉下了水。我……我受不了倾家荡产、沦为贫贱，一想到会有大笔银钱入账……真是利令智昏！那老狐狸不但没有免除我的债务，反而牢牢抓在手里，并放给我更多高利贷，说是作为我替他效力的酬劳。没过多久，我就完全落入了他的掌握之中。[1] 段慕才将五根金条托付给我，我立时想到有了这五根金条，我就能清偿债务，从而脱此困局、一身轻松。段慕才昨晚前去敝宅一事，我知道他对谁都不曾说起，因为不想让人知道自己没胆量下手断指。他还嘱咐我对自己家人也不能透露，是我亲自打开后门让他进去的。”

王掌柜从袖中抽出一条丝帕，揩揩面上的湿汗，又决然说道：“如果老爷能赐纸一张，小民情愿写下自供状，坦承谋害段慕才一事。”

---

[1] 王掌柜自述如何被京城巨贾拉下水的情节，不见于荷文本。

“本县并未命你自首。”狄公正色说道，“还有几件事尚须澄清。其一：为何段慕才要将如此巨款携在身上？”

“他一直梦想着有朝一日，那江湖女子能答应与他成婚，还对我说要给她兄长一笔钱，从此划清干系，然后在乡间买一处舒适的田庄，安顿下来逍遥度日。”

“原来如此。其二：你为何不对段慕才明言债务缠身、急需援手？同行相助岂非古义？况且段慕才家资甚巨，借给你五根金条，对他而言并非难事。”

王掌柜看去苦不堪言，双唇不住翕动，却没能吐出一句话来。狄公也不再追问，接着又道：“其三，你身量矮小，且又上了年纪，如何能将尸首搬到林中茅棚里去？即使一路下山，你也是力不能及。”

王掌柜恢复自持，摇一摇头，郁郁说道：“回老爷，小民也不知是如何办到的！当时心慌意乱，只想着赶紧藏起尸身。情急之下，先将尸体拖入花园，接着又拖到林中。等我返回家中时，已是累得半死不活……”说罢再次擦拭脸面，略略定神，“小民贪图钱财，杀死无辜，甘愿认罪，以命相抵便是。”

狄公直直坐起，两肘据案，倾身朝前，温颜说道：“王掌柜有所不知，你一旦认罪伏法，全部家产就会被官府抄没。更何况令郎无法继承家业，本县不得不判定他神智不全。”

“哪有此说?”王掌柜大叫一声，躬身向前，一拳砸在书案上，“纯属谣言，绝无此事！犬子神智十分健全！只是开窍稍晚一些，毕竟才二十岁而已！待他年纪稍长，定会大好起来……对他得多些耐心，只要不惹得他情绪躁动，从来都是好端端的!”

王掌柜哀求地看了狄公一眼，又颤声说道:“小民膝下只此一儿，他性情良善，又十分听话！老爷，小民保证……”

狄公徐徐说道:“王掌柜，在你入狱期间，本县一定会关照此事，让令郎受到妥善的照顾。但是如果不加以管束，他还会再惹出别的乱子，唯一的办法是将他禁锢起来。两天之前，他从自家店铺出来，正巧看到曾姑娘走出冷记当铺，见她生得貌美，因为心智不明，便认作是自己的相好，上前动手拉扯，这时段慕才过来拦阻，说这姑娘是他的人，随后曾姑娘的兄长将令郎赶走。令郎的心智异于常人，无法对此事释怀。昨晚段慕才来访时，定是被令郎看见。他认定段慕才夺去了自己的相好，于是动手杀人。过后你在前带路，让他背着尸体藏入林中废弃的茅棚。正如许多头脑简单之人一样，令郎格外身强力壮，此事对他来说毫不费力。”

王掌柜茫然地点点头，苍白憔悴的面上现出深深的皱纹，双肩也垂落下来，转瞬之间，便从一个精明强干的掌柜变成了衰颓疲惫的老者。

“怪不得他不停地说什么姑娘和老头……昨天一整天，这孩子都兴兴头头的，我根本没想到晚上会出事……昨天下午，我带他去林中散步，他看着树上的猿猴，高兴得很哩……晚上跟管家吃过饭后就去睡了，这孩子容易犯困……我跟管家说我在书房里独自用膳，命他在那里准备一点冷点心。我和段慕才在书房里一起用饭时，对他提起金子的事。他当即一口应允，让我不必担心，哪怕需要更多银钱，他也可以从京城弄来，以后慢慢还他便是，还对我笑道：‘你今天帮我这个大忙，就当是利息好了！’老爷明鉴，段慕才便是如此性情，实在令人钦佩。他很快喝完一大壶酒，同我走到花园中的小作坊里，我有时会在那里调制新药方。段慕才将左手放在刀板上，闭起两眼。就在我调整铡刀时，有人推了一下我的胳膊，只听小儿在身后叫道：‘这糟老头抢走了我的姑娘！’铡刀砰然落下，段慕才的四根手指被齐齐切断，只听他惨叫一声，扑倒在桌上。我赶忙去找止血的药粉。就在那时，小儿从桌上抓起铁药杵，冲着老段的后脑猛力一击……”

王掌柜朝狄公投去凄凉的一瞥，两手紧紧攥住书案边沿，“昨晚的月光格外明亮，照进卧房，使得那孩子醒过来，从窗户向外打量时，正巧看见我和段慕才走进花园里的作坊。每逢月明之夜，他总会神思恍惚……老爷明鉴，小儿全然不知自己做了什么！他平时心性和善，而且……”说到此处，语声渐低下去。

“王掌柜放心，令郎不会受到惩处，神智不全之人不受律法辖治。陶捕头的吏舍就在隔壁，请随他过去写下供录，详述走私团伙如何建构，做何勾当，还有全部相关人员的姓名里居。顺便问一句，开当铺的冷掌柜可曾牵涉其中？”

“没有，老爷！为何会怀疑到冷掌柜头上？他是我的紧邻，我从不曾……”

“听说他常去江北，那里可是你们的巢穴之一。”

“冷家太太素有河东之讥，”王掌柜淡淡说道，“姬妾一概不许入门，因此冷掌柜便在江北金屋藏娇。”❶

“原来如此。王掌柜写好供录、按印画押之后，再将段慕才死于非命一事另写一份供状。本县自会派一特使，将这两份供状连夜送去京城，并另具一文，禀明你的自首对于侦破走私案大有助力，从而提议对你从轻发落，但愿

❶ 关于冷掌柜的这一段问答，不见于荷文本。

会大大削减刑期。无论结果如何，本县自会安排令郎不时前去探监[1]。陶干，你带王掌柜下去，安排笔墨纸砚，不得有闲人搅扰。”

陶干转回二堂时，见狄公反剪两手，立在敞开的窗前。小园中蕉影扶疏，吹来阵阵清风。狄公指着那一片浓绿，说道：“陶干，你看这些香蕉长得多么肥壮！正好到了成熟的时候。让班头送几串去内宅，明早我好拿去喂给猿猴。”

陶干点点头，瘦长脸上露出笑容，“恭贺老爷！老爷……”

狄公将手一扬：“多亏你办事得力，这案子才能破得如此迅速。就在王掌柜进门之前，我对你颇为粗疏简慢，还望勿要介怀，只因那时我心中惧怕这次会面，实在不愿眼睁睁看着对面之人全然崩溃——即便他真是作奸犯科之徒。不过王掌柜挺了过来，对其子的挚爱使他看去令人起敬。”

狄公坐回椅中：“我这就给洪都头写一封信，派人送去江北，告诉他走私案已经勘破，让他与马荣乔泰明日务

---

[1] 在荷文本中，没有请求从轻发落这一情节，并且后文是“我保证令郎将会得到妥善照顾，当你重获自由后，可以定期前去探望他”。

必返回汉源。你去下令释放冷掌柜。但愿这几个时辰的牢狱之灾，会让他好好反省一回。”

狄公提笔欲书，忽又停手，接着说道：“陶干，此案是我与你一人协作而破获的。如今想说我很乐意将你收为亲随。关于勘案之道，我对你只有一言相告，即千万不可在办案时动私情。此节极为重要，却又极难做到。我理应知晓，只因从来未曾学会。”❶

---

❶ 在荷文本中，最后一节相当简短。狄公命陶干将戒指预备交还给死者家人并询问如何办理后事，立即派人去江北县送信，一旦捉住炊饼翁老廖并审问后，洪亮等三人便可返回汉源，并释放冷掌柜，最后疲惫地说道：“陶干，这真是一桩难办的差事！”

暮之虎

田野平旷，寂无人烟，狄公紧裹一身厚皮袍，在官道上独自策马驰骋。此时天色将晚，暗淡的冬日夜幕已然落下，眼前却是一片洪水横流，满目凄凉萧瑟，高出地面的官道横贯其间，犹如晦暗镜面上划出的一道裂痕。天上的铅云倒映水中，看去好似低低地悬垂在波纹上一般。北风席卷着大块浓黑雨云，正朝远处雾气迷蒙的山间移去。

狄公一骑绝尘跑在前头，将兵士随从甩在身后一里开外，头上紧裹着皮帽，弯腰半伏在骏马的脖颈上，直盯着前路沉思默想，自忖理应多多思量今后才是。再过两日，便可抵达京师长安，并从此就任显赫要职，实是出乎意料，然而总会忆起那个位于极北苦寒之地的小城，身为北州县令最后几日的惨痛经历，仍然萦绕心头，久久未去。❶

三天前，狄公一行人离开北州，一路南下，穿过冰雪覆盖的北方乡间，行至此地时，不料积雪骤然消融，致使洪水肆虐，今早便遇见成群结队的百姓离家逃难，脚上裹着沾满泥巴的破布，背负仅有的一点家当，疲累不堪地缓缓前行。将近午时，众人在道边的关卡内歇脚用饭，扈从统领禀报说如今正进入最危险的地带，整个黄河北岸皆被洪水淹没，又提议不如暂留此处，待前方水势消涨的讯息传来后再做定夺。然而狄公受命必须按期抵达京师，不得延误，故而决意仍旧赶路，并从地图上得知渡过黄河后地势渐高，还驻有一座军寨，预备今晚便到那里过夜。

此时官道上空空荡荡，略无人迹。一片汪洋泥沼中，只有零星几处被洪水淹没的农舍屋顶，可见此地不久前还是丰饶富庶、人口众多。将要进入山地时，狄公望见道路左前方立着两座营房，有十来个人正围拢一处，驱马上前一看，却是当地的民团乡兵，个个头戴皮帽，身穿皮褂，足登齐膝的高靴。前面官道已断，混浊的泥水滚滚流过，冲出大约百尺来宽的一个缺口，众人正忧心忡忡地注视着用木柴堆成的护岸堤坝。

缺口上吊着窄窄一座浮桥，对面的官道直通向密林丛生的山坡。浮桥由麻绳捆起的粗大圆木仓促架成，一半浮在水上，正随着翻滚的浪头不停上下摇摆。

“此处危险，老爷!”团练使大声叫道，“水势越来越

---

❶ 见《铁钉案》。——原注

猛，这桥眼看就要不保，老爷最好还是回去。一旦绳索被冲断，我等便会弃桥而去。”

狄公在马上转头回望，只觉朔风凛冽、扑面而来，不禁眯起两眼，遥见一队人马正在道上疾驰，心想一应随从很快便会赶来，又看看缺口对面的山岭，决意不妨冒险一回。依照地图所示，再走大约两刻钟便可穿过山地，行至黄河岸边。到了那里，定有渡船可以载自己过河，直抵南岸的军塞。

狄公驱马踏上湿滑的浮桥，桥身左右摇晃，麻绳嘎吱作响，不得不格外小心。马儿迈着僵硬的腿脚，艰难地走过大约半程时，泥水涌上桥面，狄公拍拍马颈以示慰藉。忽有一根树干漂来，正撞在浮桥上，激起的浪头险些淹到马肚，并将狄公脚上蹬的皮靴打得透湿。狄公催马疾走，另一端的木头桥面尚且干爽，很快便行至对岸的地面上，又朝地势高处加紧快跑几步，直到林边树下方才停住。转头回望时，只听一声巨响，却是一丛被连根拔起的灌木顺流而下，正中浮桥。桥身中部被撞得高高拱起，犹如弯曲的龙背一般，紧接着麻绳断裂，圆木四散，转眼间便被冲得不见踪影，只剩下一股污泥浊水在两岸之间汹涌奔腾。

狄公扬起马鞭，朝着众乡兵挥舞几下，示意仍将继续赶路。浮桥一旦修好，扈从便会一路赶来，自己只需在军塞中等待即可。

官道一拐，转入一片阴暗背风的林中，两旁皆是高大的橡树。狄公只觉皮靴湿透、两脚冰凉，不过途经大片洪区后，如今重又踏在坚实的地面上，总算心中稍慰。

忽听得树枝折断之声，只见一名大汉从密林中策马冲出，形容粗野，长长的乱发用红布扎起，肩披一块虎皮，背负一柄阔刀，收缰勒马拦在道中，一双冷酷的小眼紧紧盯住狄公，两手挥舞短矛拉开架势。

狄公勒住马匹，大声喝道："把路让开！"[1]

那大汉手持短矛刺来，矛尖划出一道圆弧，掠过狄公坐骑的马鬃。狄公一紧缰绳，忽地勃然大怒，压抑多日的一腔郁情终于得以发泄，抬手拔出负在背后的长剑，如闪电一般直刺过去。不料对方竟也会些武艺，用矛尖宕开后，挥动矛柄朝狄公头上袭来。狄公闪身躲过，矛尖又呼啸而至，于是用剑一挡，锋利的剑刃一下便砍断了木制短矛。那人手持半截兵器，正目瞪口呆时，狄公驱马上前，挥剑朝其脖颈猛砍过去，却见对方两腿夹紧坐骑，原地打一个转，长剑正擦过头皮，口中咒骂一声，并未拔出背后

---

❶ 在荷文本中，此句仅为："狄公勒住马匹。"

狄公力战剪径强人

的大刀便落荒而逃，回头叫道：“又来一个自投罗网的！”随即冷笑一声，在林中消失了踪影。

狄公收剑入鞘，驱马前行，自忖须得整顿全神、恢复自持，不应对一个劫道的歹人如此大动干戈，只是在北州的惨痛往事依然影响至深，不知能否重获内心的平静，想到此处，不禁倍感凄恻。

直到登上最后一道山梁，狄公再未遇见一人，行至如此高处，复又领略到北风凛冽、寒凉透骨，于是一路下山，疾驰到河边方才止步。朝西望去，只见河水暴涨，浊浪拍石。对岸被一片迷蒙的雾气所遮蔽，丝毫不见渡船的踪影，渡口处只剩下两根残柱，兀立在翻腾喷涌的白浪之中。水流从东向西，挟着巨树与灌木滚滚而下，发出低沉的隆隆涛声。

狄公皱眉审视半晌，只觉满目萧然，又值暮色渐浓之时，景象格外凄凉灰暗。唯一可见的人居之处，乃是一座古老田庄，建在西边大约三里之外的低丘上，四周高墙环绕，东边角落处还有一座望楼，一股青烟从庄内袅袅升起，旋即便被朔风吹得四散。

狄公振作精神，掉转马头，沿着蜿蜒小径朝山上奔去。如今又是走入了死胡同，自己与一众随从必须暂留此地，等待渡船恢复后，方可继续赶路。

田庄周围满是长草与巨石，不见一棵树木，庄后的山坡上却是密林丛生。远处隐约可见一个山洞，有人正在洞口前逡巡走动，另有三人骑在马上，从林间顺坡疾驰而来。

狄公走到半路时，忽见道旁立着一根高高的木桩，顶端悬有一大团不知什么物事。狄公坐在马上，弯腰定睛看去，原来竟是一颗被砍下的人头，长发披散，面目扭曲，另有一双断手钉在正下方。狄公疑惑地摇一摇头，仍旧催马前行。

一时行至高高的门楼前，狄公见两扇大门十分坚固，且用铁皮包裹，看去更似一座小型要塞堡垒而非是乡下庄园，不禁暗吃一惊。雉垛延伸下去，便是异常坚厚的实墙，不见开有一扇窗户。

狄公举起鞭柄，正要敲叩，大门却已缓缓开启，一个老农示意他进来。里面是一座宽敞的庭院，圆石铺地，光线幽暗。狄公从马背上跳下地来，听见关门上闩的轧轧声。

一名男子疾步奔来，面容瘦削憔悴，身着蓝布长袍，头戴一顶小帽，凑到近前喘息说道："我从望楼上便瞧见了你！于是赶紧命人开门，谢天谢地他们不曾将你捉去！"

此人相貌温文，留着蓬乱的髭须与短短一绺山羊胡，看去四十出头年纪，上下略一打量，见狄公浑身湿漉，接着又道："阁下定是长途跋涉而来吧！敝人姓廖[1]，是这里的管家。"说话时气息渐定，语声文雅悦人，似是知书达理、素养颇佳。

"在下姓狄，乃是一名县令，从北边而来，正要去往京师长安。"

"我的天，竟是一位县令老爷！小民须得立即去告知闵先生！"

管家急急奔向庭院后方的房舍，双臂猛摆，长袖上下飘动，令狄公不觉想起受惊的鸡雏来。这时方才听到一阵嗡嗡的低语声，却是从庭院左右两边的外屋前传来。几十名男女蹲坐在檐廊下，身后堆放着大大小小的行囊包裹，外面包有蓝布并用草绳捆扎。几步之外，一个衣衫褴褛的农妇倚柱而坐，正在给婴儿哺乳。狄公听见矮墙后传来阵阵马嘶声，心想坐骑已是又累又湿，最好送到那边去，于是牵着马匹，朝拐角处的窄门走去，四周的人声骤然停止。

后边的院落果然用作马厩，四面围墙环绕，五六个

---

[1] 在荷文本中，此人姓王。

少年正忙着扎几只色彩鲜艳的大风筝。铅灰色的天幕下，一只红风筝高高飞翔，长线在疾风中绷得紧紧的，一个少年正仰头眺望，兴奋不已。狄公见其中一人个头最高，便吩咐他将马匹洗刷干净，再喂些草料，说罢拍拍马颈，转身返回庭院中。

此时一个矮胖男子从三层房舍中降阶而下、一路奔来，穿戴着用灰羊绒缝制的厚长袍与平顶方帽，急急说道："敢问县令老爷是如何来到敝庄的？"

狄公见这人问得好生突兀，不由扬起两道浓眉，简短答道："骑马而来。"

"但是如何能闯得过飞虎团那一关？"

"我并没遇到老虎，无论飞的还是走的。可否惠示一下这究竟是……"

狄公说到一半时，忽见一个高大男子越过那矮胖士绅走上前来，生得肩宽背阔，穿一件长皮袍，抬手扶正头上的方帽，温文说道："请问老爷可是独自一人前来？"

"非也，我还带了六十名兵士随行，他们……"

"老天有眼！"矮胖男子叫道，"这下我们可有救了！"

"那些兵士现在何处？"高个男子急急问道。

"尚在山梁那边的桥头处。我刚刚经过缺口上架起的浮桥，桥便被洪水冲断。一旦浮桥修好，我的手下随从们便会立即赶来。”

矮胖男子闻听此言，绝望地一摊两手，朝旁边那人怒道：“从没见过这样的蠢货！”

“你且仔细听好！切勿如此出口伤人！”狄公怒斥道，“想来你就是一庄之主？我要在此处过夜。”

“过夜？在此处？”矮胖男子又讥刺地说道。

“还请闵先生少安毋躁！”高大男子厉声说罢，转头对狄公又道，“我等实在粗疏无礼，还望老爷见谅。只因眼下情势危急、生死攸关，庄主闵员外得了重病，这位闵国泰先生，乃是庄主的胞弟，昨日刚刚赶到此处，万一庄主病势加剧，也好从旁照应。在下名叫颜远，是庄内的主事。闵先生，我们先请这位贵客进屋去如何？”

颜远说罢，不等闵国泰首肯，便引着狄公走上石阶，步入一间大厅内。这厅堂形似巨穴，四面不见窗户，青石板地正中有一个四方形的坑洞，里面燃着熊熊一堆明火。室内只有几样硕大而老旧的家什，显然多年未曾动过，靠墙摆放着两口黑木橱柜与一张高背长榻，另有一张乌木雕花粗腿长桌。粗大的屋梁已被烟火熏得发黑，与这些厚重的古物倒很合衬，墙面一色粉白，未有任何饰物。这种朴素简约的陈设，在旧式乡间田庄里十分常见，看去颇为舒适悦人。

狄公穿过大厅朝长桌走去，留意到这房舍并非是建在同一平面上，两侧各有几级上行台阶通向小小的厢房，与大厅之间用槅扇屏风分隔开来。透过左侧的屏风，只见后面有一张高高的书案，案上堆着账目簿册，想是用来料理事务的账房。

颜远点亮桌上的烛台，将桌后一张大圈椅指给狄公，自己坐在左边一把椅子上。闵国泰口中兀自咕哝不休，颓然坐倒在对面一张稍小的圈椅内。颜远正忙着倒茶时，狄公解下佩剑，放在靠墙的条几上，松开皮袍前襟，方才落座，靠着椅背轻捻颊须，暗自打量眼前的二人。

那颜主事倒不难推断，面貌甚为端正清俊，乌黑的髭须修剪得十分齐整，说话只略带一点口音，定是城里长大的后生，虽说不过二十四五岁年纪，却已是眼睑厚重、眼袋乌青，口唇微张，颇显放浪，旁边刻有几道深深的纹路。狄公暗想如此一个市井中的浪荡公子，不知为何竟会来到这偏僻的乡下田庄里担任主事。这时颜远送上一只硕大粗糙的绿陶茶杯，狄公随口问道："颜相公可是庄主的亲戚？"

"回老爷，实是与老夫人沾亲带故。家父家母都住在州府，去年小民大病了一场，故而被家父送至此处，只为换换环境，调养一时。"

“很快你我就会百病全消，从此一了百了!”闵国泰恼怒地低语一句，说话时乡音浓重。此人广颡丰颌，神色傲慢，留着一副蓬乱的灰白长须，看去似是城里的商贾经纪。

“闵先生，不知令兄身患何疾?”狄公彬彬有礼地问道。

“哮病之外，又有心疾，于是愈发雪上加霜。”闵国泰简短答道，“他若是诊疗得法，大可活到一百岁。那些大夫让他无须过虑，结果才一年光景，就弄到如此地步，他本该无论晴天雨天都能在田间四处走动！正是因此，我才不得不赶来此地，并将茶庄托付给帮手料理，那人纯是个懒散无用的家伙，谁知道我的店铺与家眷又将遭遇何事！天杀的飞虎团会把我们个个都变成刀下冤鬼，真是晦气透顶!”说罢将茶杯重重放在桌上，伸出粗短的手指，气恼地捋着胡须。

“据我想来，闵先生说的是在当地作乱的一群剪径流寇吧。”狄公说道，“我在半路上就遭遇到一个，手持兵器，身披一块虎皮，过了几招便落荒而逃。一旦洪水肆虐，常会使得交通阻断、局势混乱，匪盗无赖之流便会趁机四处打劫，实属大不幸之事。不过闵先生也无须过虑，我的手下随从都是全副武装，故此那些土匪绝不敢袭击贵庄。浮桥一旦修好，他们便会立即赶来。”

“老天!”闵国泰冲颜远叫道，“他说要等到浮桥修好！好一个官家派头!”又强抑满腔怨忿，对狄公稍稍和缓说道：“敢问大老爷，那修桥的木料从何处得来？方圆数里之内，连一根木头也找不到!”

“你这话真正岂有此理!”狄公怒道，“我刚刚经过一片橡树林，那里难道没有木头?”

闵国泰对着狄公怒目而视，朝椅背上一靠，对颜远无奈说道：“颜主事，烦劳你行行好，将这里的情形解说一番如何?”

颜远从茶盘中取出一根筷子，放在狄公眼前的桌面上，又将两只茶杯分别倒扣在筷子的两侧，开口说道：“这筷子好比是黄河，从东向西流经此地。这只杯子好比南岸的军塞，对面这只则是敝庄。”又用食指蘸了些许茶水，在代表田庄的茶杯周围画了一个扁圆形的大圈，“这一片是山间，也是黄河北岸仅有的一片高地，四周稻田环绕，朝北大约二十里之内的耕地，全归敝庄闵员外所有。如今河水暴涨，淹没了南岸，将这片山地变成了一座孤岛。北边官道有一段被洪水冲垮，老爷途经缺口处的浮桥时想必见过。昨天早上，闵先生与其他几名商贾乘坐渡船在河边登岸，结果到了午后，渡船便被大水卷走。敝庄是

洪 泛 区 示 意 图

附近唯一的人居之所，不过老爷想也看出，我们如今处于完全孤绝的境地，天知道渡船几时才能恢复。要想修好浮桥，从北边运来木料也得花费不少时日，因为在缺口那边，方圆数里之内没有一棵树木，老爷骑马一路南下时，定也看在眼里。”

狄公点头说道：“我见你们这里收留有不少难民，为何不从中挑选出十来个精壮农夫，再派他们骑马前去缺口处？他们可以伐倒几棵大树，并且……”

“老爷进庄时，难道不曾看见路旁木桩上钉着的人头？”闵国泰插话说道。

“看见了，那又是何意思?”

“意思就是那帮匪徒正日夜监视着我们这里的动静——从庄后山坡上的洞穴内。”闵国泰愤愤说道，“老爷看见被砍了头的那人，本是庄内一名男仆，我等派他去缺口处给对面的民团送信告急，不料刚一走上官道，便有六名歹人骑马直冲下来，将他捉住带回，先是剁去手脚，然后又砍下头颅，就在敝庄的正门前动手。”

“这伙贼寇简直胆大包天!”狄公怒道，“他们共有多少人?”

“回老爷，大约一百左右，”颜远答道，“个个刀枪齐备、身手上佳，多为散兵游勇，也有亡命之徒。这匪帮原有三百多人[1]，半年前在南边山区里为非作歹，后来被官兵追剿，便开始流窜乡间，杀人放火，又被巡兵一路驱赶并歼灭了大约二百人，残部向北方奔窜，遇到河水暴涨，便逃至无人的荒山上暂避一时。

“这伙贼人在山洞里安顿下来，从山顶瞭望、监视四周，原本打算在此隐匿一时，坐等洪水退去。但是自从渡船被卷走后，他们便肆无忌惮起来，不再担心会被南岸军塞的官兵追击，且又打起了如意算盘。昨天有六人来到敝

[1] 在荷文本中，此处为四百多人。

庄门前，开口索要二百两黄金，美其名曰是上路的盘缠，还说如今正在孤岛的最西端捆扎木筏，一旦金子到手，转天清早便会离去；如果我们胆敢拒付，定要闯进庄内杀个鸡犬不留。家仆中必有他们的内线，因为闵员外的银柜里通常存放的现钱，不多不少正是这个数。”

颜远摇一摇头，清清喉咙，接着又道：“闵员外得知此事后，决意如数付钱，于是贼人道是其头领将会亲自前来收取。闵员外在自家卧房内，亲手将钥匙交给闵先生与在下，不料我二人打开银柜一看，里面却是空空如也，二百两金子踪影全无。就在当天晚上，庄内有个侍女悄悄潜逃，我们疑心正是她偷去了金子。

“匪首一听说金子丢了，自是怒气冲天，大骂我们要花招企图拖延时日，还扬言若是今晚天黑之前不将黄金送至洞中的话，便要带人下山来取，还要杀得不留一个活口。我等万般无奈，这才派那男仆去缺口处向民团求救，至于此人后来的遭遇，老爷刚刚已听说过了。”

“想想河对岸就有一座军塞！”狄公低语道，“里面驻有上千兵士！”

“更不必说还有数百名全副武装的巡兵，从上游的沿岸关卡中撤出后，此时也集结在彼处，”颜远说道，“只是不知如何才能与他们接上消息。”

"可否点火为信?"狄公说道,"若是军塞中的兵士看到,便会……"

"即使整座庄子都烧成火海,他们也断不会前来。"闵国泰说着,恼怒地瞪了狄公一眼。

颜远急忙又道:"回老爷,此言确是不虚。一条庞大的战船固然可以渡河,但如此举动非同小可,且又不是全无风险。首先得将空船朝上游方向拖出长长一段距离,再让兵士们登上甲板,然后一路缓渡过来,在这边找到适宜之处后,方可抛锚靠岸——总之需要十分精湛的驾船技术。若是军塞统领得知臭名昭著的飞虎团正在此地犯案,不消说自会冒险前来——此乃天赐良机,可将这伙贼人一举剿灭。当然飞虎团对此也是心知肚明,故此蛰伏多日,不露一点痕迹。当渡船仍在河上载客来去时,他们还特意放走了一队南下的商贾,令其安然经过此地。"

狄公缓缓点头:"须得说如今的情势大不乐观。"

"县令老爷总算是明白了,谢天谢地。"闵国泰愠怒说道。

"不过,贵庄的建制好似一座堡垒,"狄公又道,"若是发些兵器给难民,我们便可……"

"我等当然想过此事,"闵国泰插言道,"可知手头共有多少兵器?两杆生锈的长枪,四张弓和十来支羽箭,还有三柄长剑。对不住，如果再加上老爷放在条几上的那一把，应是四柄才对。”

“大约一百年前，庄内本来存放着许多兵器，”颜远说道，“并且蓄有二十来个精壮家丁充作保镖。这些防御手段自是花费颇多，自从对岸驻有军塞后，便统统废弃不用了，因此老爷可知……”

颜远环顾左右，只见管家大步走来，行至桌前，对闵国泰恭敬说道：“先生，小人已吩咐看门人替我在望楼上当值。厨子前来禀报，给难民充饥的米粥已经煮好了。”

“还多出四十六张吃饭的嘴来，”闵国泰对狄公郁郁说道，“我亲自点过人头，有男有女，还有孩童。”又长叹一声，无奈说道，“且罢，我们这就过去。”

“闵先生，我等是不是应当先送县令老爷去客房？”颜远发问道，“老爷他想必正急于更衣。”

闵国泰犹豫片刻，断然说道：“家兄是一庄之主，此事还须由他定夺。”转头对狄公又道：“还请老爷容许我等告退一时，小民非得给难民开饭不可，颜廖二位也须同去。一听说有土匪袭来，家中仆从全都四散奔逃，如今只剩下看门人，还有随我同来的一对老夫妻。老爷身份尊贵，只是我等实在无法礼数齐备、款待周全，还望老爷宽宥容谅，并且……”

“好说好说！不必为我费心！”狄公连忙说道，“我只要在墙边那张长榻上歇息过夜便可……”

“此事家兄自会决断。”闵国泰执意又道，随即起身离去，颜廖二人跟在后面。

狄公自行斟满一杯热茶。初入田庄时，之所以自称县令，皆因不想令素昧平生的主人窘迫难堪。要说如何礼数周全地款待一位京师重臣，纵使富甲天下的财主怕也会茫然无措。得知此处的危急情势后，对于适才隐瞒身份之举，更是深感庆幸。

狄公饮完茶水，起身行至门首，立于阶前。只见庭院内点亮了许多火把，颜廖二人正站在一口大铁锅前，忙着给难民的碗中依次盛入米粥，闵国泰在一旁督管，不时厉声呵斥曰勿要拥挤推搡。人群中半数皆为妇孺，还有嗷嗷待哺的怀中婴儿，无论如何也不能坐视他们落入飞虎团之手。这伙匪徒定会当场杀死所有男子、老妇与婴儿，再将男女孩童带至外地、变卖为奴，自己非得有所设法不可。狄公恼怒地揪一揪长髯，身为堂堂大理寺卿，在经历了一连串天灾人祸的复杂变故后，不意转瞬之间竟沦为一个孤身无助的行路过客！俗世间的权柄居然如此无定，着实令人苦涩难言。

狄公穿过大厅，踱进左边的账房，在宽大的圈椅上坐定，两手笼在阔袖中，抬头打量对面。只见墙上悬着古旧的山水卷轴，两旁还有一副长联，字迹粗豪有力，道是：

君王上奉天命主宰疆土

农人下依四时躬耕桑田

看罢点头称许，又定定望着前方静坐出神。半晌过后，狄公忽地坐起，伸手移过烛台，将瓷水盂里的清水倒在一片权作砚台的扁平石板上，从漆盒中取出一块墨条，一边研磨，一边在肚内寻章觅句，又从账簿旁拿过几张厚实的手制浆纸，拣了一支毛笔，迅速书成一封大字官书，写好后再依样抄录数份，不禁淡淡一笑，低声自语道："几如当年在学堂中抄书一般！"最后掏出系在腰带上从不离身的官印，逐页盖上印章，方才将一摞信纸卷起，统统纳入袖中。

狄公靠坐在椅背上，心中思量究竟会有多少胜算。经过长途跋涉，此时只觉浑身僵硬、背脊酸痛，然而头脑却异常敏锐，忽又想到自从离开北州后，这还是头一回摆脱了倦怠冷漠的心情。放任自己抑郁消沉真是愚不可及，须得振作起来，而这也正是长眠北州的亲密逝者对自己的期望，有忠心耿耿的老亲随洪亮，还有药坡上香消玉殒的伊人。如今必得施展手段，救出庄内所有无辜百姓，若是此计不成，还可挺身而出，向匪徒们披露自己的真实身份，并许下一笔巨额赎款，比二百两黄金高出数倍。身为人质，自然会经历一段艰难的日子，不定还会被割掉耳朵或切下手指，借以催逼早日成交，然而自己毕竟见识过各路歹人，并且深谙应对之术。若想大获全胜，目前的计策无疑最为稳妥可行。狄公心意已定，于是起身出门。

庭院中寒凉刺骨，难民们正忙着大口吃粥。狄公在人群中四处逡巡，终于寻到了那名曾帮忙照料马匹的少年。待那少年吃完米粥后，狄公叫他带路前去马厩。

后院空寂无人，北风凛冽扑面而来。二人在背风的墙角处长谈许久，狄公最后追问几句，见少年连连点头，方才递过纸卷，又拍拍他的后背，叮嘱道："此事就全托给你了！"说罢复又走回庭院。

闵国泰正立于阶下，一见狄公，便粗声粗气地说道："老爷让我一通好找，直是遍寻不得！家兄请老爷在晚饭前过去一见。"

二人一前一后进入房舍，顺着厅堂正门旁边的宽大台阶一径上去，来到二层平台。此间宽敞幽暗，门扇颇多，似是家眷居处。闵国泰轻叩左手边的门板，只听“嘎吱”一声，一个满面皱纹的老妇出来应门。闵国泰低语几句，待房门大开后，又转头示意狄公随他进去。

屋内十分闷热，墙角处摆着一只大铜盆，盆里满是灼热的炭火，上面架有一只热气腾腾的陶罐，散发出一股浓重的药味。条几上有两支高高的黄铜烛台，将四下照得通明。此间陈设简朴，后墙几乎全被一张硕大的乌木雕花床架所遮蔽，厚重的织锦帷幔业已拉开。床头边有一把扶手椅，闵国泰请狄公落座，自己在旁边的矮脚凳上坐下。那老妇身着暗灰色长裙，两手交叠袖中，仍旧立于当地。

一名老者躺卧在高枕上，直直盯着狄公，两眼通红，暗淡无光，面颊凹陷，皱纹密布，愈发显得双目格外硕大，前额高耸，汗湿处粘着几绺灰白发丝，髭须蓬乱，薄唇紧抿，纠结缠绕的长髯垂落在厚厚的绸被上。

“大哥，这位便是狄县令，”闵国泰轻声说道，“南下进京时路过此地，不巧遭遇洪水，因此……”

“我知道，看皇历就知道了！”闵员外突然颤声叫道，“每逢白虎星与第九宫相冲时，便会大难临头，皇历中说得明明白白，不止大灾大难，还有杀戮与暴死。”说罢阖上两眼，呼吸粗重，再度开口时双目兀自紧闭，“可还记得上次白虎星与第九宫相冲时的情形？那年我才十二岁，刚刚学会骑马。河水涨个不停，一直涨到门楼前的台阶下，我还亲眼看见……”话未说完，爆出一阵猛咳，瘦削的双肩不住抖动。老妇赶紧端上一只大瓷碗，从旁帮扶用药。

待咳声平息后，闵国泰又道：“大哥，狄县令须得在庄内留宿，我想楼下的厢房或许……”

闵员外忽然睁开两眼，直盯着狄公打量，口中喃喃念道：“全都应验了，丝毫不爽。白虎星，飞虎团，发洪水，我得了重病，琪玉也死了，我们甚至没法为她下葬……”说罢挣扎着想要坐起，却是徒劳无功，从被褥下伸出两只指爪般的枯手，又颓然倒回枕上，对闵国泰咕哝道：“他们会把她的尸身砍成几段，那些恶魔，你一定得想法子……”说到此处哽噎语塞，复又闭起两眼，老妇连忙上前扶住。

“琪玉是家兄的女儿，”闵国泰对狄公低声叙道，“只有十九岁，天资聪颖，可惜身体孱弱，心脏又不好，这一向横生出许多变故，她受不了如此惊吓，就在昨晚开饭前，心病猝发而亡。家兄对她十分疼爱，听闻这一噩耗便旧病复发，于是……”说到此处，语声渐低下去。

狄公漫不经心地点点头，两眼却望向靠墙的高大橱柜，旁边摞着常见的春夏秋冬四季衣箱，再过去则是一只大铁柜，上面挂着一把沉甸甸的铜锁。狄公回过头来，发觉病重的老者正注视自己，眼中闪出两道精光。老妇已离开床榻，正朝墙角处的火盆走去。

“不错，金子就搁在那里！”闵员外咧嘴一笑，“老爷明鉴，四十根亮闪闪的金条，足足有二百两！”

“全让翠菊给偷去了，这下作的小淫妇！”狄公身后响起干涩嘶哑的声音，却是老妇正怨毒地盯着闵员外。

“翠菊原是家中一个年轻侍婢，”闵国泰对狄公尴尬说道，“昨晚失踪不见，想是跑去投奔匪帮了。”

“她满心想与那些禽兽鬼混，一个接一个轮流来过，”老夫人语声尖利，“然后再带着金子脱身逃走。”

狄公起身走到银柜前，仔细打量了一番，开口说道：“铜锁看去不曾被撬过。”

“她手里有钥匙，这还用说！”老夫人又愤愤说道。

闵员外伸出一只枯手，抓住老夫人的衣袖哀哀相望，想要说话，却口角歪斜、语不成声，凹陷的面颊上忽然流下两行清泪，呜咽泣道：“不不，她没有偷走金子！你千万要相信我！我已经病到这步田地，怎么还能……没一个人可怜我，一个都没有！”老夫人拿起手巾，弯腰替他揩揩口鼻。狄公移开视线，又去看那银柜，只见外面包有厚铁皮，结实的铜锁上不见一丝划痕，再度转过头时，见闵员外已恢复自持，幽幽说道:“家中只有我、拙荆和小女知道钥匙放在何处，再无他人。”两片不见血色的薄唇上缓缓露出诡异的笑容，并伸出弯曲细瘦的右手，顺着床边各种雕花纹样一路摩挲。

“翠菊整天在这房内打转，尤其是你发烧的时候!”老夫人恨恨说道，“你将钥匙拿给她看时，怕是自己根本都不知道哩!”

这时闵员外摸到一块蓓蕾状的刻花，轻轻笑出声来。只听“咔嗒”一下，床边弹开一小块面板，浅浅的凹槽里放着一枚硕大的紫铜钥匙。闵员外又连按数下机关，反复开阖，几如孩童一般开怀不已，咯咯笑道:“那姑娘不但身板结实，模样也很俊俏！出身农家，性情最是淳朴厚道。”说话间从嘴角流下一道口涎。

“你本该多想想女儿的婚事才对，而不是那个小淫妇!”老夫人说道。

“啊，对对，我的爱女!”闵员外忽地面色一沉，肃然说道，“我的爱女是多么聪明伶俐啊!”

“与梁家交接的事，全是我一手操办，挑选嫁妆也是我亲自过问!”老夫人喋喋怨道，“谁知你却背着我……”

“搅扰二位多时，实在过意不去。”狄公插言说道，并示意闵国泰起身离座。

“等等!”闵员外突然叫道，对着狄公审视半晌，眼神看去锐利机警，开口时语声平稳，“县令老爷今晚就请住在琪玉的房中吧。”说罢长叹一声，复又闭起两眼。

闵国泰引着狄公出门时，老夫人正蹲在火盆边，操起一只大铜钳翻搅炭火，口中兀自喃喃怒骂。

二人顺阶而下时，狄公对闵国泰说道:“令兄确是病得不轻。”

“一点不错。然而我们也全都难逃一死，很快便会大难临头。琪玉倒是运气不坏，走得十分安详。”

“听去她很快便要出嫁。”

“正是，她与梁公子定亲已经有些日子了，预备下个月正式成婚。梁家住在军塞那边，是有名的富户，梁公子人物出众，又是家中长子，虽说相貌不算十分英俊，却性情沉稳、老成持重，我曾在城中与他们父子二人见过一面。自从琪玉身亡后，我们甚至还无法将此凶信告知梁家。”

“她的尸身现在何处?”

“暂时收厝在一副棺木中，停放在大厅后面的佛堂内。”闵国泰走下楼梯，又高声说道，“啊哈，颜廖二位已在那边等候，想来老爷不必上楼先去自己房中吧，确实无须跑这一趟，外面就有盥洗室，出了那扇门便是。”

狄公返回大厅时，见闵国泰等三人已在大桌旁分别坐定。桌上摆着四只粗瓷大碗，里面盛满米饭，另有四碟腌菜与一盘咸鱼。

“敝庄饭食粗陋，还请老爷见谅！”闵国泰心不在焉地例行谦辞客套过后，举箸示意众人用饭，又低声咕哝道，“家中存粮已然不多，家兄理应早有计较才是……”说罢摇一摇头，端起瓷碗自顾吃起来。

众人默默进餐。狄公只觉饥肠辘辘，这简单而实在的饭食倒是正对自家胃口。颜远起身离座，行至墙边的条几前，端过一只深褐色石头酒坛并四只小瓷杯，从坛内倒出温酒。管家惊异地看他一眼，怒道：“颜主事，原来是你将这坛子拿出来了！琪玉小姐昨晚刚刚亡故，你怎会想起饮酒来，更何况还是眼下这样生死攸关的时候！”

“难道非得白白留给那些匪类去歆享不成？”颜远漠然答道，“况且还是最上等的佳酿哩！闵先生也来一杯如何？”

“满上，满上！”闵国泰口中嚼着饭菜，含糊应道。

管家垂头不语，两手不住颤抖。狄公看在眼里，举杯饮了一小口，果然是上品酒水。

管家忽地放下筷子，忧心忡忡瞥了狄公一眼，胆怯说道:“老爷身为县令，想必见识过不少匪盗之流，不知我们能否说动飞虎团接收银票？闵员外与城内两家大钱庄一向交好，并且……”

“除了现钱，我还从未听说强盗会接受其他任何东西。”狄公淡淡应了一句，几杯酒水下肚后，只觉一股暖意传遍全身，被打湿的皮靴也已干透，于是起身脱下皮袍置于条几上，露出里面的褐色夹棉长袄，一条黑丝绦环绕数匝系于腰间，“诸位大可不必过于悲戚！据我想来，解困之法非止一端。”

狄公重又归座，将皮帽朝后一推，双臂据案，环顾众人，又道:“那伙匪徒认定黄金失窃一事是我们使出的计谋，故此十分恼火。他们之所以一再催逼，皆因必须在洪水退去之前乘坐木筏逃离此地，同时又对军塞中的官兵十分忌惮，如同一群惊弓之鸟，着实不易对付。不要指望他们会高抬贵手、略发善心，与他们讨价还价也是无益，除非我们能抢先占据有利的地位。我倒是想起一事，每逢夏季，贵庄想必会有佃农常在河中打鱼?”见颜廖二人点头，接着又道，“好。我料定飞虎团会在明天一早大举进犯，今晚就挑选几名擅长撒网捕鱼的精壮农夫，吩咐他们携带一张大网，爬到门楼这边的屋顶上去。此事须得保密，绝不可走漏风声，因为难民中不定混有飞虎团派来的奸细。我深知如何对付这类歹人，等匪众前来时，我便出去与那匪首讲话，道是我们虽说早有准备，但不会动手与他们为难，只要放我们一条生路，便任由他们进庄拿走金银细软等物。这伙人听罢自会欣然同意，心想如此一来，便可不费吹灰之力洗劫整个庄子，然后再杀个鸡犬不留。一旦匪首与几名随身保镖跨过门槛，事先埋伏在房上的农夫便立即撒网，将其连人带马一并套住，同时我等迅速关起大门，将其余匪众拦在外面。匪首等人纵然全身披挂、刀枪齐备，只要被渔网罩住，也就无计可施，只需拿棍棒敲打几下，便可轻易制服。一旦握有人质在手，再与他们正经讨价还价不迟。”

“此计听去殊非下策。”闵国泰缓缓点头说道。

管家面露喜色，但是颜远却撇一撇嘴，忧心说道：“太过冒险！万一有个闪失，那伙贼人甚至不会给我等一个痛快了断，定要百般折磨了！”

闵廖二人听罢，吓得惊叫一声。狄公却并未理会，断然说道：“若是此计不成，你们只管将我一并关在门外，我自会设法自保。”又嘲讽地微微一笑：“诸位有所不知，在下正是属虎之人！”

闵国泰若有所思望了狄公一眼，半晌后开口说道：

"好吧，我这就去亲自料理布置渔网一事。廖相公，你来助我一臂之力。"说罢霍然起身，又对颜远发问道："颜相公，你送县令老爷上楼歇息如何？此时轮到我去望楼里值更。"转头对狄公解释道："我们几个轮班守夜，每人一个半时辰，为的是时刻注意飞虎团的动静，以防不测。"

"如此说来，我亦是责无旁贷。"狄公说道，"闵先生，我就排在你后面如何？"

闵国泰推辞曰万难擎受，奈何狄公一力坚持，终于商定由狄公从子夜到寅初时刻负责值更，之后颜远接班，直至天明。

闵廖二人告辞后，径去存放渔网的库房。狄公将皮袍搭在肩上，拿起长剑，跟着颜远走到阶前。颜远引路行至二楼平台处，又登上角落里一道狭窄逼仄、嘎吱作响的楼梯，在三楼的走廊尽头，唯见一扇坚实的木门。

颜远止住脚步，懊悔说道："庄主竟然安排老爷在此处过夜，令小民甚觉过意不去。还望老爷勿要介怀，毕竟昨晚刚刚……其实小民大可为老爷在楼下另觅一间空房，旁人不会知晓……"

"就在此处甚好。"狄公简短说道。

颜远推开门扇，请狄公入内，只见房中漆黑冰冷。颜远点亮条几上的蜡烛，又道："这倒是敝庄最为典雅考究的一间房舍。琪玉小姐品味不凡，老爷一看便知。”

室内阔大轩敞，摆放着不少家什。颜远抬手漫漫一挥，又指着前方几乎占去一整面墙的拉门，说道：“出了这扇门，便是横贯顶层的露台。每逢夏夜良宵，琪玉小姐便会坐在那里赏月。”

“莫非她独自一人住在此处？”

“正是，这一层再无其他卧房，小民听说此屋曾用来堆放杂物。依照常理，琪玉小姐本该住在东厢的女眷内宅中，却独爱这里清静，且又居于高处、景致甚佳，闵员外便依了她的主意。我这就去吩咐闵先生的家仆送茶来，还请老爷好好歇息！待到午夜时，小民再来侍候。”

颜远掩门而去后，狄公只觉室内寒凉沁骨，且有一股冷风从拉门方向吹来，便重又套起皮袍，将宝剑搁在正中的紫檀木几案上，朝四周闲闲打量。只见地上铺着厚厚的宝蓝绒毯，一张窄榻摆在房门右首的墙角处，薄纱帷幕直垂到四只紫檀木床腿边，旁边摞有四只朱漆皮制衣箱。拉门边是一张梳妆台，上面放着一面圆形银镜，镜前一排小巧的粉盒。房门左首则是一张高高的长条琴桌，桌上平放着一架七弦古琴，旁边立着一只光洁雅致的湘妃竹书架，靠近拉门的墙角处摆着一张乌木雕花书案。墙上挂有卷轴，狄公走上前去细看，却是一幅精美的冬梅图，出自前朝名家之手。书案上陈设的砚台、笔筒、镇纸等物，皆为贵重的古董，必是精心挑选的爱物。闺房的主人显然颇具素养，品味十分高雅精致。

地中央的紫檀木几案旁有一张竹椅，狄公上前甫一坐下，立觉竹枝细弱不堪重负，竟至岌岌可危，连忙站起身来，心想琪玉小姐生前必是个纤弱轻灵的女子，又见那乌木琴凳颇为厚重，于是挪到近前，方才安稳坐下，伸伸僵直的两腿，侧耳细听周围动静，只闻得北风从屋顶上呼啸而过。

狄公缓捋长髯，试图理清脑中纷乱的思绪。撒网捉匪首之计并不敢说十拿九稳，此番出谋献策，主要是为了将闵国泰老先生从听天由命的悲观消沉中唤起，令其振作一二。至于付诸行动的其他计策，即使自己也难以确信一定会成功，想来最有把握的仍是亲自出面与飞虎团交涉。一旦有官员被扣时，朝廷并不情愿为了营救其人而对匪帮网开一面、宽赦施恩，如此行事不但会损害官府声威，还会使得其他歹徒依样效仿，这些无疑都是实情。然而自己如今身居高位，今番或许会破例一二。如果能保全性命，定要亲眼看着飞虎团最终覆灭。这次他们若能得手，过后定会再度作恶，到了那时，便可狠狠予以痛击，即使开恩赦免，也仅是针对以往的罪行而已。

狄公又想起庄内黄金被盗一事，窃贼究竟会是何人？自己曾在闵员外卧房中见过老夫老妻口角争执的尴尬一幕，可见侍婢确有机会得知钥匙藏在何处，不过其中似乎另有隐情。人人都道是闵员外十分疼爱女儿，但是他有一回提起琪玉时，却明显带有几分轻蔑，且又执意让一位县令在女儿刚刚亡故的闺房中过夜，到底有何用意呢？

忽听有人叩门，狄公不觉一惊。只见一个驼背老者进来，身着粗陋的蓝布长袍，将茶盘默默搁在狄公手肘边的桌面上，又将一只木头水桶放在梳妆台边，转身正欲出门时，狄公示意他暂且留步，开口问道："琪玉小姐心病猝发时，可是独自一人在这房中？"

"是的，老爷。"老仆开始絮絮述说当日情形，只可惜乡音浓重，听得狄公一头雾水。

"你且慢慢讲来！"狄公心中焦躁，插言说道。

"我刚才不是说过，小姐就躺在那张床上！"老仆愠怒地答道，"为了吃晚饭，浑身上下打扮得整整齐齐，穿着一件白绸长裙，料子是上好的，我想一定花去不少银子哩。不见她下来用饭，颜先生便上楼敲门，不见有人答应，于是又折回来告诉我家老爷，然后老爷又叫我一同上楼去。只见小姐躺在那边的床上，我们以为她睡过去了，谁知竟然不是。老爷叫了几声，见她不言语，便凑上前去细瞧，把过手上的脉，又翻开眼皮查看，脸色一下变得煞白，说道：‘看来是心病猝发而死，快去叫你的女人！’我和老伴便抬了一副竹担架上来，将小姐挪到里面，再抬到楼下的佛堂中去，竟然沉甸甸的，很有些分量哩！老爷又叫管家廖先生帮忙将尸首放进棺材里去，谁知那人一听说小姐死了，竟如丢了魂一般全不中用，于是我就说不必麻烦了，我们两个老家伙自己能对付得过。事情就是如此。”

“明白了，”狄公说道，“真是惨事一桩。”

“比起大老远地从城里辛辛苦苦赶到此地，结果却是为了被一群土匪活活砍死，也算不得多么凄惨。不过话说回来，我已经活到了这把年纪，一天也不想多挨，家中儿女都已长大成人，各自成家立业，一把老骨头还抱怨个甚！平日里我总是说……”

一阵暴雨突然倾泻下来，打在屋瓦上噼啪作响，后话立时湮没不闻。

“老天也是不长眼，莫非还缺水不成！”老仆口中埋怨一句，走出门去。

狄公心想若是大雨倾盆的话，黄河还会继续涨水，不过亦可阻止飞虎团夜袭田庄，不禁长叹一声，起身走到梳妆台前，盥洗过脸面和两手，又拉开上层抽斗，意欲寻出一把梳子来梳理长鬓，不料竟在脂粉香盒中翻出一个小小卷轴。若是手迹或字画之类，收藏在此处，似乎颇为出奇。狄公解下丝带，缓缓展开，却是一幅少女的小像，正想重又卷起时，瞧见旁边的题字是“爱女琪玉二八芳龄写影”。如此说来，这便是闺房的主人，即昨天刚刚亡故的闵小姐三年前的玉容了！狄公将画轴挪到桌上，细细端详起来。

此乃一幅半身肖像，画中的女子稍稍侧转面庞，身着一件淡紫色衣裙，上有梅花图样，纤细的右手中也拈着一枝梅花，一头乌亮的秀发从前额朝后梳去，在颈后绾成一个发髻，削肩细瘦，身形荏弱，看似后背微驼。容貌生得颇为不俗，虽非人人羡爱的标准美人，却自有一种奇特的魅力。双眉略有些高，鼻梁挺拔却明显呈鹰钩状，两颊苍白凹陷，薄唇不见血色，可见身体一向不佳。一双明亮的大眼显得十分聪慧，目光灼灼，凝望画外，赋予整个人一种古怪的魅力，之所以说古怪，是由于在她眼中闪出一种意欲占有的光芒，甚至流露出饥渴之色，令人隐隐感到不安。

画师绝非平庸之辈，笔法精湛，描绘得栩栩如生。狄公忽觉浑身大不自在，仿佛贸然闯入了少女深闺，而闺房的主人不但尚在人世，并且随时可能会推门走入。

狄公颇为自恼，放下画像，侧耳倾听雨声，暗自思忖为何画中少女的目光会令自己如此不安，一眼瞥见书架，便迅速起身行至近前，略过常见的闺训典籍，比如《列女传》《女诫》之类，见有一部四人诗作合集，边角卷折，足证琪玉小姐经常翻看，于是从架上抽出，正欲放回时，却又心里一动，留神细瞧作者名姓，恍然记起这四人皆是自尽而亡。狄公手捋长髯，默默思忖，试图推究其中含义，再看其他书册，只见皆是道家关于疗疾或长生的服食方略，还有术士烧丹炼汞的记述，不禁面露困惑之色。

狄公走回桌旁，将画像移到烛光下，复又细细打量了半日，方才憬然有悟。原来这可怜的姑娘患病多年，唯恐自己还未尝尽人生的诸般滋味便已夭亡，正是这病态的恐惧，使得她企图从四位厌世幻灭之人的诗作中寻求慰藉。那一双明眸中的饥渴，正是对生命的热望，这热望如此强烈，几乎要将观画者拽至近前，并希图汲取其生命力化为己有。她将画像收在梳妆台的抽斗中，正是为了每日取出端详观瞻，与自己映在镜中的面容细细比较，寻觅每一点病情恶化的迹象，思之着实令人怜惜。

琪玉对梅花的偏爱也是情理中事。那老旧的枝干看去几乎已经枯死，却又绽出点点白花，生命正如这花朵一般，在隆冬时节里蛰伏许久，又再度盛放于回春之时。狄公走到一摞衣箱前，打开最上头的一只，只见里面整整齐齐叠放着衣衫罗裙等物，几乎每一件都织有或绣有梅花图样。

狄公斟满一杯热茶，几口喝干，然后摘下帽子放在宝剑一侧，又脱掉皮靴，上床和衣躺下，听着外面单调的雨声，想要尽快入睡，脑海中却总是浮现出画中少女的模样。

“虽说这些花儿只是平常，但是为何世人就不能喜爱它们呢?”

狄公一惊，睁眼直坐起来，唯见桌上烛火摇曳，房中空空落落，并无他人。梦中那羞怯的音声犹自回响在耳边，正是不幸夭亡的少女对于观画者发出的疑问。狄公再次决然阖上两眼，刻意去倾听那催人入眠的雨声，一阵倦意袭来，不久便沉沉睡去。

狄公忽觉有人在摇撼自己的肩膀，睁眼一瞧，面前正是颜远，于是起身下地，发觉外面雨声已止。

“大雨几时停的?”狄公一边戴上皮帽，一边随口问道。

“回老爷，大约两刻钟以前，此时正飘着毛毛细雨。我刚从望楼那里下来，瞧见匪帮聚集的洞口处有亮光，不知他们在做何勾当。”

颜远手提一盏小小的油纸风灯在前照亮，引着狄公顺阶而下。大厅内的明火已然熄灭，只剩下坑底灰烬闪烁着微光，不过余热尚存，因此颇为温暖宜人。

二人出门走入庭院，外面一片漆黑，越发显得凄清湿冷。经过门楼时，颜远举起风灯，光晕中只见三名男子靠墙挤在一处，又转头对狄公低声说道："老爷，渔网已经布置妥当。这三人擅长撒网捕鱼，到时候不消片刻便能爬上屋顶去。"

狄公闻言点头，发觉此时已风停雨歇，一路紧跟在颜远身后，顺着狭窄湿滑的石阶登上外墙的最高处，走过雉垛，行至东南角的望楼下。一架嘎吱作响的木梯直通向最高层，顶上却是小小一个平台，围栏皆用粗大的圆木制成，屋顶下的矮檐不但可以遮风蔽雨，还能抵挡飞来的乱箭。

"老爷就坐在这条长凳上，保证平安无事，从这高处还可以俯瞰周围山野。"颜远将风灯搁在地板上，却无意离去。

"在接班守望之前，你最好先去歇息一阵。"狄公说道。

"回老爷，小民此时全无睡意，大概是心里有事的缘故。若是留下做伴闲话一时，不知老爷可否介意?"

"自然不会。"狄公一指长凳，于是颜远从旁坐下。

"这下老爷可以看清楚那边了！他们在最高的洞口前燃起一堆大火，究竟想要做甚?"

狄公朝山坡方向瞥了一眼，耸耸肩头，答道："天知道他们要干什么，许是想要生火取暖。"又转头朝南望去，黑暗中不见一星亮光，唯闻黄河汩汩的水声。此时虽无北风凛冽，但身在高处，依然寒气逼人，狄公裹紧身上的皮袍，打了一个冷战，说道："我去拜访闵员外时，见他不时神思恍惚，不过看去仍是一位十分精明的老者。"

"一点不错！闵员外虽然性情严厉，却处事公正，对佃农们一向十分体恤，因此广受敬重。老爷明鉴，在他病倒之前，小民手中掌管的事务颇不繁难，只需不时去农庄里收租，并询问可有什么难处或纠纷，日子过得甚是单调乏味——直到洪水突发为止！城里可是完全两样！老爷可曾听说过本地州府?"

"以前曾路过一两次，看去繁华热闹，一派生气勃勃。"

"正是如此！生气勃勃，但也花费多多哩！要想在城里落脚，没有大笔银子可是不成。小民家境平常，在同宗里算不得贵支旺族，家父开着一爿小小的茶叶铺，仅够日常花销用度。这里才是不折不扣的富家大户，累世积蓄下的财物不可胜数。闵员外在城里存有一大笔款子，更不必说在内地还置有不少房产店铺。”

“如果闵员外去世，谁会继承全部家产？”

“琪玉小姐不幸亡故后，将由闵员外的胞弟闵国泰先生继承。他自己也家资甚富，本来就已使花不尽，不过多多益善，想必自会欣然笑纳！”

狄公默然片刻，又闲闲问道：“昨天琪玉小姐猝然逝去，你当时可否在场？”

“在场？不不，小民当时并不在场，不过是我头一个发觉事情有些不对。昨日午后，琪玉小姐心绪十分不佳，我们人人都是如此，老夫人还说她上楼歇息的时辰比平日要早。内宅开晚饭时，还不见小姐的人影，我便上去敲门，却没人回应，于是下来告知闵国泰先生，道是似乎情形有异，他便与其家仆一同上楼去查看，结果发现小姐躺在床上，穿戴得整整齐齐，已经断气了。”

“闵小姐会不会是自寻短见？”

“自寻短见？这个绝无可能！闵国泰先生深谙医道，立时便看出小姐死于心病猝发，那时她正在小睡。之后由我奔去向员外和夫人报信，这可不是什么好差使！老员外听此噩耗，忽忽如狂，老夫人费了九牛二虎之力，才安抚得他平静下来，与此同时，闵国泰先生派人将尸身收入棺木，安置在佛堂内。事情就是如此。”

“明白了。”狄公说道，“适才拜访闵员外时，听老夫人提到一名叫作翠菊的侍女，并隐约暗示她不但知道金子藏在何处，而且携金潜逃、不知去向。至于情形到底如何，我还没能十分明白。”

“回老爷，这大概是关于黄金被盗一事最合情合理的说法了。整整四十根金条，正好二百两，就存放在闵员外卧房内的银柜中，银柜钥匙则藏在床头一个秘密机关里，除了员外和夫人，并无他人知晓。再说那翠菊，虽然目不识丁，却生得颇有几分姿色，人又机灵识趣，与别的乡下女子没有两样。她向来一力讨好老员外，还让他不时亲热一二，我想大概是巴望着有朝一日做个收房小妾吧。”

颜远撇一撇嘴，接着又道：“总而言之，老员外必是给翠菊看过钥匙藏在何处，或是发烧昏迷时亲口透露给她。听说飞虎团来袭，翠菊心想不如趁机捞上一笔，便拿了金子逃走了。她可将金子埋在一棵大树或一块大石下面，然后奔去匪帮的巢穴中，那伙歹人见来了这么个丰满俊俏的姑娘，不消说一定乐开了花。过后她自可携着金子远走他乡，再嫁个有钱的店主之类，想想真不失为一手如意算盘！且罢，小民还是就此告退，老爷看见悬在那边椽柱上的铜锣了没？一旦土匪攻到门外，就用挂在旁边的棒子敲锣，这是我们约定的警报。到了换班时候，小民一定准时前来接替老爷！不不，我对这里熟门熟路，就不用灯笼了。”

狄公将长凳一转，重又坐下，笼起双臂枕在栏杆上，眺望着对面黑漆漆的山岭。方才遥见火堆前有些小小的黑柱子正被挪来挪去，心中立时便已了然，那是匪徒们正在装置用来破门的撞木。如今庄内众人皆如困兽一般惶惶不可终日，虽说颜远看似最为淡定从容，但还是不想贸然道破实情，从而令他受惊。照目前的情形，除非云散月出，否则飞虎团不大可能在天明前出袭，眼下除了坐等，仍是无计可施。

颜远方才所述琪玉小姐身亡时的情形，与闵国泰的老仆口中所言倒是大致相合。不过狄公总觉得哪里有些不对，其中一定还有隐情，卧病在床的老员外一定也有所疑心，不然何以会让一名县令在亡女的闺房中过夜，必是暗自希冀长于勘案的父母官能够寻出蛛丝马迹，从而使得真相大白。

另有一桩异事，便是闵员外特意提及历书与星象。朝廷礼部每年负责编订皇历，仔细研读过《易经》后，再将一年中天象预示的所有消息悉数汇集成册。由于这些消息蕴涵有古圣先贤的智慧，因此不可被等闲视之。狄公本人属虎，莫非正是生肖的神秘力量，引着自己来到这荒僻孤绝的庄园之中么？

狄公摇一摇头，决意先放下这些有关天机命数的玄想，凝神思量如何对付生人实事要紧。闵员外说过星象暗示出将有杀戮暴死，可能指土匪来袭，也可能指女儿暴卒。庄内没有一个够格的大夫，实为一大憾事。闵国泰这样的长者大多通晓医道，身为一家之长，这也常是必备的学识之一，但是无论如何总不能与开业医师相比，更不必说衙门里的仵作了。虽说自己对法医之道颇为谙熟，很想亲自去验尸，不过也明知难以办到。

想到尚且滞留在缺口那边的一干随行扈从，狄公暗自希望桥头还能保得住，如此一来，兵士们便可在旁边的营房内过夜。不过对那两名大理寺官员，却有些放心不下。他二人为传圣旨，千里迢迢奔赴北州，如今亦在随员之列，在京师中一向养尊处优，对这路途艰辛不知能否消受得起。念及此处，狄公转而思虑起夫人子女来。圣旨传到北州时，幸好她们都在太原老家。离开北州之日，狄公留下陶干与新任县令交接，又派了马荣乔泰前去太原向夫人报信，之后再护送她们三人并小儿女取道径去京师。那一路甚为平易，倒是无须太过担忧。

时间过得飞快。狄公以为时辰尚早，却见颜远从梯口处伸出头来。

“可有什么动静?”颜远登上平台，急急问道。

“没有，”狄公答道，“不过天色似会转晴。若是果真如此，你最好时刻留神匪帮那边的动静。”说罢提起风灯，一路下去。

狄公正欲步入大厅，不想遇到廖管家从养马的后院里出来，仍是一副形容憔悴的模样。

“小民隐约听见马嘶声，便过去查看马厩里是否干爽。老爷以为匪徒几时会来袭?如此心惊胆战地坐等……”

“天亮前想必不会。那一排外屋是不是格外阴寒?不知难民中的妇孺婴儿能否挨得过去?”

“回老爷，他们一切安好。外墙十分厚实，我们还在地上铺了厚厚一层稻草。”

狄公点点头，一径走入房内。只见地中央的明火已然灭尽，厅堂中凄神寒骨，直如墓穴一般寂静。狄公借着手中风灯的光亮，未费周折便寻到了台阶，小心翼翼踩着楼梯直上三层，一路上放轻脚步，免得弄出响动。

狄公正要走入闺房，惊异地发现室内有一片莹白的微光，却是从糊纸拉门上透入，于是穿房而过，推开门扇。只见外面云散月出，周围的山岭尽皆沐浴在银辉之中。

狄公信步走上露台。一场风雨过后，地板与木栏依然湿漉。左边远角处摆着一只三层竹架，上面有一摞空花盆，看去颇似书房中用的脚踏梯。

露台位置甚高，站在此处，可以清晰地望见飞虎团正在赶制撞木，若是为了运送撞木下山，又一路上坡直至田庄门口，他们还得再造出一辆独轮车来不可，因此天亮之前怕是难以完工。狄公倚栏俯瞰，只见下去两丈左右，便是后面房舍的屋顶，又举头仰望，却见顶部屋檐宽阔，拉门的横楣上方装有一排木头镶板，每块三尺见方，皆刻有云龙纹样，做工十分精细，足见这宅子至少已有二百年之久，后来的工匠们不会再花费如许工夫这般精雕细刻了。

值此夤夜时分，一股清寒之气迎面而来，似乎过不多久，霜冻便会再度降临。狄公决意让拉门半开半掩，若是望楼里鸣锣示警的话，房门敞开也更易听见，正预备上床躺下，一眼瞥见室内的琴桌，便又改了主意。此时既无睡意，倒不如拨弄一回，也可借此打发些时间，况且前朝琴书中皆道是在月下抚琴最为合宜。七弦琴乃是孔夫子最为钟爱的乐器，因此学琴亦成为受教的一部分。狄公年少时也曾习过此艺，不过已荒疏多年，不知还能否记起那些

闺房月夜狄公抚琴

复杂的抹挑勾剔之法，想到此处，竟生出几分好奇之心。

狄公掉转琴桌，将乌木琴凳置于桌后，自己靠墙坐下，一边揉搓着冰凉的手指，一边饶有兴致地仔细端详。只见狭长的朱漆琴身上布满了细小断纹，可知是一件名贵的古物，至少也有百年之久。狄公用食指逐一拨动七根琴弦，琴声异常低沉，余音在空房中回响，音准大致不差，足证琪玉小姐亡故前不久还曾弹过。他又伸出右手拧一拧玛瑙琴轸，并努力回想自己最喜爱的琴曲该如何开头，及到预备弹奏时，才发觉纵然记得曲调，却已完全忘却了指法，于是拉开存放琴谱的抽斗，果然见有一摞簿册，草草翻阅过后，见全是更为繁难的古曲，自己根本力不能及，其中还有著名的《梅花三弄》——既然琪玉小姐生前极爱梅花，这自然也在意料之中。在抽斗底部，有一首看去简短平易的曲子，题作《秋心》[1]，不但曲名闻所未闻，琴谱旁边用蝇头小楷写下的歌词亦是从未见过，有几个字被抹去，琴谱上也有修改过的痕迹，显然是琪玉小姐自行创制而成。歌词共有两节：

黄叶飘兮，织成罗衣。

罗衣为谁？秋杪之玫。

---

[1] “秋心”即“愁”。

寂寂秋日，令我心伤。
如饥如渴，辗转未央。

黄叶飘兮，翩然风中。
惊飞者谁？秋杪之鸿。
安能载我，同归尔乡。
此心得宁，宜在远方。[1]

狄公两眼紧盯着琴谱，从头至尾缓缓弹了一遍，曲调略带轻快，倒是颇易记诵。他又反复演练了几遍较为繁难的段落，终于默记在心，这才挽起皮袍的袖口，抬头望向门外的月下山景，预备要正经弹奏一回。

就在此时，狄公从眼角处瞥见一个身材纤细的女子，正立在左边墙角的书案旁，不禁猛吃一惊，浑身僵直不动。那灰黑的人形虽则隐匿在暗处，但蜷曲的双肩、鹰钩鼻的侧影以及从前额朝后直梳的发髻，却清清楚楚映在月光下的门扇上，只盘桓了短短一刻，便立即消失不见。

狄公呆坐半日，两手兀自停在弦上，想要叫喊出声，喉头却似被一股强力扼住，半晌过后，方才起身绕过琴

---

❶ 在荷文本中，这首歌词大意相同，但其中某些词句与表述有所区别，“秋杪之玫”为“秋杪之菊”，“秋杪之鸿”为“秋杪银鸿”。

桌，朝黑影消失的左边墙角处挪近几步，惶惶然望向书案，发觉空无一人，不禁抬手抹了一把脸面。这定是琪玉小姐的亡魂显灵了。

狄公努力整顿全神，推开拉门，走上露台，深吸一口夜气，只觉清凉爽净。虽说这十几年里也曾数次遭遇鬼魂，不过最终都有合情合理的说法。然而适才亲眼目睹的少女亡魂，又该如何解释呢？自己曾在入睡前，依稀听见过少女的嗟叹之声，莫非今番又是想象出的幻影不成？只不过彼时昏昏欲睡，如今却十分清醒。

狄公缓缓摇头，踱回房内，随手掩上拉门，从袖中取出火镰，点亮一盏小风灯，心中拿定了主意。鬼魂出现通常只为一事，即少女定是不明不白死在这房中。正是因此，她那尚未出窍的魂灵仍在四近徘徊，拼命想要冲破幽冥之界而显形，不久前就曾在自己将要入睡时吐言发声。方才一时兴起，专心弹奏琪玉生前创制的琴曲，致使魂灵蓦然有感，于是再度返回阳间匆匆露面，如此说来，自己亦是责无旁贷。想到此处，狄公提起风灯，转身下楼而去。

行至一层平台时❶，只见从闵员外卧房的门下透出一

❶ 此处有误，应为二层平台。

线亮光。狄公蹑手蹑脚走上前去，将耳朵紧贴在门板上，里面传来一阵低语声，却听不清字句，半晌后悄然止息。有人开始低声吟诵，念的似是咒语或祷词。

狄公下楼走入大厅，立在阶前，提起风灯环顾四周。记得除了正门之外，还另有一扇小门，就在自己用饭时的座椅背后。闵国泰说过大厅后面有个佛堂，果然合得上榫。

狄公穿过大厅，朝那扇小门快步走去，门未上锁，甫一推开，便有一股浓重的天竺熏香气味扑鼻而来，可见正是佛堂，于是闪身进入，回手轻轻掩上房门，举起风灯打量四周。只见这佛堂甚是狭小，后墙处摆着高高一张朱漆木桌，桌上的神龛内供着一尊镀金观音像，前面一只银香炉，炉内灰烬半满，正插有四支点燃的线香。

狄公审视半晌，从香炉旁抽出一根未曾用过的线香来，与插在炉内的几柱比比长短，发觉后者只烧去一分左右，足见有人刚刚来过这里焚香。

一口未曾刷漆的棺木停放在一对木头支架上，琪玉小姐的尸身暂时收厝其中。狄公注目凝望，若有所思，又见对面悬有一幅精美的织锦壁挂，从上到下遮住了整面墙壁，绣有佛陀涅槃的景象。濒死的佛陀斜倚在长榻上，代表三界的一群菩萨罗汉围在四周，正怆然悲悼他的离去。

入佛堂开棺验女尸

狄公将风灯放在供桌上，心想既然佛堂的门并未上锁，任何人都可随时进入，忽然心里一动，觉得不甚自在，似是此间另有他人。然而这小小的斗室内分明无处藏身，除非壁挂后面另有空隙。狄公走到近前，抬手触摸一下，见那壁挂确是紧贴墙面而悬，不禁耸耸肩头。虽说无须猜测前头的来人究竟是谁，不过最好手脚快些，因为那不知名姓者随时都可能再度返回。

狄公绕过摆在地中央的蒲团，借助风灯的光亮，低头细看棺木。这棺木大约六尺来长，然而仅有两尺来高，因此或许不必将尸身抬出，便可直接在棺内验尸。棺盖并未钉紧，只用一长条油纸将四面封起，狄公见此情形，不禁心中暗喜。只是棺盖看去颇为沉重，独自一人想要搬动，似乎并非易事。

佛堂地方狭小，且又密不透风，身在此处竟颇觉温暖。狄公脱下皮袍，折起后放在地上，然后弯腰细看棺木，正用拇指的长指甲试图剥开油纸边缘时，忽然听到一声叹息。

狄公浑身一僵，竖起耳朵再听时，却只闻得自己的脉搏突突跳动。方才有一股微微的气流吹过，想来定是壁挂轻轻拂动。狄公开始放心撕纸，不意却见一条黑影映在棺盖上。

"让她安然瞑目吧!"背后有人哑声说道。狄公急转过身，却见管家立在当地，双目圆睁直盯着自己。

"我疑心其中有诈，定要查验琪玉小姐的尸身不可。"狄公怒道，"你想是并不知情?那为何要来这里?"

"我……我睡不着觉，适才去过院中，皆因……"

"皆因听见马匹嘶叫，适才你我在外面遇见时，你就已经说过了。到底是何缘故，还不快讲!"

"回老爷，我来给小姐上香，愿她芳魂安息。"

"你对主家小姐的一片忠心，实在令人感佩。若是果真如此，方才我进门时，你为何又要躲过一旁?到底藏在了何处?"

管家掀开壁挂的一侧，手指颤颤指着靠近墙角处的壁龛，嗫嚅说道:"那……那里曾有一扇小门，后来被堵死了。"转头望向棺木，又缓缓说道，"老爷说得没错，我本无须闪避一旁，如今再也不必躲躲藏藏了。我心里一直深爱着小姐。"

"她对你也怀有同样的心意?"

"老爷说哪里话，我当然从未对她吐露过!"管家骇然叫道，"小人虽说出身名门，但那已是五十年[1]前的旧事，

---

[1] 在荷文本中，此处为一百年。

如今早已门庭衰落，我也是一文不名，又怎敢对员外道出……并且她已订下婚约，就要嫁给梁公子……”

“那好，你且告诉我，小姐突然亡故一事，你可想过其中或有可疑之处？”

“没有，老爷。为何一定要有可疑之处？人人皆知她的心脏很弱，受不起惊吓……”

“且罢，你可亲眼见过她的尸身？”

“回老爷，我实在不忍见那般情形！当真是经受不住！我只想记住她生时的模样，总是那般……那般……闵国泰先生叫我帮忙将她抬入这口……这口棺材里，但我实在做不来，心中直如乱麻一般，先是飞虎团，接着便是这，这突如其来的……”

“如今你且帮我一把，设法将这棺盖移去！”

狄公撕开油纸的一头，三下两下便通通扯落，命道：“你去抬那一头！我们将它放在地上。”

二人合力抬起棺盖。管家忽然撒手，棺盖的那一端直掉下去，一半落在棺木上，狄公连忙使力稳住，总算不致砰然坠地。

“这不是琪玉！”管家失声惊叫道，“这是翠菊！”

“住嘴！”狄公断喝一声，低头打量棺内的女尸。只见她面容平静，虽已死去，仍是颇有几分艳色，两道弯弯的蛾眉十分浓黑，双目紧闭，眼皮略呈浅蓝，嘴唇丰满妩媚，圆润的面颊上生着一对梨涡，与画像中的琪玉毫无相像之处。

狄公见管家浑身颤抖，冷静说道："我们将这棺盖抬到地上，切勿弄出许多响动来。"

二人将沉重的棺盖挪至地上。狄公提起风灯，放入棺木一角内，若有所思打量着死者身上的白绸长裙，不但衣料上好，还织有梅花图样。丰胸下系着腰带，打成一个常见的三重蝴蝶结，样式精美，僵直的双臂平放在身体两侧。

"这长裙是琪玉小姐的。"狄公说道。

"一点不错，老爷，不过这人却是翠菊！琪玉小姐到底出了何事？"

"我们即刻就来详查一番。首先我得验过尸身，你去外面大厅里候着，不要点亮蜡烛，我不想让他人知晓此事。"

管家惊魂未定，抖抖索索正欲表示异议，狄公二话不说将他直推出去，随即关上房门。

狄公先从衣带着手，费了半日工夫，总算解开了这复杂的蝴蝶结子，再将左臂伸入死者的腰下，略略抬高尸身，方才抽出环绕数匝的衣带。这女子果然很有些分量，难怪老仆曾埋怨过抬下楼时觉得沉甸甸的。狄公将衣带悬在棺木边沿，掀开长裙的前襟，下面未有中衣，立时袒露出丰满圆润的胴体。狄公提起风灯，一寸一寸检视可有施暴的痕迹。只见肌肤白皙光润，并无损伤，但在丰乳和小腹附近有几道浅浅的划痕，并且已怀有四个月的身孕。他从阔袖中抽出两条僵直的手臂，顺便查看过两手，见指甲很短且有破损之处，手掌上蒙有一层薄茧，然后将尸身翻成侧转，一瞥之下，差点惊叫出声。就在左肩胛骨的正下方，贴有一片铜钱大小的黑膏药。狄公小心揭下此物，只见变色的皮肉中露出一个小伤口，不禁仔细看视良久，伸手轻触伤口周围的皮肉，又用一根牙签探试深浅。原来这女子被人所杀，凶器为一柄细长的匕首，刀尖定是刺入了心脏。

查验完毕后，狄公重又放好尸身，掩起衣襟，意欲将衣带打成先前的三重蝴蝶结，奈何无法扎出原样，只得捏起两端，系成一个简单的结子，然后手笼袖中，紧皱浓眉，低头注视着女尸，心想这真是奇案一桩。

半晌过后，狄公开门唤进管家。只见他面如死灰，兀自浑身颤抖。二人合力将棺盖再度放回原处。

“你住在何处?”狄公一边套上皮袍，一边问道。

“回老爷，就在宅院后面，紧挨着颜主事的卧房。”

"好，你且回房倒头歇息，我这就去找琪玉小姐。"

狄公不等管家问这问那，立时转身离开佛堂，在大厅门口又温言几句，打发他自去归寝，然后独自顺阶而上。

二层平台处透出光亮，却是闵国泰立在闵员外的卧房门口，手持一盏高高的烛台，一张阔脸上依然神色傲慢，身上仍裹着那件灰绒长袍，怨怒地瞧了狄公一眼，粗声粗气地道："老爷已在望楼上值过更了？"

"不错，倒是没见什么动静。敢问令兄情形如何？"

"嗯，我正想进去探望一下，不过见室内灯火熄灭，心想还是自行回房去的好。大嫂已累得筋疲力尽，定是坐在床边的圈椅中睡过去了，何苦再将她唤醒。老爷最好也回去睡上一觉，四处走动也是无益。"

狄公目送闵国泰矮胖的身影朝平台尽头的门扇移去，于是继续登阶而上，直抵三层。

狄公回到琪玉小姐的闺房中，将风灯搁在案头，静立半晌，望着被月光照亮的拉门出神。若是琪玉小姐尚在人间，那么自己适才见过的映在门上倏忽而逝的影子，则必是她本人无疑，当时却误以为有鬼魂在室内徘徊。若是果真如此，那她定是站在露台上朝房中窥视。

狄公推开门扇，迈步走出。先前已查看过露台，外人既不可能从底下攀爬上来，也不可能从屋顶降下，况且自己一看见鬼魂便迅疾奔出门去，因此对方也没空使用梯子。狄公仰头细看拉门横楣上方的雕花镶板，又迅速走回房内，发觉天花板仅比镶板高出一两寸左右。如此看来，在房顶与天花板之间似有一个阁楼，虽然檐下低矮处只有三尺来高，但是随着房顶一路倾斜向上延伸，高度也会随之增加。狄公又走上露台，朝左手边的花架仔细打量。通向阁楼的入口，会不会就在那里？若是把花架当作梯子踩上去，轻易便可触及镶板。

狄公抬脚试探花架的最末一层，看来自己全身上去的话，怕是岌岌可危，但若换成一个轻盈纤巧的女子，想必倒还无虞。狄公从房内搬出乌木琴凳，置于花架一侧，踏上去之后，抬手便可触及雕花镶板，先试试花架正上方的镶板一角，果然可以稍稍挪动，又使力一推，整块镶板便全然打开，只见一个女子蜷缩在黑暗的入口处，狄公手中风灯的光亮正照在她的脸上，看去面色惨白，十分惊恐。

“闵小姐最好还是下来吧，”狄公淡淡说道，“你无须害怕，我乃是前来贵庄投宿的过客。且让我助你一臂之力。”

琪玉伸脚踩住花架顶层，不需旁人帮扶，三下两下便已落地，抬手整整沾满灰尘的湖蓝长裙，朝山坡那边飞虎团生起的火堆迅速瞥了一眼，默默走入房内。

狄公示意琪玉在桌旁落座，将琴凳重又挪回室内，与她对面坐下，缓缓捋着花白长髯，仔细端详那张苍白憔悴的面容。与三年前的画像相比，琪玉的样貌并无太多变化，狄公再次惊叹画师的精湛技艺，不但描摹得惟妙惟肖，选取半身作像亦是别具匠心，如此一来，既隐去了琪玉几近驼背的体型，又掩饰了身小头大的缺陷。

“闵小姐，我听说你心病猝发而亡，令尊令堂为此悲恸不已，不料死者却是侍女翠菊，她正是在这房中被人害了性命。”狄公略停片刻，见琪玉默不作声，便又说道，“我乃是一名县令，在北边某地任职。此处虽不归我统辖，然而如今情势非常，且又与外界完全隔绝，我理当锐身自任，务必勘查这桩杀人案。还请你说说事情的来龙去脉。”

琪玉抬起头来，一双大眼中闪过阴郁之色，语声文雅低沉：“说不说又有什么相干呢？我们很快便会通通丧命。看呐，天边已开始泛红了。”

“真相总是事关重大，闵小姐，我正等着听你从头道来。”

琪玉耸耸细瘦的双肩，开口叙道：“昨天晚上，开饭之前，我上楼回到此房中，盥洗梳妆完毕，等着翠菊来帮我更衣。等了半日，却不见她的人影，我便起身走到外面的露台上，凭栏远望山坡那边，在密林中寻觅飞虎团的踪影，想到我们即将大难临头，不禁忧心如焚。我独自站立良久，心想时候已然不早，不如自行更衣了事，不必再等翠菊来侍候，于是走回房内，看见翠菊正大模大样躺在我的床上，面朝里背朝外。我不由十分恼火，走上前去正想呵斥几句，却骇然发现她的后背渗出一片血迹，再弯腰细看，原来人已经死了。

“我正想大声叫喊，忽然想到适才发生的情形，连忙抬手掩口。想来翠菊上楼后，见房内无人，以为我尚在楼下，便趁机一头躺在床上，预备着一听见我上来就立时跳下地去。老爷明鉴，她就是这么一个惫懒放肆的丫头。就在那时，有人潜入室内，以为躺在床上的是我，从而下手误杀了翠菊。我心里正转着这些可怕的念头，就听见从外面传来脚步声，定是杀人凶手再度转回了！我吓得要命，于是赶紧奔到露台上，一头钻入阁楼之中。”

琪玉住口不语，用白皙纤长的手指轻抚几下秀发，沉吟片刻，接着叙道：“须得先解说一事：当初甫一听说飞虎团在附近盘踞，我便想到这阁楼不定会派上用场，如果匪帮闯入庄内滥杀无辜，或许我与年迈的双亲可以藏匿在此，后来发觉当真是个极好的避难之所，故此已放了几床被褥、一罐清水与几盒干果进去。再说我刚刚离开卧房，就听见房门开启，接着又是那可怕的脚步声。我静等许久，侧耳细听，却没听到什么动静。最后传来一阵咚咚的敲门声，还有人叫着我的名字，我心想这定是凶手发现错杀他人后使出的诡计，于是默不作声，半晌后又响起敲门声，这次却是叔叔惊叫着说我死了。叔叔一定是把翠菊误认作我，他上次见我还是七年前的事，今番回乡探亲，我们尚未彼此晤面，那翠菊又只在女眷内宅出入，叔叔自然也没见过她。不过翠菊穿一身蓝布衣裙，一看就是侍女打扮，叔叔竟会认错，实在令人怪讶。于是我料定凶手二次进门后，必是从尸体身上脱下原来的粗服，再替她换上了一件我的衣裳。我意欲出去向叔叔道明原委，又一想，还是让凶手以为我失踪不见更妥当些，如此一来，我也可多些时间弄清真相。

“我又惊又怕，只觉筋疲力尽，便在阁楼里睡了一夜，今早打算下楼取一罐清水与一盒糕饼。我小心翼翼走到二楼平台上，却听见颜主事与廖管家正在议论我昨日心病猝发而死一事，由此益证凶手多少已大功告成，即瞒天过海掩盖了杀人罪行，此人定是异常狡诈，且又心狠手辣，令我愈发觉得恐惧。午后我小睡了一阵，晚上听见房内再度传出响动，似是颜主事在说话，接着又没了声息，后来却听到有人在弹奏我最心爱的琴曲。除我以外，宅内再无旁人会抚琴，我便猜想或是外来之客，甚至就是凶手或其同伙也未可知。当时暴雨已停，要想窥探这神秘的真凶到底是何面目，正是绝好的机会，于是我悄悄从阁楼里下来，站在门边朝房内看觑，只见黑暗中坐着一个高大男子，留着一把长髯，以前从未见过。我心里十分害怕，赶紧转身又奔回阁楼中去。事情经过便是如此。”

狄公缓缓点头，琪玉很擅长推理作结，确是一个头脑聪慧的女子。狄公移过茶盘，为琪玉倒了一杯茶，眼见她几口喝干，方才问道：“闵小姐，据你想来，谁会是那意欲害你性命的凶手？”

琪玉愁容满面，摇头答道：“回老爷，我一点也想不出，而这茫茫然的毫无头绪正是令我恐惧之处！家中很少有客来访，因此我几乎不认得什么外人。军塞旁边的村子里住着一位琴师，以前倒是定期前来，直到去年为止。教授我书画的业师也曾在宅内住过一段日子。待我习完课业并与梁公子订下婚约后，更是深居简出，除了自家人，外客一概不见。”

“在此类案件中，我们总是从探寻动机下手。小姐想必是这田庄的唯一继承人了？”

“正是，我曾有一位兄长，不幸已于三年前亡故。”

“除你之外，还有谁会继承这笔财产?”

“回老爷，就是我的叔叔。”

“这倒是值得深究。我听说你那叔叔虽然家资富有，却十分爱财。”

“不不，这不可能!”琪玉叫道，“叔叔与家父一向十分亲厚，他绝不会……还请老爷早早打消这一念头。”说罢思忖片刻，略略迟疑后又道，“想来定是那姓廖的管家了。我知道他对我颇为钟情，虽然他从未开口吐露过，但我早已心知肚明。他身份低微，且又一文不名，当然不敢奢望能娶主家的独生女儿为妻。不过廖家也曾是书香门第，还出过两位有名的诗人，若是我自己有意，不定家父也会考虑这门亲事，然而他始终缄口不言，等到我与梁公子正式订下婚约，自然一切都为时已晚，我分明看出这消息令他颇为失意。不过，如此一个温厚谦和、知书达理之人，实难想象竟会……”

琪玉朝狄公投去疑问似的一瞥，狄公却未予置评，举杯呷了一口茶水，说道:“闵小姐，我认为翠菊非是死于误杀，并且确信她正是凶手意欲除去之人。我刚刚查验过她的尸身，发现已怀有身孕。据你想来，那腹中胎儿的父亲会是何人?”

“她遇到的所有男子怕是都有可能哩!”琪玉刻毒地说道,“翠菊一向懒惰,又淫荡成性,总在后院与那些青壮农夫们嬉笑调情,还满以为自己行止不端能瞒得过众人耳目,殊不知全被我在这露台上看得一清二楚,直是与烟花粉头一般下作,实在令人厌恶!正是她偷去了银柜里的金子。众人原本以为她已卷了金子悄悄逃走,当我发现她被杀时,才立时想到金子一定还藏在宅内某处。老爷说得一点不错,她并非被人误杀,正是那奸夫想要独吞所有钱财才下此狠手!我们必须赶紧搜寻,庄内众人能否保住性命,全看能否找出那二百两黄金了!”

狄公重又斟满两杯茶水,随口说道:“我倒听说翠菊是个纯朴稳重的姑娘,当令尊生病卧床时,对他照料得十分精心。”

琪玉闻听此言,不禁气得面红耳赤,“她哪里是照料我父亲!这不知天高地厚的贱人,只会一心笼络巴结,这才是她做的勾当!因此家母不得不三番两次将她赶出家父的卧房。我曾亲自撞见过一回,她嘴上说是帮忙整整被褥,其实合该整整自家衣服才是!故意敞胸露乳,还不是专为卖弄那两大块!正是借此手段,她才探听出银柜钥匙藏在何处,真是个诡诈多端的贱货!这边向家父时时谄媚讨好,那边又在外头与一个无赖暗中勾搭并怀上了孽种。

还请老爷务必查问庄内收留的难民，那奸夫定是混迹其中，为了得到失窃的金子而杀死翠菊。”

狄公徐徐说道：“不错，我相信正是那奸夫害了翠菊性命，但我不信他会是个无赖游民，若是果真如此，他便绝无可能上楼潜入这闺房中杀人行凶。只有住在这宅内的某个人，才可能从容出入而不致引起怀疑。凶手用匕首刺死翠菊时，满以为房中再无他人，但是出门下楼后，不见你的人影，这才想到你可能一直都在外面露台上，并亲眼目睹了整个凶案，于是打定主意要唬得你不敢开口，便又再度上楼入室，给死者换上你的衣裙，此举正为警告你一旦泄露消息的话，亦会遭到同样的下场。如今你失踪不见，想必他心里也正七上八下、疑神疑鬼。还有谁知道你这藏身之处？”

“回老爷，并无一人，我原本打算昨日用过晚饭，再将此事告知家父。”

“好吧。”狄公说着起身离座，出门踱至露台上，熹微晨光之中，分明望见用来运载撞木的独轮车已然完工，众匪正从山洞中陆续牵出马匹。

狄公转回房中，重又落座，说道：“其实堪为疑凶者并不多。据我想来，主事颜远实为第一人。”见琪玉张口欲辩，迅速抬手示意一下，接着又道：“众人以为小姐猝亡后，他的漠然态度就很可疑，使人觉得实为刻意回避、免得亲见。廖管家是因为伤心凄恻而不忍目睹，然而颜主事并无此心结。他如果见过尸身，日后便可能被问起为何不对闵国泰先生言明死者并非小姐本人——如此一来，定会露出破绽，因此不想冒此风险。虽然闵国泰先生与其家仆辨别不出你和翠菊，颜主事却知道得清清楚楚。”

琪玉朝狄公投去惊恐的一瞥，出声叫道：“颜相公是个品格端方的谦谦君子！他又怎会自轻自贱，与一个粗俗平庸的乡下丫头做出这等丑事来！”

“要说洞察此类男女纠葛，想来我总比小姐更在行些。”狄公温言说道，“据我看来，那颜相公并非德行严谨之人，离开热闹繁华的州府，也是情非得已。我疑心他正是因为惹出了风流官司，才被其父送到此处长居而不得回城。颜老先生纵能宽宥容谅，但也是可一不可再，若是得知儿子竟诱骗了亲戚家的侍女，定会将他逐出家门不可。”

“岂有此理！”琪玉气恼地叫道，“颜相公生了一场病，因此才被送到乡下来休息调养。”

“闵小姐何出此言！像你这般聪慧的女子，似是不当轻信如此单薄的说辞！”

“这并非单薄的说辞！”琪玉执拗地说罢，起身又道，“老爷能否这就带我去见家父？我急于对他道出所有实情，然后再与他商议如何找到金子，那是我等保全性命的唯一指望。如果不能尽快寻出的话，飞虎团就会将这庄内杀得鸡犬不留！”

狄公亦起身说道：“闵小姐，我很乐意带你去见令尊令堂。不过在此之前，还是先与我同去望楼，我想要问颜相公几句话，并且希望你也在场，以便立时证明他口中所言是虚还是实。若是他当真清白无辜，我们便去搜寻那二百两金子。”见琪玉又要生出异议，便指着外面大声说道：“老天！飞虎团已经来了！”

琪玉一听这话，吓得直奔到狄公身边。只见十来个匪徒骑马冲下山坡，后面还有一辆载有木器的带轮车，正被其余人簇拥拖曳着顺坡而下。

“他们运了撞木一路下山！”狄公大叫一声，抓住琪玉的衣袖，断喝道，“时间紧迫，不容耽搁！”

“那金子怎么办？”琪玉叫道。

“颜远到时自会道出，随我来！”

狄公拽着犹豫不决的琪玉，一路奔下楼去，这时望楼里开始鸣锣告警。二人快步穿过庭院，难民们也从屋内纷纷涌出，交头接耳鼓噪不已。狄公正要登上通向望楼的木梯时，一眼瞥见两名年轻力壮的后生正爬上门楼顶端，一张大渔网已在那里准备就绪。

狄公刚从平台上露出头来，颜远便大声叫道：“飞虎团正冲下山来，还带着一根撞木！他们……”话说到一半，却见琪玉从狄公身后冒出，不由得大惊失色，张口结舌地叫道：“你……你……”

“颜主事所见不虚，也是我命不该绝，”琪玉迅速说道，“这一向藏在阁楼中，如今被这位县令老爷带来。你当时并没看过尸体，因此不晓得死者不是我而是翠菊。”

此时从下方传来嘈杂的叫嚷声。东方已经渐白，只见四名匪徒正在墙外跃马跳踉，耀武扬威地挥舞着长矛，肩上的虎皮在晨风中飒飒飘动。狄公极目远望，昨夜一场暴雨过后，混浊的河面又见上涨，雾气却已散尽，有一个小黑点出现在远方。

狄公转过身去，对颜远厉声说道：“颜主事，如今真相皆已大白，正是你与闵小姐合谋杀死了翠菊。她怀了你的骨肉，并以此要挟与你成婚，但是对你而言，玩弄这个可怜的乡下姑娘只是一点顺便的消遣而已，你真正想娶的，是腰缠万贯的田庄继承人。闵小姐虽然钟情于你，但也深知自己的父亲决不会同意这门亲事，况且已与梁家正式订下婚约，闵员外决不会将爱女许配给一个身无分文、行止不端的远房亲戚。飞虎团的出现，对你们来说自是天赐良机，正好借以摆脱困境。闵小姐先从银柜里偷出金子并妥善藏起，接着你二人合力害了翠菊性命，并给死者换过一件本是闵小姐的长裙，仓促之下来不及套上中衣。闵小姐自己藏入阁楼中，而颜主事你则小心行事，务必使得只有闵国泰先生与其家仆得见尸身，过后又立即收厝入棺，如此一来，人人都以为死的便是闵小姐了。翠菊背上的刀口被仔细擦拭干净，并用一片膏药贴住，即使闵国泰先生亲眼看到，也会以为那膏药是她生时为了敷住伤口而贴在背后的。事实上闵先生根本不曾脱衣查看过尸身，心里也不曾有过杀人害命的念头，又何必多此一举呢？既然闵先生并未解开死者的衣裙，也就不晓得里面未着中衣——如果看到的话，或许会令他寻思一二也未可知。”

“故事编得倒是不坏！”琪玉轻蔑地说道，“照你这异想天开的说法，我们过后又会有何举动？”

“这个自然不难推断。当飞虎团前来攻打田庄时，颜主事便趁乱溜走，与你一起躲在阁楼中。等到匪徒们杀尽庄内老小、洗劫一空并扬长而去后，你二人再从藏身之处下来，等待洪水退去。你深知飞虎团通常不会放火烧屋，因为惧怕烟火升腾会引起对岸军塞的注意。过后你们将携了那二百两金子，一同去城内悄悄住下，等到合适的时候，闵小姐再去官府现身，先讲述一段悲惨的经历，自己如何被飞虎团绑去，受尽种种折磨，最后又如何逃脱魔掌云云，然后要求继承闵家财产，因为你本就是合法的继承人。钱财一旦到手，你二人大可远走高飞，结为夫妻，从此生活优裕，虽然这一切将以闵小姐年迈的双亲外加四五十条人命为代价，但是想来你们也不会十分在意。”

狄公见琪玉与颜远默无一语，接着又道：“只可惜你们运气不佳，昨晚偏偏遇上我过路投宿，不但发现了这起杀人案，还从秘密阁楼里寻出了闵小姐。不过闵小姐端的是聪明过人，这话先前我已说过，如今还想再说一次。你讲述了一个听去甚为合情合理的故事，如果我信以为真，此时你必已侥幸地寻出藏金来了。交出这笔赎款后，一切亦将化险为夷，翠菊已被除去，你与颜远大可暂且忍耐一时，等日后将闵家财产抓在手中，再伺机一同私奔。”

这时响起一阵低沉的隆隆声，匪徒们正推着撞木，在崎岖不平的路面上行进，直朝田庄正门而来。

琪玉两眼喷火直盯着狄公，一张惨白的面孔几近扭曲，狄公看在眼里，不禁心中默念“如饥如渴”。只听她突然叫道：“都是你这狗官跑来坏事！我才不会告诉你金子藏在何处。如今大家都难逃一死，连你也跑不了！”

“别做傻事！”颜远大叫一声，瞧见另有一队匪徒挥舞刀剑顺坡冲下，不禁吓得魂飞魄散，忙对琪玉又道，“老天在上，你千万得说出金子藏在哪里！你对我有情有意，总不能眼看着我被这伙歹人活活砍死吧！”

“然后你就可将所有罪过都推在我一人头上了？我的好人儿，告诉你休想！倒不如黄泉路上大家结伴同行，你那心爱的小淫妇翠菊姑娘已经先走了一步！”

“翠菊……她……”颜远嗫嚅说道，“是我心意不坚抛闪了她，当真愚蠢透顶！她不但一心爱我，且又不求任何回报！我本不想害她的性命，你却非说为了不留后患，我们必须除掉她，而我这蠢人到底还是选中了你和你的万贯家财，一个丑陋歹毒的大头女人！”琪玉闻听此言，不禁踉跄后退几步。只听颜远又喑哑说道：“而她才是无可挑剔！我本来可以搂着她那丰润玲珑的身子夜夜销魂！然而却非要与你这干瘪的皮包骨厮混在一起，还不得不陪你一同做些没用的下流花样！我恨透了你，我要……”

狄公忽听背后一声惨叫，急忙转过身去，然而为时已晚，只见琪玉已翻过栏杆，坠下望楼。

“这下我们全完了！”颜远大声叫道，“再也没法找到金子，她从未对我说过藏在何处……”

颜远蓦地住口不语，凭栏俯身朝下望去，面露骇异之色。琪玉落在一堆大石之中，直跌得头歪颈折，只见一个匪徒跳下马背，走上近前，弯腰从死尸身上扯下耳环，

男子自述罪案详情

又摸摸两只衣袖，却是一无所获，站起身来怒骂一句，拔剑猛砍向尸体腹部，竟至肚破肠流。

颜远转身一阵剧烈作呕，两手捧着肚子，到底吐出几口秽物来。狄公上前一把抓住他的手臂，用力从地上拽起，怒喝道："你究竟如何谋害了自己的心上人，还不从实招来！"

"我没有杀她！"颜远喘息说道，"是琪玉说从银柜里取金子时被翠菊看见，因此非得除掉她不可，然后这女魔头就给了我一把尖刀，命我必须下此狠手。她二人当面对质时，翠菊道是从未盯过她的梢，这时琪玉突然从我手中夺过匕首，用刀尖指着翠菊的胸口，恶狠狠地说道：'你扯谎！把身上的衣服脱了，让我瞧瞧你究竟拿什么好处迷住了我的男人！'翠菊吓得要命，战战兢兢脱下衣裙，她又逼着翠菊立在床边，将两臂举过头顶。屋内寒气迫人，翠菊冷得直打哆嗦，那恶女人用刀身轻轻划过翠菊的前胸后背，口中不停说着下流话。翠菊又惊又怕，哀吟不止，每次想要躲开时，琪玉便会转而以刀尖相向，还低声加以威胁，污言秽语，简直不堪入耳。我只能呆立一旁、束手无策，生怕她一时狂怒，伤到那无力自保的可怜姑娘，轻则见血，重则身残。眼看琪玉终于放下刀尖，我赶紧上前捉住她的肩膀，大叫停手，她却轻蔑地瞥了我一眼，傲然命令瑟瑟发抖的翠菊转过身去，然后伸出左手，冷冷地轻抚一下肩胛边缘，猛地将匕首深深刺入了翠菊后背。[1]

“我踉跄后退几步，靠在墙上，才算勉强站稳脚跟，脑中一片昏乱，只是呆呆观望。只见她将翠菊放倒在地，小心止血后又揩干血迹，嘴里不停哼唱着一支可怕的小曲，接着贴了一片膏药在伤口处，收起翠菊的衣物，整整齐齐卷成一个包裹，再给翠菊换上一条她自己的白裙，叫我一同将尸体挪到床上去。她给翠菊扎腰带时，面上平静如常，就好像在梳妆台前自行穿衣打扮时一样，那景象真是……真是难以言喻！”

颜远两手掩面，半晌后才又抬起头来，极力自持一下，开口问道：“老爷是如何看穿我们的？”

“闵员外执意要我在闵小姐房中过夜，正是这委婉的暗示引着我走对了路。闵员外十分疼爱自己的女儿，但也深知闵小姐因为长期多病、忧心忡忡，内心变得阴暗扭曲，因此怀疑她的暴卒可能另有隐情。我与闵小姐在闺房中交谈时，她始终镇定自若，不过痴狂之情正如火苗一般危险，哪能轻易包藏得住，我对翠菊的一句称赞和对你的几点苛评，便足以激得她原形毕露。至于你颜主事，则远

---

[1] 在荷文本中，以下另有一段：“颜远住口不语，虽则寒气迫人，扭曲的面上却汗水直流，再度开口时，几乎难以听清。”

不及她那般擅长做戏。庄内人人都以为大限将近，因此惶惶不可终日，唯独你与众不同，然而在我看来，你却并无视死如归的英雄气概，甚至恰恰相反，看去更像是一个懦夫——方才的一幕便足以为证。你用几近轻浮的语调议论我们即将临头的厄运，正是因为你想的不是死而是生，正满心盘算着如何利用情人的万贯家财而坐享富贵。你适才提到翠菊衣带上打成的蝴蝶结，这正是本案的关键之处，只有女人才会打得出如此复杂的结子来，这对闵小姐来说十分平常，但她万万没有想到，居然因此留下了自我暴露的线索。”

颜远听得目瞪口呆，狄公又道：“且罢，我相信你方才所述全是实情，闵小姐确是主犯真凶，你懦弱无能，只是受她利用的工具而已。但是身为一桩杀人案的从犯，你亦将被押至法场，砍头示众。”

“押至法场？”颜远放声大笑起来，刺耳的笑声里夹杂有哭腔，这时下方复又传来轰鸣之声，“你这蠢货竖起耳朵听听！飞虎团正在大力撞门哩！”

狄公默然倾听，不发一语。过不多久，隆隆的撞击声戛然而止，片刻寂静之后，忽又传出一片叫骂号呼。

狄公凭栏俯瞰，对颜远说道：“你瞧，他们开始溃退逃命了！”

只见匪徒们丢下撞木，骑在马上的几人疯狂鞭打着坐骑，朝山坡方向疾驰而去，徒步行走者则跟在后面一路狂奔。

“他们……他们为何忽又散去?”颜远疑惑不解地问道。

狄公转身指向黄河，只见一艘庞大的战船正迅速驶来，长长的桨片整齐而有节律地拍打着水面，使得大船得以右转行至岸边。五彩旗幡迎风招展，甲板上站满了头戴尖盔、手持长戟的兵士，船尾则是一大群披着彩衣的战马，用铁链紧紧拴在一处。另有一条形制稍小的船只跟在后面，船上堆满木料与成捆的麻绳，还有一群身着褐色皮衣风帽的人，正忙着给推车安装轮轴。

“就在昨晚，我给军塞统领送去一封书信，”狄公徐徐说道，“信中道是臭名昭著的飞虎团正在此地滋扰，请求派来一队骑兵与一队掘子军。骑兵前去围剿匪帮，掘子军可修复缺口处的断桥，从而使得我的手下随从能前来会合，与此同时，我也正好可以了结这桩杀人案。我受命前往京师长安，不得延误，但愿今日午后便可准备就绪、上路出发。”

颜远盯着正在靠岸的船只，双目圆睁，似是无法置信，哑声问道：“老爷又是如何将书信送过去的?”

“我另组了一支自己的飞虎团。”狄公说道，“昨日傍晚，我先写下十来封内容一模一样的书信，封好后交给一个在宅内放风筝的少年，嘱咐他在每只大风筝上附带一封信，然后再逐个放飞出去，等风筝飞到高空后，便割断线绳。当时北风正劲，我暗自希望至少会有一两只鲜艳夺目的风筝能够吹到对岸的村庄里，被人拣到后，再送至军塞统领面前，看来果然不出所料，终于天遂人愿。飞虎团眼看覆灭在即，颜相公也预备认罪伏诛吧。”

后 记

狄公在历史上确有其人，生于唐朝贞观四年，即公元630年，卒于700年。

据《旧唐书》《新唐书》所载，狄公一生仕宦、功勋卓著，在其仕途生涯的前半期，曾历任地方县令，勘破过诸多疑案，因此成为中国古代著名判官之一。在后半生中，他被任命为朝廷重臣，在唐代内政外交上均起过重要作用，因此被后人敬为中国古代名臣之一。以上内容全是史实。不过此书中讲述的两个故事纯属虚构，其中提到的汉源和北州两城，也并非真实的存在。

还有一点需要说明，即占星术在中国是一门非常古老的学问，人们普遍相信星象会影响人的生活与命运。本书前附有中国的黄道十二宫图，并有关于中国六十甲子的解说。黄道十二宫围绕着阴阳两极与八卦而形成。太极图表现了阴阳二力的永恒互相作用（参见拙作《朝云观》第八章中的解释）。八卦图表现了阴阳组合后的八种符号，阴为虚线，阳为实线。八卦图形成了中国古代卜书的基础，请参见《易经》，卫礼贤（Richard Wilhelm）译，荣格（C. G. Jung）作简介，1950 年出版于伦敦。本书护封上所用的正是八卦图，并附有“猴”与“虎”的中文篆字与其相应方位：前者是西南偏西，后者是东北偏东。

在中国占星术中，通过分析一个人的生辰八字，就可以推知其性情与一生的命运。通常说来，一对男女只有在合过生辰八字并证明二人命数相合后，才能正式订婚。

狄公生于公元 630 年，即庚寅年，生肖属虎，属金命，受到金星影响。其生辰之日与具体时辰并无记载。

至于《暮之虎》中提到的七弦琴（形状与索尔特里琴相似），在此必须说明，中国人将其看作是中国古典雅乐中的最高级的表达。古琴奏出的音乐静谧高雅，完全不同于后来的戏曲音乐，后者受中亚音乐影响甚多。古琴在中国的崇高地位，就好似斯特拉迪瓦里小提琴对我们西方人一般。要想有上好的音色，其秘密在于音箱漆面的品质。鉴定家们可根据古琴漆面上细小断纹的形状，来判断古琴的年代。对这一内容有兴趣的读者，可参阅拙作《琴道》。

高罗佩

1964 年 8 月 9 日[1]

---

[1] 此日期仅见于 1965 年英国初版。

译 后 记

1959年10月，高罗佩先生前往吉隆坡，担任荷兰驻马来西亚大使，在此期间，他开始酷爱长臂猿，后来陆续豢养过四只幼兽，并于1967年出版了专著《长臂猿考》。1962年3月，“卡尔库恩（A. F. Calkoen）从曼谷给我送来了一只幼小的长臂猿，它是只特别可爱的小动物，我非常细心地照料它。那只长臂猿幼仔，是泰国航空公司放在一个银质端盘上，躺在兰花中间送来的！”高罗佩先生给它起名叫木木，后来也叫扑扑。[1]同年7月，高罗佩全家在马来西亚迪克逊港度假时，扑扑死于肺炎。次子威廉记得，在扑扑死亡的过程中，他第一次看到父亲非常悲伤地哭泣。[2]

1964年2月29日至3月7日，荷兰举办第29届图书周，高罗佩先生所写的荷文本《四根手指》（*Vier Vingers*）作为礼品书出现在此次书展上，由阿姆斯特丹书店利益促进协会（Association for the Promotion of the Interests of Bookshops）出版。他把此书献给“我的好友长臂猿扑扑”。1965 年，英文本《猴与虎》（*The Monkey and the Tiger*）由英国海涅曼出版社（William Heinemann Ltd.）出版，其中收入了改名为《晨之猿》（The Morning of the Monkey）的《四根手指》。

意想不到的是，在一些细节的安排与处理上，荷文本与英文本竟多有不同之处。在高罗佩先生本人执笔完成的文本中，还是头一次发现此种现象，译者希图通过比较和分析，稍稍窥见他在创作时的某些思路与手法，因此不揣冗赘，在正文中一一注出。此篇只分节而不分章，荷文本分为十节，英文本则分为七节，其中两张插图也略有不同，荷文本中曾姑娘的形象，显然与该书中的描述更为相符，可参见第 66 页的脚注。

将两种文本加以对比后，分明可见高罗佩先生对于后出的英文本做过不少修订，将几段较长的一人自叙分拆为二人对话的形式，调整或改动了某些人物与情节的设置（比如炊饼翁），增加了对主要人物的心理描写，将涉案者及其背景写得更为复杂，并通过狄公之口发出不少感慨和议论，渲染了故事气氛，使得人物形象更为

---

❶ ［荷兰］C. D. 巴克曼，［荷兰］H. 德弗里斯著，施辉业译：《大汉学家高罗佩传》，海南出版社，2011 年，第 240 页。

❷ 《大汉学家高罗佩传》，第 241 页。

丰满，尤其在最后一节中扩充了许多内容，以黑猿肇始，也以黑猿终结，使小说更多意趣，不过也在文中删减了几处细节，究竟是出于何种考虑，自然不敢妄断，至于修改后的效果如何，也留待诸位读者去自行评判。在此非常感谢提供荷文本初版并发现内容有异的于鹏先生。

最后还需说明一事：《晨之猿》的译稿，起初是由译者的先生执笔完成的。当时译者与出版社刚刚签约，一时间觉得压力极大，唯恐不能按时交稿，于是请先生代译此篇，后来在初稿的基础上加以适当修改，以保持文风一致。特此感谢家人的慨然相助与多年支持。

* * *

1963年，此篇的荷文本由荷兰范胡维出版社（W. van Hoeve Ltd.）出版，名为 *De Nacht van de Tijger*。1965年，《猴与虎》（*The Monkey and the Tiger*）由英国伦敦海涅曼出版社（William Heinemann Ltd.）出版，收入此篇的英文本，名为 The Night of the Tiger，曾被高罗佩先生认为是自己最满意的作品之一。

文中的人物颜远，猜测或是取自《棠阴比事》中的《曹摅明妇》，曹摅，字颜远；或是取自高罗佩先生的另一本著作《书画鉴赏汇编》中提到的唐代画家与鉴赏家张彦远。

第三节中的对联“君王上奉天命主宰疆土，农人下依四时躬耕桑田”，似是出自《墨子·贵义》中的“上无君上之事，下无耕农之难”。

第五节中有一段关于梅花的描述，“那老旧的枝干看去几乎已经枯死，却又绽出点点白花，生命正如这花朵一般，在隆冬时节里蛰伏许久，又再度盛放于回春之时”。在高罗佩先生的另一部著作《中国古代房内考》中，亦有过类似的解说：“梅也是生育力和创造力的象征，因为春天它那多节而干枯的树枝又会绽出新芽，象征着严冬过后的万物复苏。中国人床上的铺盖和床围的屏风上经常绣有

梅花盛开的图案。”❶

关于文中提到的著名琴曲《梅花三弄》，高罗佩先生曾在《琴道》第四章《琴曲的含义》中将其归为“具有半历史特征的琴曲”，并写道：“第三个例子便是《梅花三弄》，一部非常吸引人的作品。这首曲子原为竹笛所作，据称由晋朝著名笛师、文人桓伊谱写。相传他路遇王徽之（大书法家王羲之之子）时为他演奏过此曲。”❷

第七节中狄公深夜抚琴一段，蕴含着关于古琴文化的丰富知识。高罗佩先生在《琴道》一书中，曾对古琴的形制和构造作过详细解说，通过对比阅读，有助于确认某些名词的选用，比如 burst，在看过以下文字后，可知当为“断纹”：“时光流逝使古老之琴的漆面出现了细小的断纹，通过这些断纹的形状，收藏家们可以断定不同古琴的年代和真伪。”❸ 古琴学者严晓星先生曾对这一部分内容做过仔细订正，并提议将歌词中的“秋末”改为“秋杪”，虽然字面意思相同，但后者显然更具古风，平添不少雅韵，在此深表感谢。

---

❶ [荷兰] 高罗佩著，李零、郭晓惠、李晓晨、张进京译：《中国古代房内考》，商务印书馆，2007 年，第 264 页。

❷ [荷兰] 高罗佩著，宋慧文、孔维锋、王建欣译：《琴道》，中西书局，2013 年 9 月，第 93 页。

❸ 《琴道》，第 17 页。

自从发现《晨之猿》的英文本与荷文本之间存在不少差异之后，译者又设法搜求《暮之虎》荷文本，一时竟遍寻不得，后来幸得在荷兰学习的刘明珠女士的热心帮助，方才如愿购入此书。对比之后，果然发现两种文本在分段分节与某些字句细处有所不同，并在正文中对后者加注说明。后出的英文本当是根据荷文本修订后的结果。另外，书中的两幅插图也略有不同，明显可见英文本中收入的是改动过的版本：

张　凌

2019 年 9 月

断案集

目 录

插 图 一 览

五 祥 云

此案发生于663年，狄公首次外放就任蓬莱县令七日之后——蓬莱位于中国东北海岸，是一个偏远的小城。在《黄金案》一书中，笔者详述了狄公上任伊始便遇到的三桩疑案，其中还提及蓬莱当地繁荣的造船业与富裕船业主易本。本文开篇时，狄公正与易本及其他两位士绅同在二堂中，经过一番长谈，三人终于同意了狄公关于将造船业置于官府控制之下的提议。

“好吧，诸位，”狄公对三位来客欣然笑道，“我想这就算是说定了。”

大约未正时分，众人在二堂中开始议事，此刻已过酉初。虽然花费了一个半时辰，狄公却心觉颇为值得。

“今日起草的规章，似已涵盖了所有可能出现的情形。”贺主簿说话时语声清晰。此人年过四十，衣着素净，曾做过刑部尚书的主簿，如今已致仕还家。他转头看看坐在右边的富裕船主华敏，又道：“华先生与同行易先生各有高见，要说经由此稿而得以公平解决的话，想你应会赞同。”

华敏撇一撇嘴，淡然说道：“‘公平’一词用得极好，不过在商言利！若是我能放开手脚与吾友易先生一争高下的话，结果怕是不会完全公平……但对我而言，将会十分有利可图！”

“造船业事关我大唐的海防，朝廷不许私人垄断。”狄公冷冷说道，“我等已用了整整一下午来议论此事，幸亏贺先生的提议颇为内行，方能草拟出如此清晰的规章来，所有船业主都将遵循，本县希望你二位亦会谨守。”

易本重重点头。狄公深知他虽然精明世故，经商却诚实规矩，故而颇多好感，对于华敏则好感稍逊。此人非但做些不明不白的交易，还时常惹出风流官司来。狄公示意衙吏添茶，然后靠坐在椅背上。今天天气酷热，此时却起了一阵凉风，窗外玉兰的香气悠然飘入室内。

易本放下茶杯，对贺、华二人询问似的看了一眼，意在提醒合当告辞离去。

大门忽然开启，洪亮一径走入。此人既是狄公的亲信随从，又是县衙都头。只见他行至书案前，开口禀道：“老爷，门外一人有要紧事。”

狄公见洪亮神色有异，便对三位客人说道：“本县去去就来。”说罢起身离座，跟随洪亮出去。

二人在廊上站定，洪亮方才低声说道：“启禀老爷，贺府的管家前来给贺先生报信，道是贺夫人自寻短见了。”

“老天！”狄公惊呼一声，“且让他稍等片时，最好还是由我亲自去向贺先生报此凶信。贺夫人是如何自寻短见的？”

“回老爷，说是悬梁自尽，就在自家花园的亭阁里，正是午睡时候。管家一发现，就立即跑来报信。”

“贺先生真是家门不幸。我对此君颇为赞赏，虽说有些古板乏味，却十分认真严谨，且又机敏睿智，深谙律法。”

狄公凄然摇头，返回二堂，在书案后重又落座，肃然说道：“贺先生，来人正是贵府管家。他送来一个噩耗，与尊夫人有关。”

贺主簿一把攥住座椅扶手，“与拙荆有关？”

“尊夫人似是寻了短见，贺先生。”

贺主簿半身立起，又倒回座椅中，木然说道：“我忧心之事到底还是发生了。她……她近来很是郁郁寡欢。”抬手一抹两眼，又问道：“老爷，她……她是如何自寻短见的？”

“贵府管家说是悬梁自尽，此刻他正等着与你一道返家。本县这就派仵作同去，办理一应官文格目，你定是想要尽快料理后事。”

贺主簿似是听而不闻，口中低声咕哝道："死了！就在我离开她一个多时辰之后！这可如何是好？"

"我等自会助你料理一切，贺先生。"华敏宽慰一句，又说了些悼亡之辞，易本也从旁叹惋。但贺主簿似是全没听见，茫茫然瞪着两眼，面色憔悴，忽地抬头望向狄公，犹豫片刻，方才说道："老爷，我得有点时间，有点时间来……我本不愿求老爷开恩，只是……老爷可否委派他人代我料理后事？如此一来，我便可在……在验尸之后再回家去，那时尸身也已……"语声渐低下去，眼中流露出求恳之意。

"当然可以，贺先生！"狄公立即答道，"你大可留在此处，再饮上一杯清茶，本县会亲自与仵作前去贵宅，再备好一副薄棺，这点绵薄之力总要尽到。你向来不吝赐予高见，今日又花去整整一下午在县衙议论公事。贺先生不必多言，本县定要如此！烦劳你二位照顾一下贺先生，不消两刻钟我便回来。"

洪亮正在庭院中等候，旁边还有一人，生得矮小圆胖，蓄着一绺山羊胡。洪亮禀报说这便是贺府管家。狄公对那管家说道："本县已将此事告知了贺先生，你可自行回去，我即刻便去府上。"又对洪亮说道："你且回公廨去，整理好送来的公文，待我回衙后再一同过目。马荣乔泰何在?”

“回老爷，他二人正率领守卫在中庭内操练哩。”

“好。我只需带班头与两名衙役同去贺府，他们会将尸身收厝入棺。待马荣乔泰操练完毕，让他们自去歇息，今晚并无差事。叫仵作来，备好官轿!”

贺宅看去形制简朴，管家立在小小的前院内恭候狄公驾临，两名侍女在门楼附近逡巡，皆是双目红肿。班头扶着狄公走出官轿，狄公命他与两名衙役在庭院中等候，又命管家引路前去亭阁，只带了仵作随行。

三人沿着环绕房舍的敞廊，走入一座大花园里。园内四面筑有高墙，花树间一条小径，修葺得十分平整，蜿蜒通向远角处。那边有两棵大橡树，树下浓荫中立着一座八角亭阁，建在砖砌的圆形台基之上，碧瓦铺成的攒尖顶上镶着一只镀金圆球，柱子与雕花槅窗皆是一色朱漆。狄公走上四级石阶，推开门扇。

室内狭小闷热，屋顶甚高，弥漫着一股浓重的熏香气味。狄公一眼瞧见右边靠墙的竹榻上直挺挺躺着一个女子，脸面朝里，只看见几绺浓密光亮的乌发散落在肩头，身着一件白丝薄裙，纤足上套着白缎鞋。

狄公转头对仵作说道：“你先查验尸首，我来预备文书。管家，你去打开窗户，这里着实气闷得很。”

狄公从袖中抽出一张尸格，铺展在门旁的条几上，然后朝四下打量。正中一张雕花紫檀木桌，桌上摆着一只茶盘与两只茶盅，四方形茶壶翻倒在侧，壶嘴半搭在一个扁平铜盒上，旁边放着一长条红丝细绳。桌旁两张高背座椅，窗户之间立着两只湘妃竹架，陈列有书卷和小巧古物，除此之外再无其他家什。墙面的上半部镶有木板，刻有名家诗句，看去十分典雅清幽。

管家依命开窗，过后走到狄公面前，抬手一指横贯穹顶的朱漆屋梁，只见正中大梁上悬着一段末梢散乱的红绳。

“启禀老爷，当时太太就吊在那里，是小人与贴身女仆发现的。”

狄公点点头：“贺夫人今早可否心绪不佳？”

“没有，老爷，用午饭时还兴致很好哩，但是听说华先生前来造访老爷时，她……”

“你是说华敏？他来此处做甚？到了未正时刻，他自会在县衙中见到贺先生！”

管家面露尴尬之色，犹豫片刻，方才答道：“回老爷，小人在前厅里为宾主上茶时，不巧听到了几句，似是华先生想让我家老爷去县衙议事时会出言对他有利，甚至许以……重金酬谢，不消说自然被我家老爷断然回绝了……”

这时仵作走到近前，对狄公禀道：“小人发觉有一处颇为古怪，还请老爷过目！”

狄公见仵作面色焦虑，便对管家命道：“你去把贺夫人的贴身女仆唤来！”说罢移步行至榻前。仵作已将死者的头拨转过来，一张脸面扭曲变形，不过仍看得出曾经容貌秀美，年纪大约三十左右。仵作将死者的乌发撩到一旁，示意狄公看左鬓角处的青紫瘀痕。

“老爷，这令我有些疑心。还有一事，便是死者虽因窒息而亡，但颈骨处并未脱臼。我丈量过悬在屋梁上的细绳，搁在桌上的绳圈，还有死者的身长。不难看出她是如何行事的，先踩着座椅站到桌上，将细绳甩过屋梁，在一头打成活结并绕梁拽紧，又将另一头系成绳圈，套住脖颈，再从桌上往下一跳，恰是此时碰翻了茶壶。她悬在半空中，双脚离地应是只有几寸，绳圈慢慢勒紧，直到窒息身亡，但她的脖颈并未受伤。我不由得寻思她为何不将另一把座椅挪到桌上，然后从座椅上跳下？如此猛坠下去可得一个速死，自然也会伤了颈骨。想到此处，再加上太阳穴处的伤痕……”仵作说到此处住口不语，朝狄公投去意味深长的一瞥。

“言之有理。”狄公说罢，拈起尸格放回袖中，天知道自己何时才能正经填好！不禁叹息一声，又问道：“人是几时死的？”

“回老爷，这可难讲。尸身尚有余温，四肢也未见僵硬。不过，如此酷热暑天，房内又是门窗紧闭……”

狄公心不在焉地点点头，两眼盯着桌上的铜盒出神。那铜盒呈梅花状，径长大约一尺，高一寸，盒盖上镂空雕刻有彼此回环相连的五圈螺纹，里面盛有棕色屑末，已积了将近满满一盒。

仵作顺着狄公的视线看去，说道：“那是一只香篆钟。”

“说得不错。盒盖上镂出的图样叫作‘五祥云’，每圈螺纹便是一朵。如果点燃香盘的一端，就会沿着螺旋状的纹路慢慢焚烧，犹如导火的引线一般。你看，从壶嘴流出的茶水打湿了第三圈螺纹的中心，使得香篆正好烧到一半左右便熄灭了。若是我们能知道这香篆钟是几时点燃的，且过多久方能烧到第三圈的中心处，便可大致推算出她是几时寻的短见。或者可能……”

这时管家进来，狄公住口不语。只见同来的还有一个妇人，年近半百，身形矮胖，穿着整洁的褐色衣裙，圆脸庞上泪痕犹在，一眼看见竹榻上的女尸，禁不住失声哭泣起来。

《五祥云》图

“她跟随贺夫人多久了?”狄公对管家问道。

“回老爷，已有二十多年。她原是太太娘家的女仆，三年前随嫁而来，虽说并非十分聪明伶俐，却性情忠厚，深得太太喜爱。”

“你且静心忍痛须臾，莫要一味悲伤!”狄公对那妇人说道，“此事对你定是晴天霹雳，不过本县尚有几事相询，你若能即刻作答，贺夫人的尸身也可早日妥善入殓。你可熟悉这香篆钟?”

妇人用衣袖揩揩脸面，无精打采地说道:“回老爷话，这个自然知道。这香篆钟大约能烧上两个半时辰，每圈是半个时辰左右。我正要出门时，太太抱怨说这里有股子霉味，于是我就点燃起来。”

“那是什么时候?”

“回老爷，我刚看过大厅里的刻漏，将近未正。”❶

“你最后见到夫人安然无恙，就是那时候?”

“正是。华先生与我家老爷在前厅里叙话时，我陪着太太来到这亭阁中，过不多久，老爷也来了，特为查看一切是否伺候妥当，好让太太能安稳睡个午觉。太太命我沏好两杯茶，又说我可到酉时再来，最好也去歇息一阵。她向来都是这么体恤下人！我回到房里，让管家将老爷新做的灰袍在卧房中备好，去县衙议事时要穿的。过后老爷进来，由管家服侍着更衣完毕，又命我去请华先生过来，然后他二人便一道离家而去。”

“华先生在何处?”

“回老爷，我看到他时，他正在花园里赏花哩。”

“一点不错。”管家接口说道，“小人方才对老爷说过他二人在前厅内叙话，过后我家老爷告诉华先生要去亭阁中与太太辞行并更衣。想来华先生独自一人留在前厅里颇觉无趣，便信步走到门外，在花园中四处看看。”

---

❶ 此处依荷文本，在英文本中，无“我刚看过大厅里的刻漏”。

"明白了。何人率先发现出了事故，是你还是她？"

"回老爷，是我。"妇人答道，"将近酉初时，我来到这亭阁，然后就……就看见太太吊在那里，于是赶紧跑出去叫管家。"

"小人立时踩上座椅，割断绳子，"管家说道，"让她抱着太太，然后松开绳套。我二人将太太移到榻上，已是气息全无，脉也没了。我们还试着大力推拿按摩了半日，奈何为时已晚，我就赶紧奔去县衙里告知老爷。要是能早些发现的话……"

"你已尽了全力。且让本县想想，你说过夫人用午膳时还兴致颇好，直到听说华先生造访才心情有变，可是如此？"

"正是，老爷。小人向老爷禀报华先生前来，太太听罢面色陡变，很快便退避到厢房里去。我还见她……"

"你定是弄错了！"妇人恼怒地插言道，"我陪太太从厢房去亭阁时，并没见她显得心情不快！"

管家正待怒辩回去，狄公抬手示意一下，对他说道："你且出去问问看门人，在你家老爷和华先生离开后，他可曾放旁人入宅，来者有何缘故，逗留多久。快去！"

管家匆匆出门后，狄公在桌旁坐下，缓捋颊须，默默打量着低眉垂目、立于对面的妇人，半晌后开口说道：

“你家太太已然亡故，你须得道出所有实情，以便查明真凶，此人或是当面下手，或是暗施诡计。先说说为何华先生来访令她心情不快?”

妇人惊恐地瞥了狄公一眼，怯怯答道：“回老爷，这个委实不知！我只知道在这半个月里，太太曾私访过华先生两次，没让我家老爷知道。我原想陪她一起去，可是冯先生说……”说到此处蓦地住口不语，面上红涨，恨恨地咬紧嘴唇。

“冯先生是谁?”狄公厉声喝问道。

妇人紧皱眉头，寻思半晌，耸耸肩头答道：“也罢，反正必是瞒不住人的，况且他们也从未做过任何不轨之事！回老爷，那冯先生是个画师，家境贫寒，身子又很不好，以前曾住在我家宅院附近一间破旧的小屋里。六年前，我家太太的父亲，也就是以前的刺史老爷，曾聘请他教授太太学画花鸟。太太那时才二十一岁❶，冯先生也是年轻英俊、一表人才……不消说他二人互相爱慕起来。冯先生温文尔雅，他父亲也是个饱学之士，奈何家道中落……”

“我并不关心冯某的家世经历❷！他二人可有私情?”

---

❶ 此处依荷文本，在英文本中为二十二岁。

❷ 此处依荷文本，在英文本中，此句为“休提这些”。

妇人断然摇头，急急答道:“回老爷，绝无半点私情！冯先生曾打算托人向老太爷求亲。他虽说一贫如洗，但仍是出身名门，心中指望老太爷没准会应许这桩婚事。不巧就在那时，冯先生病势加剧、咳个不停，看过大夫后，得知自己患了肺痨，无药可救，已是时日无多……于是冯先生对太太说他二人今生无缘结为夫妻，恰似一场春梦转眼即逝。他原本打算远走他乡，但是太太恳求他留在此地，说是彼此仍可作个知交好友，一旦冯先生病情加重，也能帮扶左右……”

“她嫁到贺家之后，二人还继续来往不成?”

“是的，老爷，最近三年里，他二人一直定期会面，就在这亭阁内❶。不过从来都是在白日里，我也总在一旁陪侍。我可以对天发誓，冯先生连太太的手都没碰过一下!”

“贺先生可否知道他二人会面?”

“自然是不知道的！我们总是等到老爷白天出去的时候，由我给冯先生送去太太写的字条，他再从花园小门溜进来，二人就在这亭阁中饮上一杯清茶。不过我总是陪在

❶ 此处依荷文本，在英文本中，无“最近三年里，他二人一直定期会面”。

一旁，可以跟老爷担保……[1]”

“你既能姑息一对男女秘密私会，不定也会纵容杀人害命的勾当。”狄公厉声说道，“你家太太并非自寻短见，而是被人谋害了性命，确切说来，就是在申正二刻！”

“不过此事怎会与冯先生有关呢，老爷？”妇人哭叫道。

“本县自会查个水落石出！”狄公冷冷说罢，转头对仵作命道，“你我这便去门房走一遭！”

班头与两名衙役正坐在前院的石凳上，一见狄公，连忙立起行礼。班头开口问道：“老爷，要不要叫人将薄棺送来？”

“暂且不必。”狄公断喝一声，仍旧朝前走去。

贺宅门房内，管家正在叱骂一个身穿蓝布长袍的枯瘦老头儿，两名轿夫从窗外朝里看觑，咧嘴嬉笑，听得十分得趣。

“老爷，这老背晦一口咬定没人进过宅子，”管家怒气冲冲地说道，“但又承认自己睡过半个时辰的午觉，从申

[1] 此处依荷文本，在英文本中，此句为“据我所知，自从太太嫁人后，这三年之中，全凭偶尔见上一面，冯先生才能勉强支撑着活到今天，而且太太也很乐意与他倾谈哩！我总是陪在一旁……”

初直到申正。真是丢人现眼!”

狄公听罢并未理会，劈头问道:“你可认得一个姓冯的画师?”

管家愕然摇头，旁边年岁稍长的轿夫叫道:“回老爷的话，认得认得! 我爹在街角处摆了个饭摊，冯先生常去吃面。他身无分文，住在一家菜店的阁楼上。[1] 大约半个时辰前，我还瞧见他在花园门口转悠哩。”

狄公转头对仵作说道:“让此人引你去冯先生的住处，请他前来贺府，切莫告诉他贺夫人身亡一事!”又对管家命道:“领路去花厅，本县要在那里会一会冯先生。”

花厅颇为狭小，里面陈设虽简，却甚是精美雅致。管家请狄公在桌旁一张舒适的太师椅中坐下，奉上一杯清茶，随即小心告退。

狄公缓缓呷了几口茶水，心想此案已略有眉目，不禁暗自欣喜，但愿仵作能寻到冯先生，如此一来，便可立即审问此人了。

不意仵作竟早早转回，另有一名男子同行，看去三十左右年纪，身形颀长清瘦，穿一件整洁的蓝布旧长袍，腰系黑绦，相貌俊雅，仪容不俗，蓄着短短的髭须，褪色

---

[1] 此处依荷文本，在英文本中，此句为“他就住在这宅子后头，租的是一家菜铺的阁楼”。

的黑帽下露出几绺散发，双目硕大，明亮有神，凹陷的面颊上显出几片红斑。狄公打量过后，示意他在桌旁就座。仵作为来客沏了一杯清茶，随即立于其座椅后方。

“冯先生雅擅丹青，本县已有耳闻，”狄公殷勤说道，“故而切盼有一面之缘。”

冯生用纤长敏捷的手指整整衣袍，温文答道：“承蒙老爷青眼，实在愧不敢当。不过老爷急召小民前来贺府，要说只为闲谈画艺，却是颇难置信。”

“自然另有要事。就在这花园之中，出了一桩事故，本县正在寻找证人。”

冯生从椅中坐起，忧心问道：“一桩事故？想必不会与贺夫人有关吧？”

“正是与贺夫人有关。事故出在申正至酉初之间，就在亭阁之内，恰是你前来与她会面的时候。”

“她究竟出了何事？”冯生失声叫道。

“你自己应该心知肚明才是！”狄公冷冷说道，“正是你谋害了她的性命！”

“她竟已不在人世了！”冯生惊叫一声，抬手捂住脸面，消瘦的双肩不住抖动，半日后终于恢复自持，抬头徐徐说道，“在这世上，她是我唯一爱重之人，我又怎会害她性命！其中缘故，还望老爷不吝赐教。”

“你惧怕情事败露，故而下此毒手。贺夫人成婚后，你仍是纠缠不休，她心生厌倦，对你说若是不断绝来往的话，就要将此事告知其夫。你二人今日争执甚烈，于是你便动手杀害了她。”

冯生缓缓点头，听天由命地说道：“不错，确是一番合情合理的解释。老爷提到的时辰里，小民正在花园门口。”

“贺夫人可否知道你会前来？”

“知道。就在今早，一个街中小童给我送来一张她写的便笺，说是有急事须得与我面议，只要申正二刻去花园后门，像往常一样敲叩四下，自会有女仆引我进去。”

“你进门之后，又发生何事？”

“我根本没能进去，虽然敲叩数次，奈何园门始终紧闭。我在四近徘徊了半日，试着再敲一回，仍是无果，只好转头折返家中。”

“给本县看看贺夫人写的字条！”

“这个却是不能。我已依照她的嘱咐，看罢后毁去了。”

“如此说来，你不承认害了她的性命？”

冯生耸耸肩头：“若是老爷实在无法查出真凶，小民倒也十分乐意承担这一罪名，正好助老爷了结此案。反正我已是年命不久、来日无多，无论死在床榻之上还是法场之中，根本无甚分别。既然她已不在，我也失去了在这世间苟延残喘的最后一点根由。至于另一样心中所爱，我的画艺则早已弃我如敝屣——这缠绵不去的痼症似是毁掉了所有的才思妙笔。不过，若是老爷自认将会捉住杀人真凶的话，我也就无须枉担这一罪名来混淆是非了。”

狄公手抚长髯，对着冯生注视良久：“贺夫人总是派一小童送信给你？”

“回老爷，并非如此。以往都是由她的侍女送来，并且这也是头一回特意注明让我看罢焚毁。不过无疑是她亲手所书，我已惯熟了她的文风笔迹。”说到此处，冯生突然一阵猛咳，过后摸出一张素纸揩揩嘴角，纸上显出几点血迹。只见他漠然视之，接着叙道：“我想不出她会有何急事要与我商议，又是谁定要置她于死地呢？对于她和她的家人，我全都知之甚深，彼此相识已有十来年的光景，敢说他们在世上并无一个仇家！”说罢手捻髭须，又道：“她婚后过得颇为美满。贺先生虽然情趣稍乏，对她却是倾心爱慕，一向温存体贴，尽管她至今尚未生育，也从没露出过预备纳妾的口风来。她对贺先生亦是心怀好感，敬重有加。”

"饶是如此，她却仍然禁不住背着其夫与你不时私会!"狄公淡淡说道，"此乃已婚妇人的绝大禁忌，更不必说你了!"

冯生傲然瞥了狄公一眼，冷冷回道："老爷早已被那一套空洞莫名的规矩习俗网罗得结结实实，自然不会懂得。我得正告老爷一句，我与她的知交之谊，并无半点可以指摘之处。我二人之所以一向私下里会面，皆因贺先生是个老派士绅，料想必会如老爷一般误会曲解此种情谊，我们并不想伤害到他。"

"你们倒真是体贴人意得很！既然你对贺夫人知之甚深，可否明白告诉本县，为何她近来时常心绪不佳?"

"敢不如命。实是她的父亲，即以往的刺史老爷不擅理财，欠了富商华敏一大笔债务。那人心肠狠硬，眼里只认得银子，这一月之中，逼迫老太爷用田地来抵债。那可是家中经营数代的祖产，老太爷自然不愿出让，况且也要为佃农们的温饱着想，若是换了华敏做主家，定会把那些可怜虫压榨得一干二净！老太爷恳求华敏等到秋收之后再来讨账，及到彼时，至少能设法支付一大笔利钱，然而华敏执意不肯，非要低价吞没那些田产不可。贺夫人为此十分忧心，让我带她去见过华敏两次，极力劝说华敏宽限一些时日，不料那无耻之徒却道是若要此事有的商量，除非贺夫人陪他共度良宵！”

“贺先生可否知晓贺夫人见过华敏？”

“他并不知。我二人明白一旦贺先生得闻岳父债务缠身、急需银钱，而自己又无力帮衬的话，定会十分苦闷。老爷明鉴，贺先生并无私产，致仕后也是禄赐不丰，平日养家全赖于此。”

“你二人对贺先生真是仁厚之至！”

“他是个正人君子，理应得此善报，唯独在心性才艺上与其妻不甚相合，而我与贺夫人才是志趣相投的知己。”

“我还从未见过如此德行沦丧之徒！”狄公厌恶地怒斥一句，起身对仵作命道，“将此人交与班头，作为杀人嫌犯关入大牢。过后你与两名衙役将贺夫人的尸身送至县衙，再详验一番，验毕立即到二堂向我回禀。”说罢恼怒地甩甩衣袖，出门而去。

贺主簿与易本、华敏仍在二堂内等候，一名衙吏从旁侍奉。众人见狄公进来，正欲起身相迎，狄公却示意他们坐在原处，自行踱至书案后方，在太师椅中坐定，吩咐衙吏重新上茶。

“敢问老爷，事事都办妥了？”贺主簿木然问道。

狄公端起茶杯一饮而尽，将双臂搁在案上，徐徐答道："贺先生，尚有余事未妥。有些坏消息要告诉你，本县发觉尊夫人并非自寻短见，而是被人谋害的。"

贺主簿压低嗓子惊呼一声，华敏和易本面面相觑、惊惶不已。只听贺主簿冲口叫道："被人谋害？是谁谋害了她？老天有眼，为何要下如此狠手？"

"从罪证看来，似是一个姓冯的画师。"

"姓冯？画师？我闻所未闻！"

"贺先生，本县已有言在先，会带来些坏消息，而且非常之坏。尊夫人尚未出阁时，便与这画师颇有交情，婚后仍与他不时偷偷私会，就在那花园亭阁中。多半是尊夫人日久生厌，意欲断绝来往。得知今日午后你将要外出，她便派人给那姓冯的送去信笺，约他前来会面。尊夫人挑明从此一刀两断、不再有任何瓜葛后，冯某便杀害了她。"

贺主簿呆坐不动，薄唇紧抿，两眼定定望着前方。易本与华敏面露尴尬之色，正欲起身告退，狄公却断然示意他二人仍留在原处。贺主簿终于抬头问道："那恶人如何害了她的性命？"

"他朝尊夫人的太阳穴猛击一拳，打得她昏厥过去，然后将人吊在屋梁上，令她窒息而死，行凶时不慎碰倒茶壶，致使壶内茶水流出，浇灭了燃着的香篆钟，停在申正二刻前后，由此可知那便是罪案发生之时。本县还找到一名证人，曾亲眼看见冯某当时正在贵府花园门外徘徊。”

这时有人叩门，只见仵作走入，呈给狄公一份尸格。狄公迅速浏览一遍，得知死因是缓慢窒息。除了太阳穴上的瘀伤，死者浑身上下并无其他暴力创痕，且已怀有四个月[1]的身孕。

狄公将公文慢慢折起，纳入袖中，对仵作说道：“告诉班头放了关在牢中的那人，让他在三班房中暂候一时，不定过后我还有话要问。”

仵作离去后，贺主簿站起身来，嘶哑说道：“若是老爷恩准的话，我此刻也想告退，还得……”

“贺先生且慢。”狄公插言说道，“当着华、易二位先生的面，本县尚有一事相询。”

贺主簿复又坐下，面露迷惑之色。

“大约未正时刻，你与尊夫人在亭阁中道别，随后离家到县衙二堂议事，直至酉初时管家前来报此凶信。尊夫人不幸遇害，可能发生在未正至酉初之间的任何时刻，然而当本县告知你这一噩耗时，你却说‘就在我离开她一个多时辰之后’，华、易二位可为此作证。敢问你如何知道

---

[1] 此处依荷文本，在英文本中，此处为三个月。

尊夫人死于申正过后?”

贺主簿并未答言，双目圆睁直盯着狄公，似是无法置信。狄公厉声喝道:“本县来告诉你是何缘故！就在未正时候，侍婢刚一离开亭阁，你便杀害了尊夫人，然后故意泼出茶水打湿了香篆钟。你显然料到本县办案会十分缜密，在此谢过。你明知我一旦看过现场，自会发现尊夫人原是被害身亡，并从香篆钟推断出案发在申正二刻前后，你也预料到迟早我会查出冯某那时就在花园门外——正是你模仿尊夫人的笔迹写下字条并差人送去，从而诱骗他前去。贺先生不愧是深谙律法的行家里手，想得出如此妙计来，但是精心伪造的作案时刻却成了你败露的根本。你不断告诫自己说既然足可证明命案出在申正过后，自己就绝无杀人嫌疑，于是无意中竟信口道出‘离开她一个多时辰之后’。乍一听到此语时，我并未十分留心，然而一旦发觉凶手若非冯某则必是你，便又回想起来，这句话最终成为你杀人的罪证。那‘五祥云’并未给贺先生带来好运!”

贺主簿坐直起来，冷冷说道:“为何我定要杀死拙荆?”

“本县自会道出。你发觉尊夫人与冯某一向秘密私会，当她说出已有身孕时，你便决意用一石二鸟之计，将他二人一并除去。你以为那腹中胎儿是冯某的骨血……”

“不是他的骨血!”贺主簿突然高声叫道,“你以为那倒霉的穷酸会做得出……那是我的骨血,你且听明白了!他二人只会扯些多情善感的废话,实在令人作呕!说起我时也一向好言好语、温良厚道,都是我暗中听来的……什么为人正派却木讷无趣的夫君,虽然名正言顺拥有她的人,却无法理解她那超逸绝俗的心,真是这话。我简直,简直要……”说到此处语不成声,待激愤渐渐平息后,方才恢复自持,语调也稍稍和缓:“我可不想与如此下作的女人一起生儿育女,骨子里直如娼妓一般……”

“够了!”狄公断喝一声,拍手唤来班头,命道,“给这杀人凶犯套上锁链,再关入大牢。明日县衙开堂时,我再细听他的供述。”

班头将贺主簿带下后,狄公对易本说道:“易先生,且让小吏送你出去。”转头又道:“至于华先生,还请稍留片刻,本县想与你私谈几句。”

房内只剩下二人时,华敏谄媚说道:“老爷须臾之间便勘破了这桩疑案!谁承想老贺他……”说罢凄然摇头。

狄公含怒瞥了华敏一眼,淡淡说道:“将冯某人视为疑犯,并不能令我十分快意,对他不利的证据过于明晰,然而行凶的手法又与其性情全不相符。从贺府返回衙院时，我特意让轿夫绕了一条远道，只为能多些时间思索一番。据我想来，如果证据是由一个知情人伪造而成的话，则非贺主簿莫属——动机自是人所共知，即受骗的丈夫意欲报复，将奸夫淫妇一并除去，但是为何要隐忍至今？他既然知晓贺夫人如何送信给冯某的细枝末节，必定早已发觉那二人不时私会。我见尸格上写明贺夫人已有身孕，于是想到正是由于此事才使得贺主簿决意下手。如今虽知贺主簿心中所感不同于我的预料，但这一推断仍然不差。”说罢肃然注视着华敏，又道：“伪造证据者只可能是知情的宅内人，既熟悉香篆钟，又熟悉贺夫人的笔迹。正是因此，华先生才免于成为杀人嫌犯！”

“老爷说我？”华敏骇然叫道。

“正是。本县知道贺夫人曾与你会面数次，并拒绝过你提出的卑污交易。贺主簿虽被蒙在鼓里，冯某却知晓此事，因此你想将那男女二人一并除去，同时亦有下手的机会。将近未正时，你恰好就在贺府花园里，与此同时，贺夫人也是独自一人在亭阁中。你虽不曾杀人，却犯下了希图诱奸良家妇人之罪，冯某可以为此作证；你在午间拜访贺主簿时，还企图行贿，贺府管家偶然听到了几句言语，亦可为此作证。明日县衙开堂时，本县将控告你犯下这两桩罪行，并判坐牢监禁。如此一来，你在蓬莱的商贾生涯也便随之告终。”

华敏从座中跃起，正欲跪地求饶，却听狄公接着说道：“只要你同意支付两笔罚金，本县就不予追究。首先，就在今晚，你必须修书一封给贺夫人的父亲，在信中言明他可挑选任何适宜之时向你归还欠款，并且你不会收取丝毫利钱。其次，你须得雇佣冯某人为你名下的所有船只描画图样，每张图要付他一两纹银。”华敏满口道谢，狄公扬手示意他闭嘴：“这两笔钱只作为缓刑之用。一旦日后听说你又去纠缠胁迫良家妇女，本县便会凭以上二罪将你法办。如今且去三班房，冯某就在彼处，你与他谈妥之后，当即预付给他五两纹银。再会了！”

华敏吓得魂不附体，仓皇告退。狄公起身离座，踱至窗前站定，玉兰花的幽香扑面而来，心神不禁为之一爽，低声自语道：“即便德行有亏让人难以苟同，也不能眼睁睁看着他含恨而终！”说罢蓦地转身出门，直朝公廨走去。

公 文 案

狄公赴任蓬莱后，开始了作为地方县令的仕途生涯。蓬莱由两名官员联手管辖，一是作为地方最高官员的县令，二是驻扎在此地的军营统领。二人各有辖区，划分得相当清楚，地方事务与军中事务绝少重叠。狄公来到蓬莱一个月后，却被意外卷入了一桩纯粹的军营官司。《黄金案》一书中提到过蓬莱城外下游九里的河口处建有一座大型军塞，曾经阻止过高丽战船登陆，此案便发生在壁垒森严的要塞之中，纯是一桩男子间的事务，与女人全无瓜葛——不过却牵涉到冗长繁琐的公文！

狄公从面前的公文上移开视线，抬眼打量对面二人，恼怒说道："你们两个能不能老实坐好？勿要烦躁不安！"说罢重又埋头翻阅起来。

马荣乔泰在各自的矮凳上努力坐定，然而过不多久，马荣便偷偷朝乔泰点头示意。乔泰将两只大手按在膝头，正欲开口讲话，不料狄公推开文书，含怒说道："丙卷第四百零四号公文当真不见了，此事着实恼人得很！我原以为定是洪都头放错了地方，皆因他昨天要离开蓬莱赶去州府，临走前十分匆忙。谁承想第四百零四号公文根本不见踪影！”

“老爷，会不会是放在第二个夹子里了？”马荣说道，“那个夹子也同样标着‘丙’字。”

“岂有此理！”狄公喝道，“我明明跟你们说过，在军塞档房里，有关人事与采买的公文一并收入‘丙’卷！在采买公文中，第四百零五号事关购入皮带，上面分明注有‘参见第四百零四号’，足证丙卷第四百零四号也涉及采买之务，而并非是人事类。”

“回老爷，我真是搞不大懂这些官样文章！再说那两封丙卷公文，只不过是军塞送来的抄件而已。说到军塞，我们……”

“这不只是官样文章。”狄公愠怒地插言道，“此乃常规公事，须得时时留意，否则举国上下的大小政令在施行时便会出现窒碍。”说到此处，眼见二人黝黑的面庞上露出不悦之色，便微微一笑，语调转为和缓：“你们两个在蓬莱为我做事已有一月，足证动起拳脚来十分得力，不过这县衙公务，也并不只是捉拿凶犯，同时还须经管诸般被外行说成是繁文缛节的例行庶务，使其更为完善，并且知道臻于完善的重要。这失踪不见的丙卷第四百零四号公文，本身或许并不十分要紧，但是丢失公文一事却格外重要。”

狄公将两手笼入阔袖中，接着又道："马荣说这两份丙卷公文只是抄件，倒是一点不错，确是军塞与朝廷兵部之间的官家信函，议论的纯是军中事务，与我等并无直接关系。不过，另有一事却与我等有关，即县衙中的每一份公文，无论是否要紧，都必须收得井井有序，而且首先必须完整无缺！"说罢扬起食指用力一点，接着又道："你二人要牢牢记住：必须完全相信公文，并且唯有在确知公文齐全时才能相信。一份不齐全的公文，不可收在一个秩序井然的官府之内，不齐全就毫无用处！"

"那就把这劳什子扔到窗外去得了！"马荣大声说罢，连忙又道，"还请老爷见谅，我与乔大哥实在心中不快。当地有一个把总，名叫孟国泰，与我们兄弟最为投契。今日一早，听说他昨晚被判罪下狱，罪名是谋害了军塞副统领苏把总的性命。"

狄公坐直起来："如此说来，你二人认得孟把总了？前天我听说了此案，当时正忙于书写呈文，好让洪都头送去州府，因此未曾细问。无论如何，这是一桩军中官司，由统领一人全权处置。你们又是如何认得孟把总的？"

"大约二十天前，我二人去了一家酒肆，"马荣答道，"正遇上孟把总晚间进城闲逛。他身手矫健，拳术极精，还是军中一等一的弓箭手，我们三人立时一见如故。从此以后，每逢他晚上得闲出营时，都会与我们一起厮混。如今竟告他放箭射死了副统领！全是胡扯八道……”

“不必担心，”乔泰出言宽慰道，“老爷会澄清此事的！”

“老爷，说来原是这样，”马荣开始急急叙道，“就在前天，那副统领……”

狄公抬手示意一下，淡淡说道：“首先，我不能插手军中事务。其次，即使我能插手，也对人命案的传言兴趣无多。不过，既然你们认识孟把总，不妨跟我多说些有关他的情形，也好让我心中有数。”

“孟把总这人十分正直，是条好汉子！”马荣冲口说道，“我们跟他比试过拳脚，一起喝得大醉，还结伴去找过姑娘。老爷听我一句，一个男人的本性如何，从这些事上尽可显露无遗！那苏副统领却是生性严苛，经常欺凌部下，孟把总也没少挨过他的骂。要是孟把总哪天一时火起，把那姓苏的打倒在地，倒是在我的意料之中。不过他定会立时自承，随后再接受处置。要说趁人入睡时暗下毒手，过后又矢口否认……孟把总可不会做出这等事来，绝无可能！”

“你们可知方统领对此案有何说法？”狄公问道，“想来应由他主持断案。”

“正是。”乔泰答道，“方统领断定这是一桩蓄谋杀人案。他生性高傲、寡言少语，不过听说对这结果甚为不快——尽管所有的证据都直指向孟把总。足见孟把总广得人心，就连上司也是一样哩！”

“你二人最后一次见到孟把总，是在何时？”狄公问道。

“就在苏把总被害的前一天晚上，”马荣说道，“我们三个在码头边的大蟹饭庄里吃晚饭，后来有两个高丽商人也加入进来，五人美美地喝了一回。午夜过后多时，乔大哥才将孟把总送上了军中驳船，那船自会载他回营。”

狄公朝后靠坐在椅背上，缓捋长髯。马荣迅速起身，为老爷斟满一杯热茶。狄公呷了几口，放下茶杯，朗声说道：“方统领曾来过衙院，我却并未依礼回访。如今时辰尚早，你我若是去军塞走一趟的话，午饭前便可转回。告诉班头，将我的官轿在庭院内备好，并送我等前去码头。我先去换上官服。”说罢起身离座，眼见马荣乔泰面露喜色，又道：“须得把话说在前头，我不会强人所难，非要助方统领一臂之力，若是他并未请我出谋划策，事情便到此为止。无论如何，我自当趁此机会，问他另要一份失踪公文的抄件。”

一队身强力壮的桨手大力划桨，不出两刻钟，沉重的战船便已抵达河流北边。低矮的河岸左方，耸立着要塞的高墙，看去森严可畏。前方是泥泞的河水，随着河口渐渐加宽，最终汇入艳阳下的大海中。

马荣乔泰跳上码头，面前即是高大的军塞正门。守兵百长见来人是蓬莱县令，连忙肃客入内，一路穿过砖石铺地的庭院，走到一座大房舍前。狄公事先已嘱咐过马荣乔泰，命他们打问有关人命案的消息，于是二人便留在门楼中。

步入房舍之前，狄公打量了一眼厚重的高墙，不禁心中暗赞。修建这座要塞仅在几年之前，当时高丽人兴风作浪，高丽战船企图侵入大唐的东北海岸。朝廷派出一支远征军，经过两次苦战，终于平定了叛乱，但是高丽人失利后仍愤愤不平，难保不会发兵突袭。军塞负责守卫的河口已被定为要冲之地，尽管位于蓬莱县内，身为县令的狄公却无权对这片特殊地带指手画脚。

方统领立在阶脚下相迎，引路走入官署，在后墙边的长榻上落座，请狄公也从旁坐下。

当日去蓬莱县衙拜访狄公时，方统领行事板正、寡言少语，如今仍是照旧。只见他直直端坐，身穿厚重的锁子甲，胸前肩上披有铁甲，灰白的浓眉下，两眼郁郁盯着狄公，勉强说了几句致谢之辞。

狄公客套寒暄几句，方统领答话时语气生硬，道是至今觉得统管此处并不适合一名长年征战的老将。高丽人理应不会再生事端，他们若想重整旗鼓，总得花上几年的工夫。在此期间，上千名将士皆被困在军塞中无所事事，自己须得负责维持军纪，殊为不易。

狄公听罢深表同情，接着又道："听说刚刚发生了一起命案，人犯已被拿获并定罪，本县倒是很想听听详情。方统领想也知道，蓬莱乃是本县头一次外放之地，极愿趁此机会增广见闻。"

方统领目光锐利地瞥了狄公一眼，抬手捻一捻灰白的短须，霍然起身说道："这边来。我这就带你去看看案发之地。"

两名兵士端立在门口。方统领经过时，对二人喝道："去叫茅把总和施琅来！"

方统领引路穿过庭院，行至一座高大的二层房舍前。二人走上宽阔的台阶，方统领口中咕哝道："实不相瞒，这案子令我很是放心不下！"台阶尽头有四名兵士正坐在一条长凳上，立时跳下地来站定。方统领领着狄公走过空旷的长廊，朝左一拐，只见尽头处有一扇厚门，门锁上贴着封条，盖有统领大印。

方统领撕下封条，一脚踢开门板，说道："这就是苏副统领的住处。他被害身亡时，正躺在那边的床榻上。"

跨过门槛之前，狄公先迅速打量一眼。室内阔大而空旷，右边一扇拱形窗户，大约五尺来高、七尺来宽，窗下的壁龛内放着一只漆皮箭袋，里面装了十来支铁头红杆羽箭，另有四支从箭袋内掉出。房中再无其他门窗，左手边有一张木桌，样式粗陋，未曾涂漆，桌上摆着一顶铁头盔和一支长箭。后墙处有一张硕大的竹榻，苇席上显出几片褐色污斑。地上铺有粗木板，并无绒毯地席等物。

二人走入室内后，方统领说道："每天未初时刻，操练过后，苏副统领总是回到此处稍事歇息，睡到未正时刻，再下楼去将官的餐室内用午饭。施把总负责协助苏副统领管理文书，前天将近未正时，他上楼来到此处，想与苏副统领一道下去用饭，并私下说几句话，事关一名姓高的副官违反军纪之举。他敲门之后，却无人应答，心想或许苏副统领已下楼而去，便开门进屋，想要看个分明。只见苏副统领躺在那边的竹榻上，身披锁子甲，未有铠甲护住的腹部插着一支箭，皮裤上沾有血迹，两手握住箭杆——显见得想要拔出来，却是徒劳无功，因为箭头处装有倒钩。人已是完全断气了。"

方统领清清喉咙，接着又道："狄县令想也明白发生过何事！苏副统领进门后，将箭袋扔在壁龛内，又摘下头盔放在桌上，懒得脱去锁子甲和皮靴，于是和衣躺下。当他入睡后……”

这时有二人走入，利落地行了个礼。其中一人身量颇高，穿着褐皮制服，方统领示意他走到近前，低声说道：“这位便是施琅施把总，正是他发现了尸体。”

狄公定睛看去，只见此人面上刻着深深的皱纹，肩宽背阔，双臂如猿猴一般修长，蓄着短短的髭须和一圈络腮胡，两眼目光呆滞，郁郁相望。

另一人身量矮小，穿一件短甲衣，头戴尖盔，套着骑兵的阔腿裤。方统领冲那人示意一下，说道：“这位是茅把总，主管查案。当年与高丽交战时，他曾主持刺探军情，办事十分得力。”

狄公拱手草草一揖，心想茅把总一张瘦脸似带冷嘲，看去颇为狡黠。

“我刚刚对狄县令讲述过前后情形，”方统领对二人说道，“想来我等该听听他有何高见。”

二人默然不语，一时尴尬冷场，结果还是施把总首先开腔，说话时语声低沉嘶哑，“末将但愿狄县令会另有一番说法。依我看来，孟把总并非凶手，更不会狠毒到放箭射死一个熟睡之人的地步。”

“有何看法无关紧要，我等只需应对事实，”茅把总冷冷说道，“况且以此为据，业已做出了裁断，并无异议。”

方统领一提腰间的剑带，引着狄公走到拱窗前，抬手指向对面的三层房舍：“底层与二楼皆无窗户——军中仓房就在那边。不过顶层有一扇大窗户，狄县令看见了没？正是军械库所在。”

狄公顺势看去，只见那窗户的形状大小与眼前这扇一模一样。方统领转身又道：“当时苏副统领躺在榻上，两脚冲着窗户。我们曾拿一个稻草人放在原处，证明致命一箭必是从军械库的窗内射出。就在那时，除了孟把总之外，军械库中再无旁人。”

“两处似是相距颇远，”狄公说道，“我看大约有六丈。”

“孟把总箭法精准，在营中无人能及。”茅把总说道。

“生手做不出这等事来，”方统领也说道，“不过一个会用弩的行家却可能办到。”

狄公点点头，思忖半晌后问道：“据我想来，在这间房内，应是无法开弓射箭？”

“不能。”方统领答道，“走廊那边的楼梯口处，有四名兵士日夜把守。他们已证实苏副统领上楼进屋，过后施把总前来，其间再无他人入内。”

“凶手会不会攀墙而上，从窗户潜入室内，再放箭射死了苏副统领？”狄公刚一问罢，见那三人面露憾惜之色，连忙又道，“本县只想论及所有可能的情形。”

“墙面十分光滑，没人能爬得上去，”方统领说道，“施把总虽是个中高手，却也无法做到。再说下面的庭院内总有兵士来回走动，故而没人能够神不知鬼不觉地如此行事。”

“明白了。”狄公手抚长髯，又问道，“为何孟把总想要加害苏副统领？”

“苏副统领十分干练，不过脾气急躁，说起话来有时不大中听。四天以前，他当众责骂了孟把总一顿，只因孟把总向着高副官。”

“当时末将也在场，”茅把总说道，“孟把总忍住怒气，不过面色煞白。他受辱后心怀怨愤，于是……”说到此处，意味深长地住口不语。

“孟把总以前也曾被苏副统领斥骂过，”施把总说道，“他对此已是习以为常，不会十分在意的。”

狄公问道：“方统领适才提及高副官违反军纪，不知是何情形？”

“高副官的皮带开裂，因此遭到苏副统领的痛骂。高副官顶撞了几句，苏副统领打算要重重责罚他。孟把总替高副官说了几句求情的话，于是苏副统领便冲孟把总发起火来。”

“末将也打算替高副官求个情，”施把总说道，“正是因此，才在晨练之后径直上楼来此，心想若是能私下跟苏副统领说说，便可让他打消此念。谁知造化弄人，孟把总护着高副官，结果高副官竟成了孟把总行凶的证人!”

“此话怎讲?”狄公问道。

方统领叹了一口气：“人人都知道晨练之后，苏副统领总要回到此处歇息，孟把总也常去楼上的军械库里，专为耍弄分量很重的长矛，直到用饭时才下楼。他壮实得活像一头牛，从不晓得什么叫疲乏。然而就在前天，他对几个同伴说自己宿醉未消，操练后不打算上楼去军械库，不过后来还是去了！狄县令看见上方那扇小窗户了没？在军械库窗户左边，相隔两丈左右。那间屋子是存放皮货的库房，只有军需官才能进入，并且每隔半月只能去一次。但是高副官一心想要去寻一条新皮带，只因刚刚为了旧皮带挨过苏副统领一顿痛骂。那厮挑三拣四的，花了大半日工夫要选自己中意的物件，走到与军械库相连的门旁时，随意朝窗外看了一眼，正瞧见施把总走进这间房内，忽然在窗前止步，弯腰低头，又挥舞两手，大叫着奔出门去。高副官打开房门，想要下去看看对面到底出了何事，却差点与孟把总撞个满怀。只见孟把总站在地上，手里正摆弄着一张弩。他二人一道奔下楼去，赶到此处时，众兵士与守卫已听到施把总的叫喊，也是刚刚进来。施把总又叫来我和茅把总。我等来到房中，立时便看出那箭是从何处射来的，于是我命人将嫌疑最大的孟把总关入大牢。”

“高副官可有嫌疑?”狄公问道。

茅把总默默引着狄公走到窗前，朝外一指。狄公抬头打量，只见从库房的窗口虽能看到此间房门与窗前的空地，却看不到竹榻所在的地方。

“孟把总如何解释自己身在军械库中?”狄公对方统领问道，“他不是明明对人说过当天不打算上去了?”

方统领郁郁点头：“那蠢货道是上楼回到自己房中，正想躺下，见有一张苏副统领写的字条，命他在未正时刻去军械库中碰面。让他出示那张字条时，他却说已经扔掉了！我等认为此事便是他杀人的有力证据。”

“听去确实对他不利。”狄公说道，“孟把总并不晓得高副官上楼进入存放皮货的库房。假若高副官不曾惊动他，他定会在事成之后悄悄溜回自己房中，也就没人会怀疑到他的头上。”说罢走到桌前，拿起头盔旁边的那支箭，此箭长约四尺，分量重得出人意料，狭长的铁头很是锋利，底部还装有两个倒钩，沾有褐色污迹，看去令人胆寒："想来这就是射死苏副统领的那支箭了？"

方统领点头说道："此箭装有倒钩，要弄出来颇为不易，我等搞得一片狼藉。"

狄公细细端详。只见箭杆上涂有朱漆，末端镶着几根黑羽，箭头下方的一段箭杆紧紧缠着红丝带，作为加固之用❶。

"这箭无甚特别，"茅把总不耐烦地说道，"就是军中常用的东西。"

"上面的红丝破了一处，"狄公说道，"顺着箭杆方向撕开一个口子。"❷

那三人听罢不发一语，似是漠然置之。狄公虽不以为然，也只得叹息一声，将长箭放回桌上，说道："须得说孟把总确实最为可疑。他既有动机，也有机会，还有能利用这一机会的出众本领。本县定会再仔细斟酌一番。不过，在离营之前，我想去见一回孟把总，或许可以让高副官带路。如此一来，与此案相关的所有人员，本县便都已见过了。"

方统领目光犀利地瞥了狄公一眼，略略迟疑片刻后，

---

❶ 在荷文本中，"箭头下方……加固之用"为"箭头正下方的箭杆上有一道深深的划痕"。

❷ 在荷文本中，此句为"'顺着箭杆方向划了深深一道口子。'狄公说道。"

对茅把总喝令一声。

高副官引着狄公朝军塞后方的大牢走去。狄公暗暗打量对方，只见高副官年纪甚轻，相貌英俊，穿一件紧身锁子甲，头戴一顶圆盔，看去十分整洁利落。狄公试图与他议论这桩命案，高副官却只是简短应答几句，想来这后生或是心存敬畏，或是太过紧张。

一个彪形大汉反剪两手，正在牢房内来回踱步，一见二人走到铁栅前，面上一喜，开口时语声低沉，“小高，你来得甚好！可有什么新消息?”

“长官，这位是蓬莱县令，”高副官胆怯说道，“想要问你几句话。”

狄公命高副官退下，然后对孟把总说道：“方统领对本县道是军中判你蓄谋杀人。若是你想请求开恩，本县很乐意助你一臂之力。我的两名亲随马荣、乔泰对你一向赞赏有加。”

“老爷，末将并没杀人，”孟把总恼怒说道，“不过他们说我有罪，就让他们砍我的头好了。国有国法，军有军规，再说人生在世，迟早总有一死，就不必请上头开恩了。”

“如果你清白无辜，就说明凶手一心想要除掉你和苏副统领。”狄公说道，“正是他送给你那张伪造的字条，好让你去当替罪羊。如此说来，嫌犯也不过几个人而已。你且想想看，有谁会因为什么事而痛恨你和苏副统领？”

“痛恨老苏的人多得很哩。他做事很能干，不过实在太过苛刻，有人稍稍冒犯一下，他就会下令抽一顿鞭子。说起我自己来，我一向自认在营里只有朋友。若是冒犯了谁，也是无心之举，因此说了也没甚用处。”

狄公默然不语，心中暗自赞同，思忖半晌后又道：“你且仔细说说，在案发的前夜，你回到军塞后有何举动。”

“倒不如说是案发的早上哩！”孟把总说着嘿嘿一笑，“老爷想必知道，当时已是午夜过后多时了！我在回营的船上坐了半日，稍稍酒醒过来，不过心情仍是大好。负责守卫的百长真是好心肠，一路送我回到房中。我有点讨人嫌，拽住他不让走，非要大讲一通方才的快活事不可，那两个高丽客商如何讨人喜欢，又如何慷慨大方，等等。那二人一个姓朴，一个姓异——念起来好生古怪！”说罢抬手搔搔乱发，接着又道，“不错，我记得百长满口答应再过六七日定会随我同去，这才放他走了。我还告诉他朴、异二人说是到了那时会拿到一笔钱，预备为我和所有朋友大办一场宴席。我连衣服都没脱就上床躺下，心里高兴得很。

入监牢狄公探囚徒

不过第二天早上却高兴不起来了！只觉头痛得要命，勉强挨过操练，好不容易等到完事，正想回房去睡上一阵子，不料还没来得及躺下，就看见了那张字条，我……”

“你没看出那字条是伪造的?”狄公插言问道。

“当然没有，我哪里学过书法！上面只是草草写了几行字，不过盖有老苏的大印，这可是一点不假——我已在各种公文里见过上百次了。若是没有印章，我就会想到没准是哪个同伴故意捉弄，定会去找老苏核实一下。但是盖了大印，肯定错不了，我就立刻上楼去了军械库。老苏从不喜欢有人质疑他的命令！我的麻烦就是这么来的!”

“你在军械库时，莫非不曾朝窗外看过?”

“为何要朝外看？我以为老苏随时都可能进来，便低头查看几张弩弓，再无其他。”

狄公定睛打量面前这正直诚朴的汉子，忽然走到铁栅前，恼怒地大声说道：“孟把总，你在有意庇护什么人!”

孟把总一张阔脸涨得通红，用两只大手紧紧攥住铁栏，怒吼道：“胡说八道！老爷既是地方官，最好不要插手军中事务!”说罢转身又踱起步来。

“你就只管一意孤行吧!”狄公冷冷回了一句，直朝廊道走去。狱卒打开厚重的铁门，高副官引着狄公一路返回方统领的官署。

“狄县令认为孟把总此人如何?”方统领问道。

“本县得说他看去着实不像是会谋害入睡之人的凶手，不过人心总是难测。”狄公审慎答道，“还有一事，凡有官书往来，统领总将抄件惠寄于我。如今有一份不慎遗失，为了衙内案录齐全，可否再给我一张丙卷第四百零四号的抄件?”

方统领闻听此言，大感意外，不禁面露惊异之色，不过仍命副官去档房中取来。

副官片时即返，呈给方统领两张文书。方统领浏览过后，交给狄公，说道:“这便是了！只是日常公务。”

狄公接过一看，头一页是提议将高副官与其他三名副官擢升为百长的呈文，并列有各人的名姓、年纪与从军时间，盖有苏副统领的大印。第二页上只有寥寥几行字迹，大意是方统领恳请朝廷兵部早日批准此议，盖有统领大印，注明日期与第四百零四号。

狄公摇头说道:“一定是在哪里出了差错。那份丢失的公文理应与购买物资有关，因为后面第四百零五号公文的内容是请求供应皮带，并注明参见第四百零四号。由此看来，第四百零四号亦应有关采买事宜，而并非人事变动。”

"我的天!"方统领出声叫道,"书办有时总不免弄错吧?且罢,多谢狄县令前来造访,等你对这桩人命案有了高见,还请告知于我。"

狄公出门时,隐约听见方统领对副官低声咕哝了一句"什么劳什子繁琐公文"。

正午时分,骄阳似火,正门前的码头浑似一座砖砌炉灶。驳船驶入河中后,立时吹来一阵微风,煞是凉爽宜人。船尾的甲板上方搭有绿布遮篷,狄公与马荣乔泰舒舒服服坐在篷下,正是负责此船的队正加意关照的结果。

一名兵士送上一大壶茶水,待他走回船舱,马荣乔泰便连连发问起来。

"我真不知该如何看待此案,"狄公缓缓说道,"所有的情形都对孟把总很不利,不过我隐约怀疑那傻瓜有意庇护某个人。你二人可否打探到什么消息?"

马荣乔泰一齐摇头。乔泰说道:"我们和负责守卫的百长聊了大半日,孟把总与我们畅快饮酒那天,正是由他当值。他也很喜欢孟把总,与军塞中的其他人没有两样,因此并不介意送孟把总上楼回房去,虽说那差事着实不易!孟把总一路放声大唱下流小曲,怕是把一营人都给吵醒了!百长还说孟把总与苏副统领虽不算知交好友,不过仍然敬重这个精明强干的上司。虽然苏副统领时不时发些脾气，他也并未十分放在心上。”

狄公听罢未予置评，半晌默默不语，一边喝茶，一边眺望河上宁静的风景。两岸皆是碧绿的稻田，几顶黄草帽零星点缀其间，可知农人正在耕作。狄公忽然说道：“施把总也认为孟把总清白无辜，但是主管巡兵的茅把总却认定他是凶手。”

“孟把总时常提起施琅。”马荣说道，“孟把总是个神箭手，施琅却是个爬墙的行家！浑身上下全是腱子肉！他负责操练兵士们爬墙，让他们脱得只剩下贴身衣物，然后光脚爬一堵旧墙，学会将脚趾练得像手指一样，一旦找到立足之处，就把脚趾踩在裂缝处，然后朝上再找更高的立足点，如此反复，直至升上墙头。我倒很想有朝一日自己也试一试哩！至于那茅把总，却是个生性多疑的下流坯，这话人人听了都会赞成！”

狄公点点头：“听孟把总说，那两个高丽客商替你们付了所有的酒饭钱。”

“哦，那是因为我们跟他二人开了个玩笑，未免过于荒唐了些！”乔泰说话时略显难为情，“我们三个当时正在兴头上，姓朴的商人问我们做何营生，我们就自称是一伙拦路的响马，谁知那二人竟信以为真，还说日后不定会给我们找个差事干干！等我们打算出自己那一份钱时，才知道他们已经全都付过了。”

“不过六七天后，等他二人从京师回来，我们还会再聚一次，”马荣说道，“那时自会对他们道出实情，再回请他们一顿。我们可不喜欢坑蒙拐骗。”

“他们听了或许会大失所望。”乔泰又道，“因为朴、异二人正等着收三条船的账，预备到时候要好好庆贺一番。马荣，你当时听没听懂有关三条船的笑话？他二人讲述过那桩买卖后，一齐哈哈大笑，几乎不曾满地打滚！”

“我也是似懂非懂！”马荣懊悔说道。

狄公并未听见二人后面的言语，缓捋长髯陷入深思，忽然对马荣说道：“你再说说那天晚上的情形！尤其是孟把总做过什么，又说过什么。”

“原是这样，我和乔大哥去了码头上的大蟹饭庄，那里又舒服又凉快。”马荣答道，“到了晚饭时候，我们看见军塞里的驳船开过来，孟把总与另外一人走出，彼此道别之后，孟把总就走上平台，与我二人会合，说是今天过得十分辛苦，须得美美吃上一顿。我等果然吃了个畅快，然后……”

“孟把总有没有说过关于苏副统领或是高副官的话？”狄公插言问道。

“从没说过一句!”

“他看去可否像是心事重重?”

“除了想找个漂亮姑娘，再没别的念头!”马荣说着咧嘴一笑，“于是我们同去花船，孟把总才算了此心病。我们正在甲板上喝酒时，朴、异二人也上了船，已是醉得不轻。老鸨虽然一力讨好，还是没能勾起他们对姑娘的兴趣。他二人只想喝酒，越多越好，还想与人开心叙话，我们五个便开始痛饮起来，用去好大一阵子工夫。后面的事我记不甚清——还是让乔大哥接着讲好了!”

“你干脆离席不见了人影，姑且按下此事不提。”乔泰淡淡说道，“午夜过后多时，我与孟把总扶着两个高丽商人下到一只小船上去，那船自会载他们返回河对面的高丽坊。然后我二人打个唿哨，叫来另一条船，顺水回到码头，只见军中驳船正等在那里。我送孟把总登船后，觉得十分疲累，眼看大蟹饭庄就在眼前，便跟他们说想在里面过上一夜。所有情形便是如此。”

“明白了。”狄公说罢，又呷了几口茶水，忽然放下茶杯，问道，“我们这是在何处?”

马荣朝河岸上张望一下，答道:“想是回蓬莱城的半路上。”

“告诉那队正，掉转船头，送我们回军塞去。”狄公命道。

马荣乔泰想要探听出狄公为何突然下令折返，狄公却只说方才忽略了几事，想再去证实一番。

回到军塞后，一名副官对三人道是方统领正在召开密会，议论刚刚收到的重要军情告报。

“不必打扰统领!”狄公说道，“叫茅把总来!”

茅把总一脸惊异，狄公解释说想要再去看看案发之处，还想让他做个证人。

茅把总引着三人上楼，面上的冷嘲之色看去更甚。他走到苏副统领的房门前，撕下重又贴在锁上的封条，示意狄公进去。

狄公立在门旁，对马荣乔泰说道:“我欲寻一个小而尖利之物，应是一个小碎片或钉子头，大概就在这片地方。”说罢指着一块四方形地面，从门口直到拱窗前，大致有全屋的一半长度。吩咐过后，狄公蹲在地上，开始细细查看木头地板，马荣乔泰也依样而行。

“若是你们要找一扇暗门之类的东西，想必非得大失所望不可。”茅把总讥讽地说道，“这座军塞建成只有短短几年工夫!”

“在这儿——我找到了!”马荣叫道，抬手一指窗前的一处地面。只见木板上露出一个锋利的小钉头。

“好极了！”狄公说着跪在地上，定睛打量过钉头，起身说道，“茅把总，可否请你亲自动手，将粘在钉头上的那一点点红丝[1]取下？同时再仔细看看木板上的几点褐斑！”

茅把总站直起来，疑惑地瞧着自己指尖上的一小片红丝。[2]

“及到适当的时候，本县自会请你证明这一小片红丝[3]正是挂在钉头上的，还有附近的几点褐色污迹，很可能就是人血。”狄公肃然说罢，并不理会茅把总的追问，从桌上拿起长箭，插在钉头旁边的地板上，“就用这杆羽箭来做个标记！”过后思忖片刻，又问道，“死者的私人物品去了何处？还有放在抽斗内的物事？”

茅把总听狄公语气威严，不禁有些着恼，冷冷答道：“那些东西分作两包收起，末将已请求方统领封存起来，如今锁在我的官署内。身为军中巡兵，我等自然不及县衙官吏那般聪明伶俐、见多识广，不过总还知道做事的规矩！”

“好，好！”狄公不耐烦地说道，“领路去你的官署！”

---

❶ 在荷文本中，“红丝”为“红色碎屑”。

❷ 在荷文本中，此句为“茅把总仔细看过钉头，然后用一张纸将碎屑统统揩下”。

❸ 在荷文本中，“一小片红丝”为“碎屑”。

茅把总请狄公坐在自己的大桌旁，桌面上凌乱堆放着公文。马荣乔泰立在门旁。茅把总打开一只铁柜，取出两个油纸包裹，将其中一个放在狄公面前，说道："这就是我们在苏副统领身上找到的东西，装在锁子甲下面的一只皮囊里，用一根绳子挂在脖子上。"

狄公打开封印，将里面的物事摆在桌上，只见一张叠起的名帖，一张七年前开具的房契，一只用来放置私人印章的四方形小锦盒。狄公打开锦盒，见里面空无一物，面上似有喜色，对茅把总说道："据我想来，那印章应是在书桌的抽斗中被发现的？"

"正是。印章收在第二只包裹里，与抽斗中的文书放在一起。苏副统领竟将私章搁在未曾上锁的抽斗里，未免也太大意了。依照规矩，本应时刻随身携带才是。"

"确实如此。"狄公说罢，站起身来，"本县无须查看另一只包裹。我们这就去瞧瞧方统领可否议事完毕。"

两名卫兵站在议事厅的门外，对四人道是密会刚刚结束，过不多久便要上茶。狄公立时从卫兵身边走过，径直入内。

方统领坐在正中央的大桌旁，左右两边各有一桌，左边坐着施把总与一位素不相识者，右边则是两位年长资深的军官。稍远处另有一张小桌，高副官正在整理文书，显见得曾负责记录议程。众人看见狄公，一齐站起身来。

“本县贸然闯入，还请见谅。”狄公走到方统领的桌前，徐徐说道，“此番前来，只为向统领报上关于人命案的新发现。若是本县所想不差，诸位加在一起，当可审理裁断此案？”

“如果再加上茅把总，人数就够了。”方统领缓缓答道。

“如此甚好！请带孟把总进来，然后我等便可正式开审。”

方统领冲副官喝令一声，随即拉过一张椅子，请狄公从旁坐下。马荣乔泰立在狄公的座椅背后。

两名勤务兵手捧托盘走入，众人各自默默饮茶。

门扇再度开启，只见四名全身披挂的巡兵进来，孟把总夹在当中，直走到正中央的桌案前，利落地行了个礼。

方统领清清喉咙：“我等今日齐集此处，专为听取狄县令应我之请而提出的高见，过后再决定是否应重审孟国泰谋害苏副统领一案。且请狄县令逐一道来。”

狄公沉稳说道：“凶手之所以杀人害命，是为了阻止苏副统领调查一起精心设计的欺诈案，罪犯可望因此得到一笔巨款。

"本县须得提醒诸位，依照官府条例，若要采买军需物品，在议定之后，统领会提出请求，由书办写在官文用纸上，再送给副统领查阅，阅后在每一页盖上本人印章，然后交还给统领复查，并在末尾处盖上统领印章。当例行抄件完成后，原件便被装入信袋内封起，注明寄往朝廷兵部，再派人快马送去。"

狄公呷了一口热茶，接着又道："这套规矩中只有一个漏洞。假如一份文件不止一页纸，有人品行不端且又能接触到公文的话，他就可以毁去所有文纸，独独留下盖有统领大印的最后一页，另外写成伪造的文书，再连同盖有印章的最后一页一并送去京师。"

"绝无可能!"方统领插言道，"其他几页纸上必须盖有副统领的印章!"

"正是因此，苏副统领才会被人害了性命!"狄公说道，"凶手偷去苏副统领的印章，苏副统领发觉了此事。不过，在详述之前，本县先来解说一事，贵处有一名书办值得称赞，皆因他严格依照规章办事，这才令我能够顺藤摸瓜查出真凶。

"三天前，有一份为四名副官请求升职的公文，于是凶手得到了机会。这份文书经过审阅后已正式写好，共有两页纸，头一页上写着四人的姓名、年龄以及相关情形，第二页上只有统领建议加速办理等语（须得提醒诸位，这只是常用的套话!），并注明日期与公文编号：丙卷第四百零四号。头一页纸上盖有苏副统领的印章，后一页纸上盖有方统领的印章。

“凶手拿到这份文书后，将其拆开，毁去了头一页，换上自己已经写好的一份加急公文，请求从高丽商人朴某和异某手中购买三条战船，并由朝廷兵部向二人支付款项——真是一笔横财！他偷来苏副统领的印章，盖在伪造的一页上，再将文书装入信封内，外面写上‘朝廷兵部，采买司’，最后在信封的一角处写下公文编号，即丙卷第四百零四号。凶手将封好的文书交给负责派送的书办，再亲自将事关四人升职的文书抄件放到档房中。由于他对发送文书的新规矩不甚熟悉，因此忽略了一点，没能再送一份抄件到本县的衙院中去。

“如此一来，负责派送文书之人先是送出了标有丙卷第四百零四号的信封，后来在同一天又收到了申请采买皮货的丙卷第四百零五号公文。他记得有时两份类型不同的丙卷公文会引起混淆，此人着实认真负责，因此在第四百零五号公文上附注‘参阅丙卷第四百零四号’的字样。虽然他并未看到第四百零四号公文，却记得信封上写有采买司。他将第四百零五号公文的抄件收入了正确的地方，还发了一份抄件给本县。但是本县查看采买档案时，却发现丙卷第四百零四号公文缺失不见。此事令我十分不快，因为本县一向将文档收得十分齐全，故此来到贵处，向方统领另要一份抄件，结果这份抄件是有关四名副官升职的文书，理应属于人事类。”

方统领早已听得十分不耐，在座中左右挪移，此时忍不住开口说道：“姑且略去所有细处如何？这些婆婆妈妈的琐事，与那三条战船究竟有何关联？”

“凶手正是与朴、异两名番商合谋。”狄公冷静说道，“由于这笔子虚乌有的买卖，那二人会去京师收款，过后再与凶手分赃。等到兵部通过例行检查发觉其中有诈时，业已过去了一月有余，凶手有足够的时间可以携款潜逃。

“此计虽然策划得十分巧妙，但是凶手的运气不佳。在发生人命案的头天晚上，孟把总与本县的两名亲随同在蓬莱城内，正遇到高丽客商朴某和异某，五人一同聚饮。那两名番商以为他们三个是剪径强人，便信口道出有关三条战船和即将上京发一笔横财等语。本县听两名亲随禀报此事，于是将这两桩事联系到了一处。还想再说一句，孟把总返回军塞时，对负责守卫的百长夸耀朴、异二人如何慷慨大度，以后还会再次请客云云。凶手不意听到此话，便以为孟把总得知了许多内情——自然纯是误解，于是下定决心要栽赃陷害，使孟把总成为替罪羊。次日一早，他得知孟把总宿醉未消，不打算去军械库，便送去一纸伪造的便笺，并盖上仍旧握在手中的苏副统领的印章。”

“方某听得不甚明白!”方统领怒道，“我只想知道一事：究竟是谁射死了苏副统领，又是如何下手的?”

“此事一清二楚!”狄公说道，“杀人凶手正是施把总。”

房内一片静寂。方统领又怒道：“绝无可能！高副官明明看见施把总走入苏副统领的房间，又出门而去。他根本没有靠近床榻!”

狄公徐徐说道：“将近未正时分，就在攀墙训练之后，施把总上楼走入苏副统领的房中。当时他只穿着贴身衣物，并且光着两脚，身上未带任何兵器，自然也是不必，因为他深知苏副统领习惯将箭袋扔在壁龛内，故此早已预谋好要用一支箭刺死已然入睡的苏副统领。

“不料施把总走入房内时，却见苏副统领已起床下地，身穿锁子甲，套着皮靴站在榻前。如此一来，施把总便不能以预先谋划好的方式动手杀人了。他看见有一支箭从箭袋中掉出并落在地上，箭头正对着苏副统领，便迈步上前，用大脚趾与二趾夹住箭头后方，猛然发力一踢，将长箭刺入苏副统领毫无防护的腹部，同时做戏给孟把总看，以防他从军械库的窗户朝外打量：先是摇动两手，接着又大声叫嚷——为的是盖过苏副统领仰面倒在榻上后发出的叫喊。等到人已彻底断气，他才出门叫来守卫，过后又与方统领和茅把总一同回到房中，趁着众人忙乱之际，将苏副统领的印章悄悄放入抽斗内。虽然行事干净利落，他却忽略了一事，即死者的两脚上穿着皮靴，这便让本县想到苏副统领并非是在熟睡时被害的。身穿锁子甲上床小睡倒还合情合理，因为脱下来着实麻烦，但是既已摘下头盔放在桌上，理应脱掉皮靴再躺倒才是。”

狄公说罢略停片刻。此时众目睽睽尽皆盯在施把总身上。只见他轻蔑地瞥了狄公一眼，冷笑一声：“讲得好不离奇，你又如何能证明呢？”

“如今你右脚的大脚趾上，定会有一道划破的伤口。”狄公镇定说道，“那支箭落下的地方，有一个锋利的钉头从木板中伸出，你踢起羽箭时，钉头不但划破了缠在箭杆上的红丝[1]，还划破了你的脚趾，并在附近洒下几点血迹。至于最后一个证据，过不久便会获得，等那姓朴与姓异的高丽商人被捉拿归案时，从朝廷兵部自然也会查到伪造的官文。”

---

[1] 在荷文本中，此处为“钉头不但在箭杆上划出一道口子”。

施把总面如土色，口唇颤抖，但仍然努力自持，说话时语声平稳："倒也不必再劳你多等。是我杀了苏副统领，只为欠下不少债务，急需一笔钱财。在十天之内，我自会呈请因病休假，然后便一去不返。我并不想谋害老苏的性命，原本指望能将印章送回桌内，不料他很快发觉了此事，于是我才决意在他入睡时用利箭杀人。但是我进门后，看见他已起床下地，还冲我吼叫道：'我本来就疑心是你，如今算是证实了！正是你偷了我的印章！'我心想这下全完了，只拿一杆箭去对付他可是大不容易。如果孟把总朝窗外张望，就会看见我二人打斗。正在那时，我瞧见有一支箭掉在地上，便一脚踢入了他的小腹。"说罢抬手抹去额头的汗水，又道："我并不觉得心中有愧，老苏本就是个阴狠刻薄之人。只是不得已将孟把总牵连进来，实在过意不去，不过也无法可想。我言尽于此！"

方统领起身离座，喝道："施琅，交出你的宝剑！"

施把总一边解开剑带，一边对狄公恨恨说道："你这厮着实精明过人！如何会看破是我干的？"

狄公冷冷答道[1]："大半由于那繁琐公文！"

---

[1] 在荷文本《狄公六案》中，此处为"狄公转头瞥了马荣乔泰一眼，冷冷答道"。

雨中客

以蓬莱为背景的第三个故事，发生在大约半年之后。在此期间，狄公的两位夫人及其子女皆已抵达蓬莱，并在衙院后面的内宅中安顿下来，过不多久，曹小姐亦成为家中一员。关于狄公如何慷慨救助曹小姐的经过，在《黄金案》第十五回中已有过详述。狄公的正室夫人一见曹小姐便十分喜爱，并留下她做女伴。就在一年最为酷热多雨的仲夏时节里，发生了下面这桩奇案。

“搁在衣箱里也是无济于事！”狄家大夫人嫌恶地说道，“瞧这条蓝裙，沿着缝线处竟生出灰黑的霉斑来！”说罢将红皮衣箱的盖子用力一合，转头对二夫人又道：“我还从未见过如此湿热的夏天，昨夜又下了恁大一场暴雨，直以为再也停不下来了！过来帮我一把如何？”

狄公坐在卧房中临窗的茶几旁，眼看着两位夫人将衣箱挪到地上，又去搬下一只。屋角的黄铜盆里生起了炭火，上面罩着铜丝网架，曹小姐正将衣物覆在网架上烘烤——如今她与大夫人亦友亦伴。炭火发出的灼热与衣物上冒出的水汽混在一处，使得房内闷塞不堪，三个女子却似是浑然不觉。

狄公叹息一声，转头望向窗外。卧房设在二楼，从此处望去，城中的一片飞檐翘角尽收眼底，景象十分悦目，此时却被铅灰色的浓雾完全遮蔽，迷蒙中不见任何轮廓，这浓雾仿佛也渗入自己的血脉之中，令人变得阴郁黯淡。只因一念之差，便惹出了这场家务，狄公想到此处，不由得愈发懊悔起来，正是自己心血来潮要找一件灰薄袍，才引得大夫人去那四只衣箱里翻寻，结果发现不少衣物上生出霉斑，于是立即招来二夫人与曹小姐。如今她们三个正潜心劳作，全然忘记了烹茶备饭。狄公外放蓬莱就任县令，迄今只有七个月，以前还从未经历过如此湿热的伏天，此刻只觉膝麻足肿，不禁伸伸腿脚舒活一二。

曹小姐弯腰提起一件搭在火盆上的白衣，口中说道："这件已经干透了。"随即抬手挂在衣架高处，行动间身姿窈窕妩媚。狄公看在眼里，突然没好气地冲大夫人说道："你将这些活计交给侍女去做，难道不成?"

大夫人扭头答道："成是自然成的，不过我仍想先亲自检视一番，看看到底损毁了多少。"转而对曹小姐说道："啊呀！姑娘来瞧瞧这件大红长衫！霉斑全都吃进布料里去了！你常说我穿在身上很中看哩！"

闷热的房内弥漫着胭脂水粉的幽香，加上湿衣的潮气，愈发显出十足的闺阁气息。狄公忽觉心烦意乱，霍然起身说道："我且出去随便走走。"

"老爷还没喝过热茶就要出去？"大夫人手持红衫，口中说着，两眼却始终盯在几块褪色的霉斑上。

"我回来再用早饭。"狄公低声咕哝一句，又对二夫人说道，[1] "将那件蓝袍给我拿来！"

二夫人服侍狄公套上长袍，曹小姐从旁襄助，又关切地问道："天气如此酷热，这件怕是略显厚重了些？"

"好歹总是干的。"狄公断然说罢，立时发觉曹小姐所言一点不差，厚密的衣料贴在汗湿的后背上，如同套了铠甲一般，不禁心中沮丧，含糊道别后一径下楼。

狄公快步穿过幽暗的廊道，直朝衙院后门走去，一路上不曾遇到老家人洪亮，心中暗自庆幸。洪亮对自己知之甚深，定会立时发觉老爷心绪不佳，于是又不免忧心思虑到底是何缘故。

狄公摸出钥匙打开后门，走出衙院。雨后的街中阒无人迹。狄公在浓雾中一路徐行，心中自问究竟为何郁郁不乐。自己首任地方县令不过才七个月，却着实感到莫名失意。甫一到任的头几日里倒是惊心动魄，随后又出了贺

[1] 此处依荷文本，在英文本中，无"又对二夫人说道"。

夫人被害一案，接着便是军塞里的人命官司[1]，但是自此以后，纯是些沉闷无趣的日常庶务，诸如填写格目、签发文书、批准许可……昔日在京师供职，虽然也得花费许多工夫在案牍公文上，但那些全都事关要务，绝非如此细琐冗杂可比。况且这里也并非真正归自己一人管辖，河流以北的整片地方属于战略要冲，全由军营控制，东门外的高丽坊亦是自行处置内部事务。狄公瞥见地上有块石头，抬脚愤愤一踢，不料却是露出地面的半截鹅卵石，直磕得脚趾剧痛，禁不住怒骂一声。关于曹小姐，也须得有个决断。就在昨晚夜共枕席之际，发妻再次催促自己将曹小姐纳为第三房夫人，还说她与二夫人都十分赞成，对曹小姐本人而言，亦是最好不过。“再者说来，老爷的二房虽然人物出众，毕竟肚内文墨不多。”发妻向来出言直率，这次也不例外，“如果家中能有如此一个饱读诗书又聪明灵慧的女子，对人人来说都是乐事一桩，日子定会增色不少哩。”若曹小姐只是出于感恩图报才点头应允，却又如何是好？若自己对她并无这许多好感的话，事情也会容易得多。转而思之，莫非娶一个自己并不中意的女子，就能算是公允不成？身为一县之主，按理说可以娶至四房夫人，

[1] 在荷文本中，此处有一原注：“见《狄公六案》中的《公文案》。”

但自己始终认为两房便足矣，除非她们都无法生育。凡此种种，真是令人不胜困扰，且又难以决断。

天上开始落雨，狄公连忙裹紧衣袍，望见孔庙前的宽大石阶时，不由得长舒一口气。西边的三楼上新开了一家茶坊，且去那里喝上一杯热茶，然后再踱回衙院不迟。

低矮的八角形屋内，一个衣着邋遢的伙计斜倚在柜台边，手持一把铁钳，正在拨弄小茶炉内的炭火。狄公见那后生并未认出自己，心中甚喜，此刻委实全无一点心绪来应对作揖打恭、请安絮聒那一套，于是要了一壶热茶和一条干手巾，在柜台前的竹桌旁坐下。

伙计送上一只竹篮，里面盛着一条颇不洁净的手巾："还请客官略等片刻，水就快要煮滚了。"狄公正用手巾揩拭长髯时，只听伙计又说道："客官起得恁早，想必已听说城外出了乱子。"说罢抬手一指窗外，见狄公摇头，越发来了兴致："昨天晚上，有人在废旧的望楼里被大卸八块，就在城外的沼泽地中。"

狄公连忙放下手巾："出了人命？你怎会知道？"

"回客官的话，原是听一个卖菜的小后生说的。我正在擦地时，他上楼送货，道是在黎明前后，曾去望楼里向那半傻不痴的姑娘收鸭蛋，只见满地血污，姑娘缩在墙角里哭个不住。他赶紧跑回城中，顺路向堡垒里的巡兵报了信，于是百长便带领几名手下前去查看。你瞧，就在那边！”

狄公起身行至窗前，从此高处看去，可以越过城墙上的雉堞，望见一大片长满芦苇的碧绿沼地，再往远去，则隐约可见北边的河流。一条砂土铺成的大道从城北的码头直通向望楼，半路中建有一座堡垒。那望楼久经风雨剥蚀，孤零零地立在沼泽中央，几个头戴镶缨铁盔的兵士正朝堡垒走去。

“死的莫非是个官兵？”狄公问道。虽然城北归军营管辖，但是所有牵涉到平民百姓的案子，还是理应由县衙裁处。

“说不定哩。那傻姑娘虽然又聋又哑，生得却挺俊俏，保不准哪个兵士摸到望楼里与她私会，我不说客官也明白的。啊呀！水已经烧开了！”

狄公极目眺望，如今又见两名巡兵从堡垒往城中驰来，马蹄踏在坑洼的路面上，溅起串串水花。

“客官，热茶来了！小心这杯子烫手得很，且搁在窗台上吧。哦，我想起来了，死的不是官兵，小货郎说过是个老店主，就住在北门附近，以前他曾见过的。军中巡兵不日便会捉住真凶，他们可有手段哩！”伙计说着，兴奋地抬肘捅捅狄公，“果不其然！我刚刚说过他们很有手段，瞧见那个套着链子从堡垒里被押出来的人没？穿一身褐色衣裤，看似渔夫打扮，此刻正要带他去军塞那边……”

“断无此理！”狄公怒道，举杯急急呷了一口，却被热茶烫到唇舌，匆匆付过账后，一路奔下楼去。既然此案纯是平民百姓间的官司，分明应归县衙裁断！顺便还可正告军营将士们不当越界行事，从此一了百了，如此良机岂可白白错失！

狄公一扫浑身颓唐，从街角的铁匠铺里租了一匹马，跃上马背，直奔北门。城门守卫眼见一人疾驰而来，湿透的便帽贴在头顶，不禁目瞪口呆，及至认出原来是县令老爷驾临，赶紧起身站直行礼。狄公翻身下马，走进旁边的值房，示意城门什长跟入，开口问道：“沼地里究竟发生了何事？”

“回老爷，在旧望楼里出了人命，军中巡兵已将凶犯拿获，此时正在堡垒中审问，想必不久便会到码头去。”

狄公在竹凳上坐定，递给什长几枚铜板：“叫人替我买两块油糕来！”

刚刚出锅的油糕冒出一股诱人的葱蒜香气，狄公虽然饥肠辘辘，却难以欣然受用，被热茶烫过的唇舌仍在隐隐作痛，心里转的也全是官兵如何滥施权柄、飞扬跋扈的念头。若是留在京师供职，则根本不必对付如此棘手之事，在那里自有详尽的规章，所有大小官员的各自权限早已划分得清清楚楚，狄公想到此处，颇觉懊悔，正咽下最后几口油糕时，城门什长复又走入："启禀老爷，巡兵正押了人犯，前去码头上的戍楼。"

狄公一跃而起，命道："带上四名手下，随我同来！"

河边的码头上，一阵微风吹散了浓雾。狄公只觉衣袍湿漉漉贴在肩头，不禁低声咕哝道："正是容易伤风感冒的天气哩。"这时过来一个全身披挂的卫兵，引着狄公走入戍楼的前厅，室内却是空空荡荡。

一张粗陋的木桌后方，端坐着一名男子，生得高大魁梧，身披锁子甲，戴一顶巡兵的镶缨头盔，正在填写公文格目，一笔一划看去很是辛苦费力。

"我乃是蓬莱县令狄仁杰，想要知道……"那百长闻声抬头，狄公一望之下，竟至语塞。只见他左颊上横贯着长长一道白色疤痕，一直延伸至嘴角，凌乱的胡须半掩住歪斜的口唇。狄公正惊诧未定时，百长已站起身来，利落地行了个礼，朗声说道："老爷来得正好，小校这里刚刚写完了给老爷的呈文。"又抬手指向屋角地上一副蒙着毯子的担架，"尸首就在那边，杀人凶犯在后面的房里，想来老爷定会将他直接押去县衙大牢吧？"

"正是，当然。"狄公勉强答道。

"好。"百长说着，将写好的公文折起呈上，"老爷请坐，若是尚有空闲，小校十分乐意为老爷详述此案。"

狄公在桌旁落座后，示意百长也坐下，手捋长髯，心中暗想这一番见闻着实大出意料。

百长开口叙道："对于那片沼地，我可说是了如指掌，那个住在望楼里的姑娘又聋又哑，虽然痴傻，却也不会伤人，因此一旦闻报说有人在那姑娘的住处被杀，我立时便想到是劫财害命的勾当，于是派出手下兵丁，去望楼与河岸之间的沼地里搜寻。"

"为何非是那片地方？"狄公插言问道，"人犯会不会在道上行凶，过后将尸体藏匿在望楼中？"

"回老爷，不会如此。从望楼到这码头的半路中，建有一座堡垒，我的手下兵丁在那里整日监视，以防高丽探子进出城内，晚间也会沿途巡察。想要越过沼地，只有那一条路可走。这一带难行得很，若要自行横穿过去，风险甚大，一不留神便会陷入泥沼或流沙之中溺死。既然我的手下赶到时那尸体尚有余温，则可推断出此人丧命当是在天亮前一半个时辰左右。既然除了那小货郎之外，再无其他人经过堡垒，则凶犯与死者定是从北边过来的。芦苇丛中有一条小径，从望楼直通向河岸，若是有人熟悉地形，就可从那里溜过去而不被堡垒里的守兵看见。"百长说罢摸摸胡须，又道，“也就是说，如果他先已顺利躲过了水上巡兵的话。”

“你的手下果然在岸边捉住了凶犯？”

“正是，老爷。他们发现了一个打鱼的后生，名叫王三郎，就藏在自家小船上，小船泊在望楼正北方向的灯心草丛里。当时他正忙着搓洗裤子上的血迹，我的手下向他招呼问话，那厮居然打起桨来，想要将船摇到河中心去，于是弓箭手朝船身射出几支带绳的羽箭，还没等他回过神来，就已连人带船被拖回岸边。他一口咬定根本不知望楼里出了人命，只说正打算过去给那哑姑娘送一条大鲤鱼，裤子上的血迹是洗鱼时沾上的，想等到天亮时便去看她。我们搜过他的身，结果在腰带里发现了此物。”

百长打开桌上的一个小纸包，露出白花花三锭纹银。“我们在死尸身上寻到名帖，方才确认了身份。”说罢拿起一只大信封，将里面的物事悉数倒在桌面上，共有一叠名帖、两管钥匙、几枚小钱与一张当票。百长指着那张当票，接着又道：“这张票子就落在死者身边的地上，定是从外褂里掉出来的。死者是个当铺掌柜，姓钟，在北门内开了一家很大的典当行，十分阔绰，平日里喜好钓鱼。据我推想，钟掌柜昨晚在码头上遇见了王三郎，于是雇他划船载着自己去河中钓鱼，当船行至望楼北边冷清无人的地方时，王三郎用了不知什么借口，赚那老翁前去望楼，然后杀人害命。他本想将尸体藏匿在楼中——那望楼已大半荒废，哑姑娘只住在第二层——却不料被惊醒过来的哑姑娘撞了个正着，于是赶紧拿了银钱逃之夭夭。不过这也只是推想而已，须知那哑姑娘是作不得证人的。我的手下想从她那里套出些话来，但她只会胡涂乱写几个字，还净是莫名其妙的雨师黑妖之类，然后又哭又笑发了一阵癫，疯疯傻傻，怪可怜见的。”说罢起身走到担架前，掀开覆在上面的毯子，“这便是尸首。”

狄公俯身看去，只见死者身形瘦削，穿一件简素的褐袍，胸前有几片干凝的血迹，衣袖上沾满泥巴，面容平静，相貌颇为丑陋，瘦长脸面上挺着一管略微歪斜的鹰钩鼻，薄唇巨口，灰白的长发中露出已然光秃的头顶。

“算不得相貌堂堂，虽说以我这副模样，着实不该发此议论！”百长说罢，面上痉挛抽动一下，刀疤损毁之处更显歪斜，又伸手抬起死者的双肩，示意狄公看脊背处的一大片血迹，“看去是被人拿刀子从背后刺入心脏而死的，仰面倒在那哑姑娘房门口的地上。”随即放开两手，任由尸体的上半身落回地上。“那凶手恁得狠毒，杀死钟掌柜后，居然还在他的胸腹上又连捅数刀，我之所以说在杀人之后，是由于那几处创口流血不多。对了，还有最后一样，几乎不曾忘了！”又拉开一只抽斗，取出一个长方包裹，撕开外面的油纸，将里面的一柄薄刃长刀递给狄公，“老爷请看，这刀子当时就在王三郎的船里，据他说是洗鱼用的。刀上并没血迹，但这也不足为怪，河里有的是水可以让他回到船上后洗得一干二净！所有情形就是如此，但愿那王三郎会原原本本如实招供。我很晓得这些无赖后生，起初总是一口咬定与自己全无干系，一旦详审之后，便会瘫倒在地，和盘托出。老爷准备如何处置？”

“首先，须得召来尸亲，命他们依律认尸，其次……”

“我已叫人办理过了。钟掌柜是个鳏夫，两个儿子都住在京师。刚刚有个姓林的前来认尸，说是死者的生意合伙人，且同住在钟家。”

“百长办理得实在妥当，如今且让你的手下将人犯和尸首都移交给本县带来的守卒。”狄公说罢起身，又道，“多谢百长这一番迅速得当的处置，本县感激不尽！既然这是一桩民间刑案，你只需报知县衙即可，余事大可留给官府去办。如此不辞劳苦地倾力相助，并且……”

百长连连摆手，说话时语声暗哑古怪：“能为老爷出力，乃是幸事一桩。小校正是孟把总[1]手下一员，因此但

[1] 即《公文案》中的孟国泰。

凡有事，我等自当尽心竭诚，助老爷一臂之力。”那张损毁的脸面又抽动一下，愈发歪斜可怖，实则应是绽出笑容。

狄公走回北门值房，决意要在此处立即提审人犯，然后再去查看命案发生之地。若是等到回衙再审，只怕会贻误时机，致使线索已渺。此案看似简单明了，但也难以说定。

值房中空空荡荡，只有一张桌案，狄公从旁坐定，先细看那百长写下的呈文，其中内容大都已听他讲过。死者名叫钟方，年纪五十六岁，哑姑娘名唤莺儿，芳龄双十，那青年渔夫则是二十二岁。狄公从袖中取出名帖与当票，只见名帖上写着钟掌柜祖籍山西，当票上则盖有“钟记典当”的朱红大印，注明由一位裴太太将四件锦袍押了三两银子，为期三月，每月五厘起息，开具的日期正是昨天。

这时城门什长进来，两名守卒抬着担架跟在后面。

“且放在那边屋角处。”狄公命道，“你可知道住在望楼里的聋哑姑娘？百长只写了她的名字叫作莺儿，却无姓氏。”

“回老爷，人人都这么叫她。她原是个弃儿，被一个老婆子养大。那老婆子以前常在城门附近卖水果，还教她学写了几个字，并用两手比比划划打些哑语。两年前，老婆子过世之后，为了躲避街上顽童们的戏弄纠缠，她便搬去望楼里住下，养了一群鸭子，专卖鸭蛋。众人打趣她是个哑巴，偏要叫作莺儿，从此便叫开了。”

“原来如此。带人犯过来。”

两名守卒押着一个后生进来，只见他身量不高，健壮结实，几绺乱发垂在布满皱纹的额前，面色黝黑，神情阴郁，穿一身褐色衣裤，上面打了几处针线粗陋的补丁，两手被锁链缚在背后，另有一条细铁链套在光裸粗壮的脖颈上，行至狄公面前，被守卒按倒跪下。

狄公定睛打量此人，心中思忖该如何开始盘问才最妥当。一片静默之中，只闻得屋外急促的雨声，还有屋内人犯粗重的喘息。

半晌过后，狄公从袖中取出三两纹银，问道：“这银子你从何处得来？”

王三郎低声回了一句，纯是本地口音，狄公听罢甚为不解。一名守卒上前踹了王三郎一脚，吼道：“说话大声些！”

“是我自己积攒下来的，好买一条像样的船。”

“你头一次遇见钟掌柜，是在什么时候？”

王三郎爆出一串粗口咒骂，被右边的守卒用剑身平拍一下头顶，这才住嘴，摇晃一下脑袋，阴沉答道："他时常在码头上转悠，所以看见过一二回。"忽又恨恨说道："我要是以前跟他打过照面的话，早就宰了这下作的老猪狗！这个骗子……"

"莫非你去他家铺子里典当东西时，被他骗过不成？"狄公立时问道。

"我哪有什么东西好去典当的！"

"那你为何说他是骗子？"

王三郎抬起头来，充血的两眼中闪过一丝诡谲的光亮，随即低头闷声答道："开当铺的，哪个不是骗子。"

"昨晚你都做过什么事？"

"我已跟军爷们说过了，先是在码头的小摊上吃了一碗面，再去河中捕了几条大鱼，过后将船泊在望楼以北的岸边，接着倒头睡下，预备天一亮就把鱼带到望楼里去，送给莺儿。"

王三郎念到莺儿的名字时，音声有些异样。狄公听得心里一动，便又徐徐说道："你既然矢口否认杀了钟掌柜，在场的除你之外，就只有那莺儿姑娘，如此说来，一定是她杀的人了。"

王三郎突然一跃而起，直朝狄公扑去，两名守卒差点没来得及捉住他。只见他又抬脚踹向守卒，头上却被猛击一下，全身朝后倒去，铁链落地时发出一阵哐啷声。

“你这狗官！你……”王三郎口中怒骂，挣扎欲起。城门什长飞起一脚，正中他的面门，后脑勺重重磕在地上，自此不再动弹，撕裂的口中流出一线血水。

狄公起身离座，低头查看，见王三郎已是不省人事，对那什长厉声说道：“没有本县的命令，不得擅自殴打人犯！将他弄醒后，带去县衙大牢，等到午衙开堂时，我再当众审问，尸体也一并送去。将这份百长写好的公文交与洪都头，并转告他我问过几个证人后，便立即返回衙院。”说罢朝窗外一瞥，见天上仍在落雨，又命道：“给我寻一张油布来！”

狄公用油布遮住头顶和两肩，出门蹬鞍上马，顺着码头一路驰去，拐上通往沼泽地的硬实路面。

浓雾稍稍散去。狄公骑在马上，朝四下不住打量。只见左右两旁皆是青碧长草，寂无人烟，几湾流水在芦苇丛中蜿蜒而逝，间或在低洼处积成小潭，铅灰色的水面闪出暗淡的光芒。一群纤小的水鸟忽然惊飞嘶鸣，余音回响在空寂荒凉的沼地中，甚是凄厉怪诞。昨夜下过一场暴雨，此时路面已干，积水退去后，留下片片浮萍。狄公正要经过堡垒时，被卫兵挡住去路，于是从靴筒内抽出官牒递上，卫兵看罢后立时放行。

废弃的望楼实为一座五层高的方塔，形制笨拙简陋，建在用粗粝毛石砌成的基座之上，拱窗上的遮板不见踪影，最高处的屋顶也已塌陷，两只硕大的黑老鸹正栖在破损的横梁上。

前方传来一阵鸭鸣，狄公且行且近，听得愈发清晰起来。楼底基座下的泥水塘边，二三十只鸭子挤成一片。狄公甩镫下马，将缰绳系在一根青苔密布的石柱上。鸭群在水里开始振翅拍打，嘎嘎叫个不停。

望楼底层是个低矮黑暗的窨子，堆着几件破烂家什，一道狭窄摇晃的木梯通向楼上，栏杆却已不见。狄公伸出左手，扶着霉斑遍生的湿滑墙面，一路顺阶上去。

狄公走入一间屋内，里面幽暗空旷。拱窗下摆着一张粗陋的板床，床上堆放着破烂衣物和打了补丁的脏污被褥，衣被下面不知有什么东西正在乱动，并发出沙哑的怪声。另有一张同样粗陋的木桌，上面搁着一只裂缝的茶壶，靠墙处一条竹凳，墙角里还有个砖砌的炉灶，灶头搁一只平底锅，旁边一个装满木炭的藤筐，室内弥漫着霉烂与汗湿混杂的气味。

被褥突然掉到地上，一个女子跳下床来，半身赤裸，披头散发，一见狄公，复又发出沙哑怪异的叫声，快步奔至最远的墙角处，蹲在地上不住颤抖。

狄公知道自己看去令人生畏，连忙从靴筒里抽出官牒展开，走到浑身战栗的女子面前，抬手指指上面的大红官印，又指指自己。

女子显然明白过来，从地上立起，直直盯着狄公，一双大眼中流露出小兽一般的恐惧。她只穿了一条旧裙，用一根草绳系在腰间，全身上下倒是浑圆匀称，肌肤如雪，异常白皙，一张圆脸上虽沾有泥污，仍显出几分俏丽。狄公将竹凳挪到桌旁坐下，心想这姑娘惊魂未定，须得做些为她所熟识的行为举止，方可安抚一二，于是举起茶壶，模仿农人的样子，就着壶嘴喝了两口。

女子走到桌前，对着脏污的桌面啐了一口，伸出食指，蘸着口水，歪歪扭扭写下几个字："王郎不曾杀他。"

狄公点点头，将茶水倒在桌面上，示意她揩擦干净。女子顺从地走到床边，取出一块抹布，用力擦拭起来。狄公行至灶旁，拣了几块木炭，又回来坐下，用木炭在桌上写道："何人杀他？"

女子浑身一颤，拿起另一块木炭，写道："恶黑妖。"对着那三个字急切地指点几下，又迅速写下一行："恶妖化去善雨师。"

"汝可见过黑妖？"狄公写道。

只见女子拼命摇头，用手指反复点着那个"黑"字，

登塔楼狄公惊哑女

随后又指向自己紧闭的两眼，再次摇一摇头。狄公叹了口气，又写道：“汝可认得钟先生？”

女子将食指含在口中，困惑地看着这一行字迹。狄公料到她想必不认识那个笔画复杂的“钟”字，便将其划去，改作“老人”。

女子复又摇头，面上露出厌憎之色，将“老人”二字加圈，又写道：“出血甚多。善雨师不复再来，再无银两为王郎买舟。”只见她脏污的面颊上流下两行珠泪，手指颤颤地接着写道：“善雨师常与我同寝。”并指向板床示意。

狄公定睛打量着女子。在当地传说中，雨师是个重要人物，对于这个虽然业已成熟但天生心智不全的年轻女子[1]而言，雨师在她的奇思异想与梦境中幻化为人形，也是理所当然之事。方才她还提到过银两。狄公又写道：“雨师相貌若何？”

女子立时面露喜色，嫣然一笑，写下几个歪歪扭扭的大字：“高，俊，和善。”在这几个字上分别加圈，然后将木炭扔在桌上，双臂环抱胸前，放声大笑起来。

狄公顾视左右，再度看去时，却见她已垂下两手，

---

[1] 此处依荷文本，在英文本中，此处为“业已成熟的年轻女子”。

立在原地，定定望着前方，蓦地神情又变，抬手指着那扇拱窗，口中发出几声怪叫。狄公转头一瞧，只见铅灰的空中微微显出色彩，正是彩虹留下的残影。女子口唇半张，看得出神，面上显出孩童一般的喜悦。狄公拿起木炭，写下最后一句："雨师何时前来?"

女子盯着这一行字看了许久，用手指梳理着蓬乱的长发，似是心神恍惚，终于伏在桌上写道："黑夜多雨时。"在"黑"字和"雨"字上加圈，随后又写道："随雨而来。"忽然抬手捂住脸面，浑身颤抖着大哭起来。

这时从外面传来鸭叫的嘎嘎声。狄公心想姑娘耳聋听不见，便站起身来，轻拍她赤裸的肩头。女子抬头相望，一双大眼中泪光闪动，半是迷醉半是痴狂，狄公不禁心头一震，赶紧在桌上画了一只鸭，又写下一个"饥"字。女子看罢一捂嘴，急急奔至灶台前。狄公仔细查看门前的几块青石板，见地面上满是尘土，有一片却格外干净，显然就是当时尸体横陈之处，后来被巡兵清扫过了，想起自己曾对他们恶意度之，心中颇觉懊悔。忽听一阵咚咚声，原来是那女子正在一块简陋的砧板上切着陈米糕，狄公见她熟练地操着一把大厨刀，不觉皱起眉头，面露忧色。女子忽然一甩手，将狭长锋利的刀尖扎在砧板上，再把切碎的米糕倒入灶上的锅内，扭头欣然一笑。狄公对她点点头，走下吱嘎作响的楼梯。

外面云过雨收，沼地里仍聚着一层薄雾。狄公解下缰绳，对鼓噪不已的鸭群说道：“稍安毋躁，你们的早饭就快来了！”

狄公一路缓辔而行。从河面上飘来迷蒙的雾气，高大的芦苇丛上浮动着形状奇异的云朵，边缘消散成扭结的长条状，像是水中怪兽的触须一般。对于那些由来已久并深植于当地人心目中的风俗信仰，唯愿能知之更详。在许多地方，平常百姓们依旧崇拜男女河神，农夫渔人也时常在水边献祭供牲。[1] 狄公想到此处，驱马疾驰而去。

狄公返回北门，命城门什长引路去钟掌柜的住处。二人行至一家典当行门前，铺面很大，看去生意兴隆，什长道是钟家私宅就在这店铺后面，并指向一条直通正门的窄巷。狄公命他回去当差，上前自行敲叩黑漆大门。

一个中年男子出来应门，身穿褐袍，腰系黑绦，衣履整洁，相貌清癯，看着眼前浑身湿漉的美髯公，疑惑不解地说道：“这位客官想是要去店里吧。敝人正要前往，顺便引你同去。”

---

[1] 此处依荷文本，在英文本中，还有一句：“这种种情形，显然对那聋哑姑娘有着巨大而深刻的影响，并在她懵懂的头脑中由实到虚不断幻化，以至于再也无法抑制业已成熟的体内生出的强烈冲动。”

“我乃是蓬莱县令，”狄公不耐烦地说道，“刚刚去沼地里查看过钟掌柜的遇害之处。且让本县进去说话，还有几件死者的随身之物要交与你。”

林掌柜躬身一揖，引着贵客走入一间偏厅，虽不甚大，却十分舒适宜人，里面陈设着几件古朴雅致的乌木家什。林掌柜恭请狄公坐在后墙处一张长榻上，又吩咐老仆预备茶点。壁桌上放着一只铜丝编成的大鸟笼，十来只禾雀正在笼中振翅盘旋，引得狄公频频打量。

“此乃敝同业的一大癖好，”林掌柜无奈地笑笑，“他很是喜爱鸟雀，一向要亲自照料。”

林掌柜蓄着一副齐整的短须，乍一望去，似是平常的殷实店主，但若是定睛细看，则会发现薄唇四周有几道深深的纹路，两眼硕大而阴郁，显露出此人性情果决。狄公放下茶杯，说了几句悼亡慰逝的客套话，随即从袖中取出信封，将名帖、当票、钥匙等物一并倾出：“钟掌柜的遗物全都在此。请问他是否经常随身携有大笔银钱？”

林掌柜手捋胡须，默然注视着那几样物事，然后说道：“回老爷，并非如此。这两年以来，他已不再过问店中事务，因此无须随身携带许多银两。不过，他昨晚出门时，身上带的肯定不止这几个铜板。”

“昨晚他几时出的门？”

"回老爷，大约戌正时分。我二人一道在楼下用过晚饭后，他说想要去码头一带走走。"

"钟掌柜是否常出去散步?"

"正是，老爷。他本就性情孤僻，自从两年前钟太太亡故后，更是几乎隔天便要外出独行，许久方归。虽然我就住在宅内左厢，他却总是独自一人在楼上的小书房里用饭，昨晚因为有生意上的事务需要商议，这才下楼与我一道用饭。"

"林掌柜莫非没有家眷?"

"回老爷，没有。只因一向劳碌，是以无暇及此！此店是敝同业出的本钱，而经营操持等一干事宜，则大半归我料理。他自从诸事不问后，更是难得去店内走上一遭。"

"原来如此。说回昨日晚间，钟掌柜可否说过预备几时回来?"

"没有，老爷。他早就吩咐过家仆，自己一旦出门的话，无须众人留守侍归。他又酷爱垂钓，一旦遇有适宜的天气，常会雇一只小船在河中过夜哩。"

狄公缓缓点头："军营巡兵想必告知过你，有个打鱼的后生已被捉住，此人名叫王三郎。钟掌柜以前经常雇他的渔船么?"

"这个我可不知，老爷。码头上的渔夫多得很，哪个不想多赚几个小钱使花。敝同业若是雇了王三郎的渔船之后死于非命的话，倒也不足为怪。我多少也钓过几回鱼，因此认得那厮，端的是孔武有力，还常听旁人背后议论，说他年纪轻轻却脾性古怪，与人甚是难合。”说到此处，林掌柜叹息一声，又道，“我也满心希望能如敝同业一般，时常出去优游垂钓一二，奈何总是抽不出身来……多谢老爷送还这两柄钥匙，幸好不曾被王三郎随手丢弃了！大的一柄是那书斋门上的，还有一柄用来开启银柜，要紧的票据信札等物都存放在其中。”说着伸手欲拿，不料却被狄公一把捞过并纳入袖中。

“林掌柜，既然本县来到贵宅，不妨顺便查看一下钟掌柜的文书。在这人命案勘破之前，死者的文书字纸全都暂归县衙处置，因为其中可能会透出若干线索。还请带我去一趟书斋。”

“敢不如命。”林掌柜说罢，引着狄公顺阶而上，指指走廊尽头的门扇。狄公走上前去，用那柄大钥匙打开门锁。

“有劳林掌柜。不出半日，我便下楼来会你。”

狄公步入室内，回手锁上房门，又推开低矮的阔窗，只见四周房舍的檐顶在雾气中若隐若现。临窗的紫檀书案后方有一张大圈椅，狄公走上前去坐定，先溜了一眼旁边地上铁皮镶边的银柜，随后靠着椅背顾视左右。这书斋虽不甚大，却极其整洁，且又布置得简约古雅。雪白墙面上挂着两幅精美的山水卷轴，乌木壁桌上立着一只长颈白瓷花瓶，瓶内插了几枝枯萎的蔷薇。小巧的湘妃竹架上摆放着许多书册，全都齐整地排列在一只只锦函内。

狄公抱臂沉思。如此一间陈设高雅的书斋，若是为清操绝俗的文人学者所有，尚属意料中事，要说主人居然是个典当铺的店主，则未免有些匪夷所思。至于废弃的望楼里那间阴暗破败、散发出霉腥味的贫寒小室，与这书斋会有何种联系呢？半晌过后，狄公摇一摇头，弯腰打开银柜，见里面放着几束文书，分别用绿绳扎起并附有签纸，很是井井有序，于是拣出注明“家信”和“账目票据”的两札来。前一札内收着几封关于大宗置产的信件，还有其子从京师寄来的家书，主要是叙说家务并向父亲征询求策。狄公匆匆浏览后一札，立时便看出死者生前一向自奉甚俭，忽然瞧见一张盖有妓院印章的粉纸，日期在一年半之前，不禁大皱眉头，随即迅速翻拣几下，又寻出五六张同样的票据来，最近的日期是六个月前。显见得发妻亡故后，钟掌柜一度希图在妓馆娼寮中寻求慰藉，但是不久便打消了此念。狄公叹息一声，从柜底取出一只注明“身后遗愿”的信封，打开一看，原来是两年[1]前立下的遗嘱，指明将自己名下的巨额田产全都留给两个儿子，所有金银现款分作三份，两份归二子，剩下的一份则连同典当铺一并赠予林掌柜：“其人恪尽职守，劳作经年，以此酬庸，聊表谢意。”

狄公将文书放回原处，起身离座，走到书架前细看，只见除了两本边角卷折的字书以外，其余皆是前朝著名诗人的别集，几乎都已搜罗齐全，随手翻开一本，见每页凡有生字处，必用朱笔注出释义，笔迹却是粗糙笨拙，犹如童蒙手书一般。狄公看罢缓缓点头，将书放回架上，心中憬然有悟。钟掌柜多年从事着冰冷无情的典当一行，本人又其貌不扬，因此愈发与柔情缱绻无缘起来，但内里实则不乏诗意，胸中亦有高致存焉，却又颇自珍秘、惭于示人。他不过是个略通文墨的商贾，却暗慕风雅、力图精进，因此只得将自己锁在这小小的书斋之中，借助于字书，独自苦苦研读前人诗作。

狄公重又坐下，从袖中取出折扇轻轻摇动，心中暗想这钟掌柜真是颇不寻常。他对鸟儿的喜爱，也许是唯一能透露出内心敏感多情的一线消息，楼下不正有一笼唧唧

[1] 此处依荷文本，在英文本中为一年，以下同。

喳喳的小雀么。狄公终于站起身来，正要将折扇纳回袖中时，忽又停手不动，盯着扇子漫视良久，到底搁在书案上，又朝书斋最后环视一眼，方才出门下楼。

林掌柜又献上一杯清茶，狄公摇头谢绝，递过那两柄钥匙，说道：“此刻我得转回县衙去。查看过钟掌柜的文书后，没发现有任何仇家的迹象，想来此案果然就是谋财害命，对于穷苦渔夫而言，三锭纹银亦是一笔横财了。这些鸟雀为何鼓噪不休？”说着走到笼边，“啊呀，原来水已不甚洁净，你该命人来换过才是。”

林掌柜口中唯唯，一拍两手。狄公探手入袖摸索几下，叫道：“我一时不留神，竟将扇子忘在楼上书斋里了！可否烦劳林掌柜帮忙取来？”

林掌柜快步上楼时，一名老仆止好走入。狄公告诫说鸟笼里的水应当每日更换，却见那老者摇头叹道：“我跟林掌柜何尝没说过这话，可他根本不听，也浑不在意。钟掌柜十分爱惜这些鸟儿，如今又……”

“本县听林掌柜说，因为这些鸟儿，昨晚他还与钟掌柜理论了一番哩。”

“老爷说得一点不错，他二人都动了性子，粗声大嗓的，我前去送饭时，只听见几句莺儿雀儿之类，倒不知究竟为了何事？”

狄公听见林掌柜已走下楼来，连忙说道："想必无关紧要。"转而又道："林掌柜，多谢府上的香茶。半个时辰之后，还请你去县衙公廨走一趟，务必带上有关钟掌柜家资财产的要紧文书。衙里的录事会助你填些格目，并将钟掌柜的遗嘱存档。"

林掌柜满口称谢，恭送狄公出门。

狄公吩咐县衙守卒将自己租来的马匹还给铁匠铺，然后一径走入公廨后的内宅。老管家禀报说洪都头正在二堂中等候，狄公点头说道："告诉管浴房的，我此刻先要沐浴一番。"

浴房隔壁有一间更衣室，里面黑砖铺地。狄公迅速脱下被雨水和汗水浸湿的衣袍，只觉满身尘垢，心中亦复作恶。侍从用冷水为他冲刷，又大力搓洗脊背。狄公在盛满热水的汤池中躺了半日，始觉身心俱泰，又命侍从在肩部按摩推拿了一阵，方才揩干全身，套上一件爽滑洁净的蓝布袍，换了一顶黑纱薄帽，穿戴妥当之后，直朝内宅走去。

狄公正要进入女眷们早起盘桓赏景的房间时，却见两位夫人身穿绣花薄绸衣裙，正与曹小姐一起坐在门前的朱漆桌旁。透过敞开的门扇，遥见室外高墙环绕的假山花园，几竿修竹与绿蕨点缀其中，微风拂过，飒飒有声，令人心神为之一爽。狄公驻足凝望着这一幅静谧平和的景象，心中感慨万千。这便是他的家，是为他所独有的小小天地，比起外出公干时不得不直面应对的种种暴虐残酷、恶状罪行来，这里就是污浊尘世中的一隅桃源。就在此时此刻，狄公决意定要护持自己的美满和睦之家，使其清静无扰，长如今朝。

大夫人撂下绣花绷架，快步上前恭迎，嗔怪地说道："我们几个等老爷回来吃早饭，足足等了有半个时辰哩！"

"真是过意不去。北门附近出了点事故，我必得立时去查看一番，如今还要再去公廨走一趟，不过可与你们共用午膳。"

大夫人将狄公送至门口，躬身下拜时，狄公低声说道："还有一事，就是昨晚议论过的，我已打算就照你的主意办，且去安排一二吧。"

大夫人欣然一笑，盈盈再拜。狄公走过穿廊，直奔公廨而去。

洪亮正坐在二堂一角的圈椅中，见狄公进来，连忙起身请安，又拍拍手中的文书，说道："半日不见老爷踪影，让我等好不悬心，收到此信时，方才松了一口气！我已下令将人犯关入大牢，将尸首停放在殓房内，我与仵作一起查验过后，马荣乔泰便骑马去了北门，看老爷可有差遣。”

狄公在书案后坐定，瞟了一眼那一大摞文书：“洪亮，可有什么要紧的公文送来？”

“没有，老爷，全是些例行公事而已。”

“好，如此一来，整个午衙都可用来审理钟掌柜被害一案了。”

洪亮欣然点头，说道：“从百长的呈文看来，这一案并不繁难，且杀人嫌犯又被关进牢里……”

狄公摇头说道：“并非如此，这可不是一桩简单的案子。不过幸亏有军中巡兵的及时处置，又让我机缘巧合，得以窥见其中内情，从而方可真相大白。”

狄公一拍手，班头进来躬身一揖。狄公命他将王三郎带来，又对洪亮说道：“我深知县令应在公堂之上当众讯问人犯，但眼下并非要正式听审，不过是为了澄清案情而闲话几句而已。”

洪亮面有疑色，狄公却不再多说，开始翻阅案上的公文。一时王三郎被带入，身上的锁链虽已除去，黝黑的面上却依然神情阴郁。班头按他跪下，又手持续长鞭立在身后。

“班头，你且退下。”狄公命道。

班头惴惴地瞥了洪亮一眼，胆怯说道：“启禀老爷，这可是一条莽汉，不定他会……”

“领命就是!”狄公喝道。

班头仓皇离去后，狄公靠坐在椅背上，叙家常一般闲闲问道:“王三郎，你在河边打鱼为生有多久了?”

“打我记事起便是如此。”王三郎咕哝道。

“那地方很有些古怪，”狄公对洪亮徐徐说道，“今日一早，我骑马穿过沼地时，看见奇形怪状的云彩飘来飘去，雾气消散时，简直活像从水里伸出的一条条臂膀……”

王三郎从旁侧耳细听，此时突然叫道:“那些事少说为妙!”

“嗯，看来你全都心知肚明。在风雨之夜，沼地里定会有更多怪事发生，我们住在城里的人并不能尽知其详。”

王三郎连连点头，低声说道:“我真的亲眼见过。它们全是从水里冒出来，有的会伤人，有的则会偶尔帮助溺水之人。无论如何，还是躲得愈远愈好。”

“一点不错！然而你胆大包天，竟敢插手进去碍事，瞧瞧如今得到了什么下场！被人捉被人踢被人打，还被控告杀人害命!”

“我说过我没有杀他!”

“你是没有杀他，不过你可知道是谁杀了他？人都已经死了，你还要上去再捅几刀。”

“我看见血红的……”王三郎喃喃说道，“要是能早些明白过来，我定会割断他的脖子。我以前远远见过他，这个畜牲……”

“说话留神些！”狄公厉声喝道，“你对着死人乱戳乱砍，原本就是卑鄙怯懦之举！”说罢语气稍稍和缓，又道，“不过，你为了替莺儿姑娘开脱，即使怒气冲天，竟也不辩一语。看在此事的分上，本县打算不予追究。你与她来往有多久了？”

“一年左右。她不但性情温顺，也很聪明伶俐。众人笑她半傻不痴，都是瞎说的！她还能写百十来个字，我也就认得几个罢咧。”

狄公从袖中取出三锭纹银，放在案上：“将这银两拿去，这原本就是你二人的。你去买一条新船，再娶莺儿为妻，她也正需要你。”王三郎抓过银子缠在腰间，狄公又说道：“你还得回大牢再待上个把时辰，本县不能立时就放你出去，等到正式洗脱杀人嫌疑后，方可无罪开释。你这暴躁的脾性也该收敛一二了！”

狄公一拍手，班头立时奔入，原来他一直候在门外，预备着一有动静便冲进来。

“将人犯带回大牢，再去公廨中叫林掌柜来。”

洪亮一路听去，心中愈发惊诧，此时疑惑不解地问道：“老爷与那后生都说了些什么？听得我一头雾水。老爷真打算放了他不成？”

狄公起身踱至窗前，望着阴湿黯淡的庭院，说道：“天上又落雨了！你问我说了些什么？我只是为了试探王三郎是否当真相信那些神怪之物罢了。洪亮，过几天你去县衙公廨的书库里，找一本有关本地民俗传说的书来。”

“但是老爷并不相信那些无稽之谈吧！”

“我自然不信，至少不会全信，但是仍须研读一番，因为对蓬莱百姓来说，那些神怪在日常生活中举足轻重。且为我倒杯热茶如何？”

洪亮领命自去沏茶，狄公重又坐下，仔细翻看案上的公文，刚饮完第二杯茶，就听有人叩门，只见班头带着林掌柜进来，随即小心退下。

“林掌柜请坐！”狄公殷勤说道，“想必主簿已指点过你该预备哪些文书了？”

“回老爷，正是如此。我二人正在查对登记过的田产，还有……”

“如你所知，”狄公插话说道，“依据钟掌柜在两年前立下的遗嘱，所有田产以及三分之二的金银财物，都留给家中二子，三分之一的余产与典当行赠给你。你可否打算继续经营店铺?”

“并非如此，老爷。”林掌柜说着淡淡一笑，“我已在店中日夜劳作了三十余年的光景，从早到晚从无稍歇。我预备将店铺转卖他人，以后就靠放贷吃息过活。”

“听去不错。不过，若是钟掌柜后来又立过一份新遗嘱，改为只将店铺留给你，又当如何?”狄公见林掌柜面上变色，紧接着又道，“典当一行倒是收入颇丰，但是你要想退步抽身、晚景逍遥，就得再辛苦操持四五年，积攒出足够的银钱再说。”

“岂有此理！他……他怎会……”林掌柜吞吐说罢，忽又怒道，“莫非老爷在银柜中找到了新遗嘱不成?”

狄公并未作答，冷冷说道：“钟掌柜有个相好。对他而言，那女子的一片温情胜过世间万物。”

林掌柜从座中跃起：“你是说这老背晦要将银钱给那又聋又哑的小淫妇?”

“一点不错，看来林掌柜亦是尽知底里。就在昨晚，钟掌柜将此事告知你后，你二人大吵了一架。休要试图否认！你说的话被家仆听见，他大可上堂作证。”

林掌柜重又坐下，揩揩面上的冷汗，稍稍和缓说道：“回老爷，此事倒是不假。老钟昨晚说居然对那小淫妇心生情意，预备双双远走他乡并娶她为妻，我一听确是火冒三丈。我奉劝他说这念头简直愚不可及，他却让我少管闲事、好自为之，然后怒气冲冲地拂袖而去。我根本没料到他会去那望楼里，众人皆知那小淫妇正与王三郎打得火热，定是被王三郎一头撞破，于是丢了性命。今早没对老爷言明此事，还望老爷见谅。即使老钟已然亡故，我也仍是不能苟同……既然人犯已经落网，想来过不了几日，其中原委便会在公堂上大白于世……”说罢摇一摇头，又道：“老爷明鉴，我也不是心中全无一点愧疚，若是昨晚一路跟着他，许是不会……”

“你确实一路跟着他，林掌柜。”狄公断然说道，“你也喜好钓鱼，同样对那片沼地了如指掌，平日里要横穿其间十分艰难，但是暴雨过后，水势猛涨，有经验的熟手驾着一叶轻舟，便可从积水的洼地上划桨过去。”

“绝无可能！那里有官兵在路上整夜巡察！”

“若是藏在舟中，就会被高大的芦苇丛遮住，从而躲过巡兵的视线，正是因此，钟掌柜只在暴雨过后的夜里才去望楼。那可怜的姑娘以为来者真是雨师一类的神灵，因为他总是随雨而至。”狄公叹息一声，忽又目光锐利地直盯着林掌柜，厉声说道，“就在昨晚，钟掌柜将他的打算向你和盘托出后，你眼看着自己期望已久的后半生悠闲富足的美梦就要化为泡影，于是一路尾随他去了望楼，又从背后猛刺一刀，害了他的性命。”

“老爷真是异想天开！如此造谣中伤，敢问有何凭证？”[1]

“裴太太的当票便是凭证，那是巡兵在案发之处拣到的物事之一。你曾亲口对我说过钟掌柜已全不过问店中事务，又怎会随身携有一张当天刚刚开出的票据？”狄公见林掌柜默不作声，接着又道，“你一怒之下起了杀心，待钟掌柜一走，你便跟着出了门。那时正是晚饭过后不久，附近店铺里的伙计正忙着兜揽生意，你经过时定会有人看见。你在码头驾舟离岸时，正值大雨欲来之际，想必看去亦是非同寻常。”狄公见林掌柜眼里突然闪过一丝恐惧，心知这便是等待已久的最后一点明证，便又语气平缓地说道：“如果你此刻便如实招供，也算替我省却了四处寻找证人的麻烦。由于你杀人是出于一时激愤，而并非蓄谋已久，本县还拟呈请对你的死罪从轻发落。”

林掌柜切齿说道[2]：“这下作的老色鬼！让我长年累月为他卖力……如今又要将白花花的银子扔给那半傻不痴的贱淫妇！都是我辛苦赚来的钱啊……”随后定睛望向狄

[1] 此处依荷文本，在英文本中，此段开头处另有“林掌柜举起两手”。

[2] 此处依荷文本，在英文本中，此句为“林掌柜两眼空洞，呆望前方，苍白的面容由于狂怒而突然变得扭曲，大声叫道”。

公，决然说道：“不错，是我杀了他，活该他有此下场。”

狄公示意一下，洪亮起身出门而去。狄公又对林掌柜说道：“及到午衙开堂时，本县将会听取你的全部供词。”

二人默默等候，不再言语。一时洪亮转回，同来的班头与两名衙役给林掌柜套上铁链，然后带出门去。

“老爷，想不到竟有这许多腌臜内情，真是令人不堪！”洪亮颓然说道。

狄公举杯呷了一口茶水，示意洪亮再度斟满：“毋宁说是令人不忍。那林掌柜如果不是一力想嫁祸于王三郎的话，即使他也颇为可悯。”

“王三郎在其中究竟扮演何种角色？老爷甚至不曾问过他今日一早都做了些甚事！”

“事情的经过已是一清二楚，又何须再问。王三郎听莺儿姑娘说雨师在夜里不时前来与她相会，有时还赠送银两，于是将此看作是极大的荣幸。切记就在四五十年前，很多沿河地方的百姓每年仍要用活人祭祀，向当地河神献上童男或童女——直至被官府明令禁止。今日一大早，王三郎去望楼里给莺儿姑娘送鱼，结果发现一具死尸横陈在她的房中，脸面朝下躺在地上。莺儿哭着告诉他说黑妖杀了雨师，然后又将雨师化为一个丑陋的老翁。王三郎将尸身翻转过来，认出原来是钟掌柜，这才恍悟自己和莺儿都上当受骗了，一怒之下，拔刀连刺死尸数下，过后才想到这可是人命关天的案子，自己可能会受到怀疑，于是赶紧逃走。他正忙着搓洗衣裤上的血迹时，就被巡兵捉住，不消说那血迹定是从死者身上沾染来的。”

洪亮点头说道：“老爷如何能在短短一两个时辰里，就探出这许多内情来？”

“起初我认为军中百长的推断十分在理，但唯一存疑之处是为何死者身亡之后过了一阵，胸腹上又被戳了几刀。我倒是从未对那张当票起过疑心，因为一个当铺掌柜携带着一张即日开出的票据，自是情理中事。后来审问王三郎时，他原本决意要让自己和莺儿姑娘摆脱干系，不想泄露他二人上当受骗的隐情，却一时疏忽说漏了嘴，斥骂钟掌柜是个骗子，让我不免留了心。我问莺儿姑娘时，她说‘黑妖’杀了雨师并将他化去，我还是完全摸不着头脑，直到去拜访林掌柜时，才算找对了正路。那林掌柜心中有鬼，惊惧之下，不免言多语失，道出钟掌柜早已不再过问店内生意。我想起在案发之处发现的那张当票，自此对林掌柜起了疑心，但还是在查看过死者书斋、对他的人品个性有了清晰了解之后，方能探得真相。后来又从钟家男仆那里得到佐证，即林钟二人昨晚为了莺儿姑娘起过一场争执。男仆自然不知莺儿是姑娘的名字，还以为二人为了家中养的鸟雀而起口角。余下的就全是例行公事了。”

狄公放下茶杯：“正是由于此案，我才体会得仔细研读前人关于刑侦勘案的典籍是何等重要。那些书中反复讲过，勘查人命案的第一步，便是详查被害人的性情品格、日常起居行止以及特殊癖好。在此案中，正是死者的个性提供了要紧线索。”

洪亮捻着花白髭须，欣然笑道：“得有如老爷这般明察秋毫的父母官，莺儿姑娘和那后生着实幸运得很哩！所有的证据都对王三郎不利，莺儿姑娘又聋又哑、口不能言，王三郎本人亦是笨嘴拙舌，难于替自己分辩，想来很难逃脱被定谳处斩的结果！”

狄公闻言点头，靠坐在椅背上，淡淡一笑说道：“这便是此案于我而言获益最丰之处了，当真是不可估量，却也不足与外人道。洪亮，说来惭愧，就在今日一早，我心中颇为沮丧，还曾暗自思忖做个区区县令，到底算不算仕途正道，如今想来，真是愚不可及。这实是个举足轻重的大好职位！即使只因能为那些口不能言的百姓们仗义执言，也便于愿足矣。”

莲 池 案

此案发生在667年。汉源是个古老的小城，位于京师长安附近的一个大湖边。狄公身为县令，又遇到了一桩人命案。城内的绿柳坊是汇聚当地歌妓舞姬的风月场，一位薄有家产的老年诗人住在绿柳坊后面的别院里，在花园莲池的亭阁内悠然赏月时遇害身亡，并且无人见证——或者说情形似是如此。

一名男子立在莲池中央的小亭内，朝四下环顾。此时明月当头，清辉遍洒，整个花园尽收眼底。他侧耳细听周围，仍是一片阒寂，不禁得意地暗笑一声，低头看觑倒在竹椅中的死者，只见一把匕首深深刺入前胸，灰袍上沾有零星几点血迹。圆桌上摆着白镴酒壶与两只瓷杯，那人端起一杯来一饮而尽，低声咕哝道："只管安心去吧！你若是痴傻愚钝，不定倒会保住一条性命，谁让你不知天高地厚，非要插手进来……"说罢耸耸肩头。

事事都很顺利，此刻已过午夜，无人会来造访这个偏僻的城外田庄，花园那边的房舍中也是一团漆黑、全无动静。那人仔细看过自己的两手，未见有一丝血迹，又弯腰细瞧亭内的地面，自己刚刚坐过的椅子就在尸体对面，果然也未留下一点痕迹。一切平安无事，大可就此放心离去。

就在此时，突然从身后传来“啪嗒”一声轻响。那人猛吃一惊，急忙回身看去，却是一只绿莹莹的大青蛙跃出莲池，落在汉白玉石阶上，硕大而凸出的两眼肃然相望，这才松了一口气，转而冷笑道：“你这小畜牲，横竖又不能开口讲话！不过还是要万无一失才好！”说着狠狠踢了一脚。青蛙飞起后正撞在桌腿上，两条细长的后腿抽搐几下，终于不再动弹。

那人从桌上拿起死者用过的瓷杯，里外查看一下，然后纳入袖中，如今算是万事妥帖，转身欲走时，却又瞧见了躺在地上的死青蛙。

“滚回你的老窝去吧！”他不屑地说道，抬脚将蛙尸踢入水中。只听“扑通”一声响，池内群蛙受此惊吓，立时呱呱叫成一片，打破了夜中沉寂。

那人狠狠咒骂几句，急忙越过池上小桥，直奔花园后门。当他掩门而去后，蛙声渐渐止息，园内终于重归宁静。

大约两个时辰后，湖边的大道上，三名男子一同策马回城，微红的晨光正照在褐色猎装与黑帽上。清风拂过水面，泛起片片涟漪。当此仲夏时节，天亮后过不多时，便又会暑气蒸腾，溽热难耐。

两骑并辔在先，其中一人肩宽背阔，蓄着一副长髯，对旁边的年长同伴笑道："今日早起打野凫，倒是学会了一个捕获凶犯的好法子！先设下诱饵、备好兜网，然后藏在暗处等候，一旦猎物出现，我们便可将其一网打尽了！"

这时对面走来四个农夫，认出骑在马上的美髯公正是汉源县令狄老爷，连忙放下肩上挑的菜担，恭恭敬敬跪在道旁。

紧跟在二人后面的大汉撇嘴说道："老爷，我们在芦苇丛里卖力扑打了半日，可惜只兜到一些水草浮萍而已！"

"饶是如此，出来跑这一趟也令人神清气爽，马荣！"狄公扭头回了一句，又对身旁的清癯男子说道，"袁掌柜，我们要是天天早起打野凫的话，想必以后再也无须去贵店买药了！"

男子闻听此言，不禁咧嘴苦笑一下。此人名叫袁凯，经营着汉源县内最大的药材铺，家中资财甚丰，平素最喜好的消遣便是打野鸭。

狄公一路驱马前行，很快便进入依山傍水的汉源城内。在孔庙前的集市中，三人甩镫下马，顺阶而上，直朝修建在最高处、可俯瞰全城的县衙徒步走去。

一个矮胖男子立在衙院正门前。马荣指着那人叫道："老天！从没见过班头起得恁早，怕是得了什么大病不成！"

班头一见狄公，赶紧奔上前来，躬身一揖，急急说道："启禀老爷，诗人孟岚被人害了性命！就在两刻钟前，孟家仆人跑来报信，说是发现主人死在花园亭阁中。"

"孟岚？诗人？"狄公皱一皱眉头，"自从来到汉源，我还从未听说过这名字。"

"回老爷，此人住在城东沼泽地旁的一个老旧田庄里。"袁凯说道，"他在本地名气不大，也很少进城，不过小民听说京师长安中的一干文人学士，对他颇多好评哩。"

"我们最好立时便去。"狄公说道，"班头，洪都头与乔泰陶干可曾回来？"

"没有，老爷，他们三位仍在县里最西边的村中查案。"班头答道，"老爷今早刚刚出门，就有人送来了洪都头的手书，说是关于库银被劫一案，尚未发现一丝一毫有关劫匪的线索。"

狄公用力揪揪长髯，怒道："这桩劫案着实恼人得很！运送库银之人丢了十二根金条，如今又冒出一桩杀人案来！不过我们自有办法对付，马荣。要去死者家中，你可知道如何走法?”

“回老爷，小民知道一条穿过城东的捷径，”袁凯说道，“若是老爷恩准的话……”

“这个自然！班头，你也跟着同来。想必你已派了几名衙役随孟家仆人一同回去，为的是看守案发之处?”

“回老爷，正是如此!”班头郑重答道。

“你倒真是颇有长进!”狄公说罢，见班头面露得意的笑容，便又淡淡接上一句，“只可惜长进得还是太慢。快去马厩里牵四匹马来!”

袁凯一骑在前，引着众人穿过几条窄巷，七拐八弯行至湖边，又走上一条小道，两旁垂柳依依，城东的“绿柳坊”正是因此而得名。

“你且说说有关孟岚的情形。”狄公对袁凯说道。

“回老爷，我与他只是泛泛之交，见过三四回而已，看去倒是温文谦抑。他在汉源定居已有两年光景，就住在绿柳坊后面的一座旧田庄内，虽说只有三四间屋子，不过花园占地颇大，景致十分幽美，里面还有一个莲池。”

“孟家是否人口众多?”

“非是如此，老爷。孟岚初到汉源时已是鳏夫，家中二子皆已成年，且又住在京城。去年他在绿柳坊中得识一名妓女，替她赎身后又娶为妻室。这女子除了容貌俊俏之外，实在乏善可陈——既不通文墨，也不会歌舞，因此孟岚才得以用低价将她赎出，饶是如此，却也花光了所有积蓄，后来全靠一笔微薄的年金过活——这钱乃是京师里一个仰慕他诗作的人赠与的。虽然孟岚比那女子年岁大了许多，不过听说夫妻相敬如宾，过得甚是美满和睦。”

狄公议论道：“依照常情，总以为诗人会择一通文墨有才学的女子为妻，方可夫唱妇随，琴瑟和谐。”

“回老爷，那女子性情恬静，言语温文，”袁凯说着耸耸肩头，“对孟岚照顾得很是精心。”

“孟岚虽说会写诗，倒也十分精明，”马荣低声说道，“一个女子温柔娴静又很体贴——这老婆已经挑得再好不过了！”

小道越走越窄，直通向一片高大橡树和低矮的灌木丛，此处便是绿柳坊后面的沼泽地。

在一扇简朴的乡间竹门前，四人甩镫下马，守在那里的两名衙役躬身施礼，然后推开门扇。狄公四下环顾一番，只见这园子果然不小，打理得却不甚精心。莲池周围的花树枝叶横生、纠结缠绕，倒也为此处平添了几分野趣。池内水面上覆盖着大片荷叶，几只蛱蝶正在其间悠然飞舞。

“孟岚对这园子一向十分喜爱。”袁凯说道。

狄公点点头，又见池中一架朱漆木桥，通向一座六角敞亭，几根细柱支撑起饰有碧瓦的攒尖顶。花园后方有一幢低矮简陋的木屋，背后立着几棵高大橡树，低垂的枝叶将茅草屋顶遮去一半。

天气愈发酷热，狄公揩揩额头的湿汗，迈步走上桥面，其他三人紧随其后。亭内狭小局促，几乎容不下四人并立。只见死者仰面躺在竹椅中，身形瘦削，穿一件简素的家常灰袍。狄公审视半晌，上前摸摸死者的肩膀与双臂，站直说道："尸身略显僵硬。如今天气又湿又热，很难断定究竟死于何时，不过据我看来，总在午夜过后。"又小心拔出杀人凶器，仔细端详狭长的薄刃与简陋的象牙刀柄。马荣撇嘴说道："老爷，看了也是无益。城内所有的刀具店里，都有这种廉价的匕首售卖。"

狄公默然不语，将匕首递给马荣，马荣接过后，从袖中抽出一张白纸包起。狄公再细看死者，只见他相貌清癯，面上凝着一丝古怪的笑容，口唇略显歪斜，蓄着蓬乱的髭须和一绺灰白的山羊胡，看去年近花甲。狄公端起桌上的酒壶摇晃一下，发觉里面只剩下一丁点酒水，又拿起旁边的杯子仔细看过，不禁面生疑色，将酒杯纳入袖中，转头对班头吩咐道："告诉衙役们去折些树枝，扎成一副担架，将尸体抬回县衙预备查验。"又对袁凯说道："袁掌柜，你且在那边竹篱旁的石凳上稍坐片刻，本县去去就来。”随后示意马荣与己同行。

二人顺着小桥一径返回，行走时势大力沉，直压得木板桥面嘎吱作响，又绕过莲池朝房舍而去。狄公站在门廊下，深吸一口清气，始觉舒爽，马荣上前抬手叩门。

一时门扇开启，只见一个少年出来，生得颇为清俊，面色却十分阴沉。马荣道是县令老爷要见孟太太，少年连忙进去禀报。房内陈设简陋，正中央摆着一张松散摇晃的竹桌，狄公走到桌旁坐下，马荣袖起两手，立在老爷的座椅背后。狄公见家什老旧、墙面开裂，不由说道：“作案的动机显然不是为了谋财。”

“老爷请看，动机这就来了！”马荣低声说道，“糟老头子娶个美貌娇娘，下文不必说也都明白！”

只见从门内走出一个窈窕女子，大约二十四五岁年纪，面上未施脂粉，泪痕犹在，一双水汪汪的大眼，弯弯两道蛾眉，樱唇娇艳，肌肤润泽，看去十分俏丽，虽然穿着一袭褪了色的蓝布衣裙，仍不掩玲珑身段，惊惶地朝狄公拜了一拜，然后垂目肃立一旁，恭候县令老爷开口问话。

“孟夫人，贵宅刚刚发生如此惨事，本县却不得不前来搅扰，心中甚感歉疚。”狄公和蔼说道，“不过为了将凶手早日法办，本县必得抓紧查案不可，想必夫人亦会见谅。”见孟太太点头，接着又道，“敢问夫人最后见到孟先生是什么时候？”

“回老爷，昨天我二人在这屋内用过晚饭后，”孟太太的语声婉转娇柔，“奴家收去碗筷，外子翻阅了一阵诗书，大约有一个多时辰，然后道是晚间月色宜人，要去花园亭阁中饮上几杯。”

“孟先生以前经常饮酒赏月？”

“正是。他几乎每隔一天便要去那亭中，哼着小曲欣享夜风清凉。”

“孟先生是否常在亭中会客？”

“这个倒是从未有过。外子性喜独处，并不爱呼朋引伴，家中只来过寥寥数人，他总是午后在这房中喝茶会客。我很中意这安宁平静的日子，外子又非常体贴人意，还……”孟太太说着珠泪盈睫，嘴角抽动几下，努力自持后接着叙道，“昨晚奴家备好了一大壶温酒，亲自送到亭中，外子说他打算多坐一阵，叫我不必久等，于是我便回房自去歇息。今日一大早，家中男仆跑到卧房外大力叩门，我才发觉外子不在房中，并听说他仍在花园亭阁内，已是……”

“那男仆可是在此过夜？”

"不是，老爷。他与父亲同住，那老头儿是个花匠，在绿柳坊最大的行院中负责照管花木。他白天前来帮佣，等我备好晚饭后，便回家去了。"

"昨晚你可曾听到过什么不同寻常的动静？"

孟太太皱眉答道："奴家倒是惊醒过一次，想必在午夜刚过不久，池中的青蛙叫成一片，十分聒噪。这些青蛙白天躲在水里，听不到一点动静，即使我涉水进去采摘荷花时也从不出声，但是入夜之后，它们便从水里钻出来，很容易被惊动。我心想多半是外子一路走回时，将一块石头扔进池中所致，过不多久，便又蒙眬睡去。"

"明白了。"狄公说罢，手捻颊须思忖半晌，又问道，"孟先生遗容平静，不见丝毫惊愕恐惧之色，可见被害时定是完全出乎意料，还没明白是怎么回事，便已不幸身亡，足证他与凶手十分稔熟，二人当时定是对坐饮酒。那酒壶几乎已经喝空，但是桌上只有一只杯子。若想查出是否丢了一只酒杯，想必不甚容易吧？"

"此事不难。"孟太太说着浅浅一笑，"家中只有七只杯子，其中六只绿瓷的是一整套，另有一只白瓷大杯，则是外子家常自用之物。"

狄公想起放在桌上的正是绿瓷杯，不禁扬起浓眉，问道："孟先生可有什么仇家不曾？"

“从来没有，老爷!”孟太太叫道，“奴家实在想不出谁会……”

“夫人可有仇家?”狄公插言问道。

孟太太面上飞起红晕，轻咬口唇，懊悔说道：“老爷想必知道，奴家曾在绿柳坊中做过营生，脱籍出来已有一年。虽说以前偶尔也回绝过几位殷勤示好的客人，但我想他们总不至于……并且那时候到底……”说着语声渐低下去。

狄公起身谢过孟太太，又说了几句悼亡慰逝之语，随即告辞离去。

二人走上花园小径时，马荣说道：“老爷方才应该问问那女人都有过哪些密友才是!”

“我指望你去打探此事，马荣。想必你与那坊中的一个姑娘还常有往来——名字似是叫作梨花[1]。”

“是桃花，老爷。当然还有来往!”

“好。你这就去绿柳坊走一趟，从她口中打听有关孟太太的旧事，愈多愈好，尤其是以前与她交情深厚的客人都有哪些。”

---

[1] 在英、荷文本中，此处皆为苹果花。考虑到苹果花与下文的桃花在中文里区别较大、不易记混，因此改为梨花。

“此时天色尚早，老爷，”马荣犹疑说道，“只怕她还不曾起床哩。”

“那你就唤她起来！还不快去！”

马荣一脸沮丧，不过仍是朝大门快步走去。狄公暗想人人皆知娼家女子们总是深夜方歇，因此清晨时多半妆容未整、有碍观瞻，若是时常派马荣一大早便去见其相好的话，他这生性多情的毛病不定也就自行戒除了。

袁凯与一名男子正在莲池边并立交谈，那人身量颇高，衣履鲜洁，广面丰颔，神情庄重。袁凯对狄公道是此人名叫文守方，乃是新近推举出的茶商行会首领。文守方上前深深一揖，口中不停告罪说还未亲自拜会过县令老爷云云，狄公却插话问道：“文掌柜，你一大早来到孟宅，有何贵干？”

文守方不意狄公有此一问，看去颇为吃惊，嗫嚅说道：“小民……小民只想对孟夫人略表哀悼之意，再者……顺便问问可否助她一臂之力……”

“如此说来，你与孟家十分相熟了？”狄公问道。

“回老爷，小民方才与文掌柜议论过后，”袁凯连忙从旁插话道，“正打算向老爷禀明一事。当日孟夫人在绿柳坊中挂牌时，我二人都曾对她献过殷勤，可惜却都未能赢得佳人芳心。这些姑娘当然可以随着自己的心意行事，对客人或是青眼有加，或是白眼相向，我二人对此完全心知肚明，绝无半点怨忿，且对孟岚又十分景仰，后来见他们结为夫妻并和睦美满，亦是衷心称善。因此……”

“不妨直说了吧，”狄公说道，“想必你们二位昨晚都不在这附近，并且都有人作证？”

袁凯面色尴尬，瞥了文守方一眼。文守方胆怯说道：“回老爷话，昨晚我二人同去赴宴，宴席就摆在绿柳坊最大的一家妓馆里，然后我们又……又上楼去歇息，并且各自……携有女伴，直到午夜过后一个多时辰方才归家。”

“小民到家后又小睡了一阵，”袁凯说道，“之后便换过猎装，赶到县衙，同老爷一道出城去打野凫。”

“明白了。”狄公说道，“你们自行道出，再好不过，也免得我去四处查问。”

文守方看似略略放下心来，随口赞道：“这莲池看去真是景致宜人。”引着狄公一路出门时，又道：“不过美中不足的是，池塘中常有许多青蛙出没。”

袁凯为狄公推开门扇，口中说道：“它们有时还会成群鼓噪，着实恼人得很哩。”

狄公出门后登鞍上马，一路驰回县衙。

狄公步入中庭时，班头迎上前来，禀报说将在侧厅内进行尸检，已经事事齐备。狄公先回到二堂，趁着衙吏从旁沏茶的工夫，提笔书成了一封短笺，吩咐马荣顺便问过昨晚陪侍袁凯与文守方的二女，思忖半晌，又附上一句“还须查证孟家男仆昨晚是否在其父家中过夜”，写罢封起，命衙吏立即送至马荣手中，自己草草咽下几块糕饼，便出门走入侧厅，只见仵作与两名帮手已在那里等候。

尸检结果全在意料之中：死者体格硬朗，并无疾患，因匕首刺入心脏而死。狄公命班头将尸身收厝在一副临时棺木里，等下葬的具体事宜确定后再做计较，随后返回二堂，在主簿的襄助下，批复了几份刚刚送来的公文。

将近正午时，马荣方才回来。狄公遣去衙吏后，马荣在书案对面坐下，手捻髭须，得意地笑道：“启禀老爷，我去的时候，桃花已经起床，敞开门一看，正在洗脸梳妆哩！昨晚她不用当值，因此早早便上床睡下，看去比平日更添了几分水灵俊俏，我……”

“知道，知道，赶紧言归正传！”狄公焦躁地说道，心想自己显然有所失算，“既然你在那里消磨了将近整整一上午，想必从她口中探得不少消息。”

马荣责怪地瞥了狄公一眼，侃侃说道：“老爷有所不知，跟这些姑娘们打交道，可得十分当心哩。我与桃花先一道用过早饭，然后才把话题慢慢引到孟太太身上。孟太太以前花名叫做玛瑙，真名叫做施梅兰，家在北方乡下，三年前一场大旱，当地饿死了许多百姓，这才不得已被父亲卖给了人贩子，后来又被人贩子卖进桃花所在的院中。玛瑙姑娘天生一副好脾性，端的是人见人爱。院主道是袁凯确实曾向她献过殷勤，遭到回绝后，便转头另觅相好，玛瑙见此情形，似乎颇为懊悔，故此认定她这般行事乃是为了自抬身价。不过文守方却有所不同，此人生性十分拘谨胆怯，稍稍表露心意后，见美人并无回应，便偃旗息鼓败下阵来，退到一旁，只在心中暗自恋慕，后来才有孟岚登场并为她赎身。不过据桃花讲，文守方在其他姑娘面前时常提起玛瑙，仍是痴情不减，就在不久前，还说她理应嫁个更为如意的郎君，孟老头子脾气很坏，不过会写几句歪诗罢了。我还打听得孟太太有个兄弟，名叫施明，却是个地道的坏种，喝酒赌钱无所不为，一路追随姐姐来到此地，全靠她的私房钱过活，一年前失踪不见，过不多久，孟岚便娶了玛瑙姑娘为妻。就在七八天前，这施明忽又冒了出来，跑到绿柳坊打听姐姐的下落，听那院主道是已被孟岚赎出并做了孟太太，便立即寻到田庄中去。后来孟家男仆曾对他人道是施明与其姐夫大吵了一架，虽不清楚到底是何缘故，但肯定与银钱有关。孟太太哭得好不伤心，施明也愤愤离去，从那以后，再没人见过他。”

马荣略停片刻，狄公却未予置评，紧皱两道浓眉，慢慢呷着热茶，忽然问道："孟家男仆昨晚可曾离家出门？"

"没有，老爷。我问过他老爹，那老花匠就住在孟宅附近，说是儿子晚饭后便径回家中，与两个兄弟同挤在一张床上，呼呼大睡直到天明。这倒让我想起了老爷吩咐的另一件事来。我已查明昨晚袁凯与牡丹同寝，这姑娘也与桃花交情甚好。午夜时分，二人上楼去了牡丹房中，过了一个时辰，袁凯方才步行离去——自称是为了沿途赏月。文守方则是由一个名叫石竹的姑娘陪伴，那姑娘模样俊俏，不过今早看去似是闷闷不乐。据说文守方在席间多喝了几杯，上楼进了石竹房中倒头便睡，怎么也唤他不醒，于是石竹便自去隔壁其他姐妹房中打牌，把这主顾忘得一干二净。过了一个半时辰，文守方才算悠悠醒转，不过仍是宿醉未消，径直回家去了，令石竹姑娘大失所望。他也说是趁着夜晚凉爽，想要清醒一二，宁可步行而不愿坐轿。就打听到这么多消息。据我想来，施明正是我们要找的疑凶，孟岚娶了他姐姐，害得他失了饭碗、断了财路，因此怀恨在心。我这就去告诉班头，派人捉拿施明，不知老爷意下如何？对于他的身形相貌，我也打问得一清二楚。"

“就这么办。”狄公说道，“你先去吃午饭，晚上再来听我差遣。”

“如此说来，我还能稍稍睡上一阵，”马荣满意地说道，“今天着实忙了一上午，又是打野鸭，又是跑东跑西。”

“一点不错!”狄公淡淡说道。

马荣退下后，狄公沿阶而上，行至衙院高处可以俯瞰大湖的汉白玉平台上，坐在宽大的圈椅中，命人将午饭送来，此时心中所想的全是人命案子，回到内宅，想必也只会令夫人儿女们扫兴，不如就留在此处。一时饭罢投箸，狄公将座椅推至平台一角的阴凉处，正想小睡片刻，忽然有人送来一封洪亮的长信，信中道是在汉源县西边勘案后，现已查明送库银之人遭到一伙歹徒偷袭。六名歹人将他打昏后，劫走那包金条，接着大模大样去了汉源最西边的一家饭铺里尽情吃喝，过后又有一个神秘男子现身，用项巾遮住口鼻，饭铺里的伙计以前从未见过。匪首将包裹交与来人，便领着同伙朝邻县的密林方向而去。后来在离饭铺不远的沟渠中发现了蒙面人的尸体，面目已被砸得稀烂，全凭衣着推断出来。当地的仵作见多识广，查验死者胃肠中的食物时，发现混有烈性药物，装有金条的包裹自是不翼而飞。洪亮在信末写道：“由此可知，库银被劫一案乃是精心策划，主犯始终隐于幕后，先命其同伙雇佣匪帮下手劫夺，又派此人前去饭铺收赃，并暗中尾随，对其下药后又活活打死，或是杀人灭口，或是意在独吞。若要追踪幕后真凶，须得请求邻县县令予以协助，属下特此恭请老爷即日赶来此地，亲自查勘。”

狄公缓缓收起书信。洪亮说得不错，自己理应即刻前去，但是孟岚被害一案亦需办理。袁凯与文守方都有作案的机会，但又似乎皆无动机。孟太太的兄弟倒是有作案动机，如果他真是凶手，此刻必已远遁他乡。狄公长叹一声，靠坐在椅背上，手捋长髯思前想后，不知不觉便已沉沉睡去。

狄公醒来一看，已是日暮时分，显然这一觉睡过了头，不禁十分懊恼。马荣与班头正立等在栏杆旁，班头禀报说关于捉拿施明的告示已经发出，但是至今尚无消息。

狄公将洪亮的书信递给马荣，说道：“你好好看过此信，然后收拾行装，预备去一趟汉源县西，明日一早，你我便出发启程。刚刚收到一封从京师户部发来的公文，命我立即呈上有关库银被劫的案报，不得延误。即使丢了一贯铜钱也会搅得他们夜不能寐，更何况是十二根金条呢！”

狄公下楼返回二堂，先草成一份上报户部的文书，然后在此自用晚饭，心不在焉竟至食不知味，想到这两案几乎同时发生，实在太不凑巧，不觉投箸在案，长叹一声，忽又搁下手中的茶杯，起身离座，在地上来回踱步，心中生出一个关于孟岚酒杯失踪的设想，须得立即核实一下。狄公走到窗前，朝外望去，只见庭院中空无一人，于是趁隙快步走出角门，悄悄离开衙院。

一时行至街市，狄公拉起项巾，遮住下半个脸面，在街角处雇了一乘肩舆，直到绿柳坊最大的一座房舍门前，方才命轿夫停下。院内灯火通明，更兼人声笑语、歌舞管弦响成一片，定是正在大摆宴席。狄公付过轿金，快步走上通往孟家田庄的小径。

狄公走近花园门口，发觉此处竟十分寂静，来自绿柳坊的喧嚣声全被树丛隔绝，又轻轻推开门扇，朝四下打量。只见月光照在莲池上，花园后方的房舍内一片漆黑，不见灯火。狄公顺着池边行走，弯腰捡起一块石子抛入水中，立时引起群蛙鸣聒，面上不禁露出满意的笑容，走近房舍时，复又拉起项巾掩住口鼻，站在门廊下的阴影处，抬手叩门。

窗内亮起灯光，紧接着门扇开启，只听孟太太低声说道："快快进来！"

只见孟太太立在门前，上身裸裎，未着寸缕，只裹了薄薄一条缠腰布，一头乌发松散垂落，见狄公扯下项巾露出脸面，不由得压低嗓子惊叫一声。

“看来孟夫人一心等待的另有其人，”狄公冷冷说道，“不过本县仍要进去。”说罢迈步入内，回手关上房门，对瑟瑟发抖的孟太太厉声喝道：“你究竟在等谁？”

孟太太嘴唇翕动两下，却未能出声。

“还不快说！”狄公怒道。

孟太太将缠腰布裹紧，吞吐说道：“奴家并未等候哪个，只是被莲池里的蛙声吵醒，担心有人贸然闯入，于是出来看看……”

“然后便招呼那贸然闯入者赶快进来？你就算要扯谎，也该稍微像样一些！你等待相好前来时，睡在哪里？”

孟太太从桌上端起蜡烛，默默引着狄公走入一间小厢房，里面只有一张狭窄的板床，床上铺着薄草席。狄公迅速上前伸手一摸，发觉余温犹在，又直起身来喝问道：“你一向在这里就寝？”

“不是，老爷。这是家中仆人的下房，他白天常常在此小睡。奴家的卧房在厅堂另一侧，适才刚刚经过。”

“带我去看！”

孟太太穿过厅堂，引路走入一间大卧房。狄公从她手中拿过蜡烛，迅速打量四周，只见室内有一张梳妆台、

夜半时狄公访孟宅

一把竹椅、四只衣箱与一张大床。狄公上前拉开床帷，只见厚厚的草编床席已然卷起，枕头也收在靠近墙边的角落处，转身怒道："你预备在何处与人幽会，本县并不关心，只想知道他姓甚名谁，还不从实招来！"

孟太太并未答言，只拿眼斜瞟狄公一下，松开缠腰布任其滑落，于是浑身一丝不挂立在当地，两手遮在胸前，粉面含羞，怯怯相望。

狄公掉头不顾，冷冷说道："少来耍这些愚蠢的把戏。赶紧穿上衣服，随本县一同前去县衙，今晚就在大牢里过夜，明日上堂再审，难保不会对你用刑。"

孟太太默默掀起衣箱，开始穿衣，狄公走到厅堂里坐等，心想这女人看来是打定主意要庇护奸夫，不禁耸耸肩头，既然她以前曾是娼家女子，想必过不了多久便会开口。等孟太太穿戴齐整，狄公示意她一道出门。

二人行至绿柳坊的入口处时，正遇上几名更夫，狄公命那领头之人送孟太太乘坐肩舆前去县衙，并交给狱吏看管，再派四名手下潜藏在孟宅的厅堂里，一旦有人前来叩门，便立即拿下。吩咐过后，狄公徐徐踱回衙院，一路上仍是思前想后。

狄公经过县衙门楼时，见马荣正坐在三班房中与几名兵士闲谈，于是叫他同去二堂，又讲述一番在孟家的经历。马荣听罢，摇头叹道：“如此说来，孟太太暗中与人偷情，正是那奸夫害了她丈夫的性命，这案子也算是水落石出了。只要稍稍用些手段，不愁她不供出那人的名姓。”

狄公呷了一口热茶，缓缓说道：“不过有几处令我放心不下。孟岚被害定与库银被劫一案颇有干系，只是我还想不出究竟会是何关联。还有两件事，正想听听你有何评议，一是孟太太如何与那奸夫来往？他们夫妻几乎从不出门，只在白天偶尔接待几名访客而已。二是我已查实孟太太今晚睡在男仆的房中，那里只有窄窄一条板床，而卧房内却有一张宽敞舒适的大床，要是等待相好，为何不去那边？若是她果真背着丈夫与人私通，即使出于对死者的敬畏之心，怕也不至于此。虽说我也知道男女偷情时并不在意舒适与否，不过那板床又窄又硬，看去实在……”

“老爷说的头一件，”马荣咧嘴笑道，“如果女人决意要玩点花样，那么铁定会千方百计想出法子和手段来。没准孟太太就是与那少年男仆暗中勾搭，如此一来，这奸情就与杀人案全无关系了。至于第二件么，我向来觉得能睡在板床上已是心满意足，不过也不愿与人共挤一处。我倒是乐意再跑一趟绿柳坊，去打问一番如此这般可有什么特别的好处。”说罢望向狄公似有所待。

狄公盯着马荣若有所思，轻捋颊须，半晌不语，忽然笑道：“有了！我们倒是不妨一试。”马荣面上一喜，但是听到下文，立时大失所望：“你这就去鱼市后面的红鲤饭庄，传话给那丐帮头领，叫他去寻五六个常在绿柳坊一带出没的叫花子，然后带这几人速来县衙，并告知丐帮头领，就说我找这几人有要事相询，与孟岚被杀一案大有关系。你非但不用机密行事，反而要尽力张扬出去，使得人人皆知我传唤这几个乞丐前来问话，以及为了何事问话。快去吧！”

马荣坐在原处，惊得目瞪口呆。狄公又道：“此计若是成功，我就会一举破获孟岚被害和库银被劫两案，你只管照我的话去做便是！”

马荣起身离座，匆匆出门而去。

时马荣返回二堂，果然带着四名衣衫褴褛的乞丐。只见条几上已摆好了几大盘糕饼与果脯蜜饯，另有几壶水酒。

狄公见这四人吓得战战兢兢，便温言安抚几句，又让他们随便用些点心。群丐听罢大吃一惊，蹭到近前，看着酒食眼馋不已，狄公将马荣拽到一旁，低声吩咐道："你去三班房中，挑选三名精壮衙役，连你在内一道候在门口。再过大约半个时辰，我便打发这几人出去，到时候你等务必暗中各自盯紧一个，如果遇有上前搭讪者，立时将其拿下，连同乞丐一并带回见我！"说罢转身招呼众人只管随意吃喝。

群丐先是狐疑不定、缩手缩脚，一旦放下心来，不消片时便将那些吃食水酒一扫而光。领头的独眼汉子伸出两手，在油腻腻的胡须上揩擦几下，对几个同伴听天由命地说道："接下来县令老爷定会叫你我人头落地，不过还是得说，这顿上路饭好不丰盛哩。"

谁知事出意外，狄公命众人在书案前的条凳上坐下，挨个儿询问原籍何处、年岁几何、家中人口多少等琐事，纯是家常叙话，全无一点恶意，群丐终于不疑有他，应答之际也越发顺畅自如起来，半个时辰倏忽而过。狄公起身离座，嘉勉众人听从官府号令、一召即至，又命其悉数散去，过后独自留在二堂中，背着两手来回踱步。

一时听得有人叩门，比预料之中来得还快，只见马荣拽着那独眼乞丐进来。

"求老爷饶命！小民根本不知是怎么回事，那人就塞给我一锭银子！"老头儿口中哀告道，"我敢对天发誓，我可没有掏人腰包!”

“本县知道你没有为非作歹。”狄公说道,“不必担心,你只管留下那锭银子,不过须得道出那人跟你说了些什么话。”

“回老爷,我刚要绕过街角时,那人走上前来,将一块银子塞在我手里,还说:‘你随我来,只要说出县令老爷方才问过你们什么话,就可再得一锭银子。’小民发誓句句是实!”

“好!你可以走了,不过别把银子都花在喝酒赌钱上!”老乞丐匆忙退下后,狄公对马荣命道,“带人犯前来!”

袁凯甫一进门,便立时大声叫屈:“身为本地乡绅名流,居然如同作奸犯科之徒一般被捉拿到此!小民想要知道……”

“本县也想要知道,”狄公冷冷说道,“你为何暗中等那乞丐出来,为何又要向他问话。”

“老爷明鉴,小民自然对查勘此案深感兴味!只不过急于知道是否……”

“是否本县已发现了什么于你不利的证据,而先前却被你疏忽了。”狄公接上一句,“袁凯,正是你谋害了孟岚的性命,并且利用施明与劫夺库银的匪帮交接,然后又将其杀死。还不从实招来!”

袁凯面如死灰，再度开口时极力语声平稳，措辞却是咄咄逼人:“老爷指控小民犯下如此弥天大罪，想必已有了十足的证据?”

“不错。孟夫人道是家中向来不在晚间接待来客，还说莲池中的青蛙白天从不出声，然而你却提过蛙群有时会叫成一片，可见你曾在夜晚去过莲池。还有，孟岚曾与凶手一道饮酒，凶手将自己的杯子留在桌上，却带走了孟岚所用的酒杯，再加上孟岚死时神情安详，我便想到他定是先被下了药，然后被刺身亡。凶手担心杯子即使在池中洗过，不定还是会留下些许药味，因此才非要带走不可。再说库银被劫一案，从犯亦是先被下药然后被杀，这便暗示出两桩案子很有可能是同一人所为，于是我就想起你来，一则身为药铺掌柜，你深谙药性药理，二则你离开绿柳坊之后，亦有机会杀死孟岚。今早我等同去打野凫时，尽管有你这行家里手引路指点，却仍是一无所获，皆因在此之前，你刚刚奔忙了一夜，心中兀自惊惶未定。不过你教给我的设饵捕鸭的法子倒真是不坏，且又十分简便易行，正好可用来验证本县的猜测。今晚我用几名乞丐作为诱饵，果然等到你前来上钩。”

“敢问作案动机何在?”袁凯缓缓说道。

"另有一些情事，虽然与你无关，却令我发现孟太太正暗中等待施明晚上悄悄来家，足证她心知自家兄弟做下了不法勾当。六七天前，施明见到姐姐姐夫时索要钱财被拒，一怒之下，曾夸口说你找他帮忙做事，事成之后便会得一大笔银子。孟岚夫妇深知施明品行不端，后来听说库银被劫，施明又再未露面，因此推断此案怕是与他有涉。孟岚生性诚朴率直，当面指责你犯下劫夺库银之罪——这便是你杀人的动机。孟太太一心想要袒护胞弟，不过一旦得知是你杀死了她的丈夫与兄弟，必会开口道出实情，这些证言足可用来定案控告你。"

袁凯低头垂目，喘息粗重。狄公又道："我对孟太太深感歉疚。她虽说不幸沦落风尘，却依然心地纯良、性情忠厚，不但真心实意爱着自己的丈夫，而且明知自家兄弟是个无赖，却宁愿在公堂上受刑，也不肯将其供出。过不多久，孟太太就会变得十分富有，因为你的一半家财将会作为杀人的赔偿而被判给尸亲。文掌柜对她仍是一往情深，无疑很快便会上门求亲。至于你袁掌柜，则将作为杀人凶犯而被押赴法场，砍头示众。"

袁凯蓦地抬起头来，木然说道："都是那该死的青蛙害了我！我将它弄死之后踢入池中，不料引起群蛙齐鸣。"又语调酸涩地慨叹道："我真是个傻瓜，当时还说青蛙不能开口讲话哩!”

狄公肃然说道:“它们能开口,而且确实开口讲过了。[1]”

---

[1] 在荷文本中,此处为“它们能开口,只是我当时没能立即领悟它们想要说出什么”。

两乞丐

此篇讲述了狄公在元宵家宴上因故迟到的来龙去脉。元宵节又称灯节，是春节的最后一天，晚间常会举行家宴欢庆，女眷们祝祷祈福，以求来年吉祥如意。此案发生在蒲阳城内，事关两个乞丐的悲惨命运，《铜钟案》第九回中提到的狄公之同行、生性风流的金华骆县令也在此篇中再度出现。

最后一位访客告辞后，狄公终于靠坐在椅背上，长吁了一口气，抬起一双倦眼望向后花园。此时暮色渐浓，家中三子正在树丛中玩耍嬉戏，并将绘有八仙图样的灯笼点亮后悬在树枝上。

今日乃是正月十五元宵佳节，家家户户都挂起了各式各样的彩灯，将全城装点得五色缤纷，从花园墙外的园林中，不断传来游人的说笑声。

自从狄公就任蒲阳县令后，忽忽已是一载。适逢新春，当地名流士绅纷纷前来衙院后的内宅，向县令老爷恭贺佳节，整整一下午络绎不绝。狄公将乌纱帽朝后一推，抬手揩揩面颊，平日里鲜少白日纵酒，今天多喝了几杯下肚，果然略感不适，于是倾身朝前，从茶几上的花缸内抽出一枝白玫瑰，据说这香气可以用来醒酒。狄公深深一嗅，只觉一股清香沁人肺腑，身心顿时为之一爽。最末一位访客正是金匠行会首领凌掌柜，不知为何竟长坐不起，拖延许久方才告辞。三位夫人此时正督管众仆预备家宴，自己须得换过衣袍、稍事休息后前去。

花园中传出小儿们的吵闹声，狄公转头望去，只见长子与次子正在争抢一盏大彩灯。

“还不快进屋去沐浴更衣!”狄公朝外喝道。

“阿贵非要独霸这盏灯笼，这可是我和大姐一起做的哩!”长子愤愤不平地嚷道。

狄公意欲正色重申，却一眼瞥见洪亮推开后门踱入室内，看去面色灰白、神情倦怠，连忙说道:“洪亮，快来坐下歇息片刻，再喝上一杯热茶！今天将一应事务都留给了你，实在过意不去，我本想等应酬过后赶回公廨，奈何凌掌柜一反常态、絮聒不已，刚刚才告辞离去。”

“回老爷，倒是没甚要紧事。”洪亮说着斟满两杯茶水，“麻烦的只是衙员们个个被过节闹得心猿意马，我非得不停督促他们专心当差不可!”说罢从旁坐下，用左手大拇指小心扶起蓬乱灰白的髭须，呷了一口热茶。

“上元灯会已然开始，”狄公将白玫瑰放回桌上，又道，“只要没甚紧急公务，偶尔网开一面，放他们轻松一二，倒也未为不可。”

洪亮点头说道：“老爷，还有一事。将近正午时，城北的里长前来公廨内，禀报说有一个老乞丐跌入一条深沟里，头撞在沟底一块尖利的石头上，发现时已经断了气，就在离凌掌柜家不远的一条后街中。仵作前去验过尸身，并写好了尸格，断为意外身死。这可怜人只裹了一件破破烂烂的长袍，连帽子也没有，花白的头发十分凌乱，还跛着一条腿，定是一大早出来走动时不慎跌入沟中。丐帮头领盛八前来看过，道是并不认得此人，多半是从外地流落到蒲阳城中，想趁着元宵佳节讨些东西。尸首若是无人认领，明日便会送去焚化。”

狄公眼见长子正在厅堂前方的大柱之间挪移一张座椅，便开口斥道：“休得乱动椅子！方才说过让你们三个回屋，还不快去！”

“遵命，大人！”三个小儿齐声应道。

待三子跑得不见了踪影，狄公对洪亮又道：“回头命里长设法将水沟妥善遮盖起来，再狠狠训斥他一顿，保证坊内大街小巷修缮良好，原本就是他的分内之务！对了，今晚家中设下小宴，还望你也同来一聚！”

洪亮躬身一揖，欣然笑道：“我这就去公廨关门上锁，不出一二刻，定会再来老爷宅中!”

洪亮离去后，狄公想起自己也须脱下这身厚硬的墨绿官服，换上舒适的家常衣袍才是，但此时大厅内空旷寂静，一时竟不愿离去，心想不妨再喝上一杯茶。墙外的园林中也语声渐悄，百姓们大都已回家用饭，过后再蜂拥上街、赏看花灯，或是在路边的酒肆中开怀畅饮。狄公放下茶杯，暗自思忖或许不该放马荣乔泰陶干三人出去玩乐一夜，不定到了晚间，妓馆娼寮中就会横生事端，须得吩咐衙役班头加派今晚夜巡的人手。

狄公正想伸手去取茶杯，忽然停住不动。只见一名老者走进大厅后方的阴暗处，身量颇高，穿一件破旧衣袍，长发披散，未戴冠帽，手拄一柄曲杖，走路时一瘸一拐，略无声息地穿堂而过，似是不曾看见狄公，只顾埋头踽踽前行。

狄公意欲喝问此人为何贸然闯入，却未能吐出一字，兀自僵坐骇绝，眼看那老者飘飘忽忽经过硕大的橱柜，悄无声息地走入花园中去。

狄公一跃而起，奔至花园的石阶前，高声叫道:“给我回来!”见无人应答，便又降阶而下，走入园中，月光下不见一个人影。他迅速查看过沿墙的灌木丛，却是一无所获，通向墙外园林的花园角门亦是上锁加闩，全无异样。

狄公立在原地，浑身一竦打个冷战，连忙裹紧衣袍。方才亲眼目睹的，定是那老乞丐的亡魂无疑。

半晌过后，狄公心神略定，转身返回大厅内，走入通向内宅大门的幽暗长廊。看门人正在点亮两盏色彩艳丽的花灯，见了老爷，连忙请安施礼，狄公漫应一句，穿过衙院中庭，直向公廨而去。

一应衙吏皆已走散，唯有洪亮正在烛光下拾掇桌上的文书，抬头看见狄公，不禁面露惊异之色。

“我想还是亲自去瞧一眼那老乞丐的尸身为好。”狄公随口说道。

洪亮连忙取出一支蜡烛点上，引着狄公穿过漆黑无人的廊道，行至大堂后的牢房。在一间侧厅内，板桌上横陈着一具尸首，身形瘦长，上面覆有芦席。

狄公从洪亮手中取过蜡烛，示意他掀开芦席，然后秉烛细看。只见死者面容憔悴，双颊凹陷，印有深深的皱纹，却非是行乞之人常有的满面风尘之色，年近半百，灰白的长发凌乱纠结，留着短短的髭须，薄唇扭曲，甚是吓人，可见死时颇为痛苦。

狄公撩开打有补丁的衣袍下摆，指着死者变形的左腿，说道：“此人曾受过膝伤，且又接合得殊为草草，走起路来定是跛得厉害。”

洪亮拿起立在墙角处的手杖，说道：“他身量颇高，因此须得扶杖而行，这手杖正落在他身侧的沟底。”

狄公点点头，试图抬起死者的左臂，却发觉已十分僵硬，又弯腰仔细查看过手掌，直起身来说道：“洪亮，你瞧！这两手甚是柔滑，指甲修长齐整，且无老茧。将尸身翻转过去！”

洪亮依令而行。僵直的尸体转为脸面朝下后，狄公对着后脑处的创口细细打量半日，将蜡烛递给洪亮，从袖中抽出一张白纸，轻揩几下沾有凝血的灰白乱发，在烛光下查验纸面，又拿给洪亮看过，说道：“瞧见这些细沙与白色碎屑了没？在水沟底下，当不至于有这等物事吧？”

洪亮疑惑地摇一摇头，徐徐说道：“没有，老爷，只是污泥浊浆而已。”

狄公走到长桌另一端，再看死者的一双裸足，只见肤色白皙，脚掌柔软，于是肃然说道：“恐怕仵作今日将心思全放在了元宵灯会上，行事居然如此潦草。这人并非乞丐，也不是意外跌落沟中，而是被人谋害之后再扔进水沟里的，抛尸者正是杀人凶手。”

洪亮点点头，懊悔地揪一揪灰白短须，说道：“不错，凶手定是脱去了他的所有衣物，再替他套上这件乞丐的旧

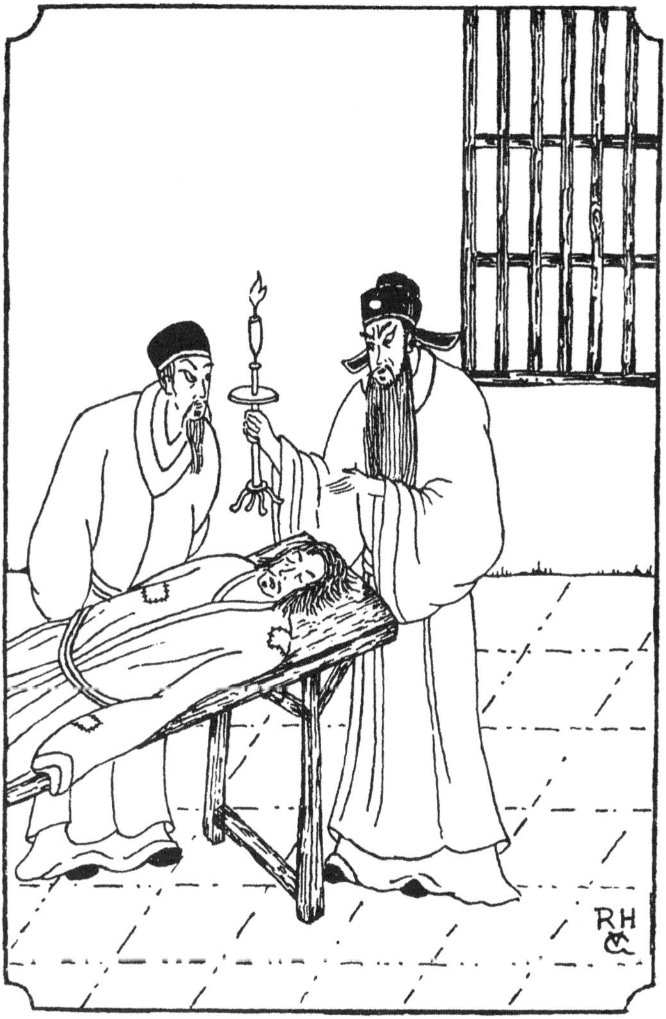

狄公洪亮查验尸首

袍。我看到死者只穿着一件旧袍时，本应想到这一层，如今夜间十分寒凉，即使一个穷苦乞丐，也该有贴身衣物才对。”说罢又看着头上的创口，问道：“据老爷想来，死者头上可是遭到大棒猛击？”

“难说。”狄公手捋长髯，又道，“近来可有什么走失人口的报告不曾？”

“有的，老爷！昨日凌掌柜送来一纸短笺，道是家中塾师王先生告假后，逾期两日未归。”

“这老凌刚刚拜贺辞去，居然对此事只字未提，好生古怪！”狄公低声咕哝道，“叫班头替我备轿！再让管家去跟大夫人说一声，晚宴按时开席，不必等我回来！”

洪亮退下后，狄公兀自立在原地，低头凝望尸身。正是此人的鬼魂，适才从他眼前穿过厅堂，幽幽而去。

听说县令老爷驾临府内，金匠行首凌掌柜急忙奔至前院，搀扶狄公出了轿门，受宠若惊地叫道：“啊呀，不意老爷大驾光临，小民幸何如之！”说话时舌头打卷，口中喷出酒气，显见得刚从家宴上匆匆离席而来。

“只怕未必是幸事。”狄公口中应道，与洪亮一同步入花厅，“听说贵府西席失踪不见，可否描述一下其人的身形相貌？”

“老天，但愿他不曾惹出什么乱子来！相貌倒是平常，又高又瘦，只留着短短一副髭须，走起路来，左腿跛得厉害。”

“此人确已遭遇不幸。”狄公不动声色地说道。

凌掌柜闻听此言，迅速瞥了狄公一眼。厅内正中摆着一张桌案，上方悬有一盏硕大的七彩花灯，凌掌柜恭请狄公坐了桌旁的尊位，自己敬陪对面，洪亮立在狄公的座椅后方。管家上来倒茶时，凌掌柜徐徐说道：“如此说来，难怪王先生他例行歇假后，过了两天还不见回来！”惊闻这一凶信，似已清醒了许多。

“你可知道他的去向？”狄公问道。

“天知道他会去哪里！小民从不打听家中下人们的私事，只晓得王先生每隔七日休假，头天晚饭前离家，次日同一时候返回。小民只知道这些，也自觉足矣，还望老爷明察！”

“他作贵府西席已有多久？”

“大约一年左右，当初由京师里一个有名的金匠举荐而来，正巧小民意欲觅一塾师教导几个孙辈，于是聘请了他。人倒是性情平和，十分正派，教书也甚为得法。”

“你可知道他为何离开京师、流寓蒲阳？有无家眷在此？”

“这个我可不知。”凌掌柜不悦地回道，“除了询问几个幼孙读书有无长进，小民从不爱与他扯三扯四的！”

“叫贵府管家来！”

管家正在花厅后面逡巡打转，凌掌柜转身示意一下。管家上前行礼如仪，狄公说道：“王先生遭逢意外，官府须得将此事告知尸亲，想来你总该知道他的本地亲友住在何处吧？”

管家惴惴地看了凌掌柜一眼，含糊说道：“回老爷话，这个……据小人所知，王先生在蒲阳城内，并无半个亲戚。”

“那他每次歇假时，却又去往何处？”

“回老爷，这个他从未吐露过。小人猜想许是知交友人一类。”管家见狄公面有疑色，连忙又道，“老爷明鉴，王先生为人寡言罕语，一旦被问及私事，总是避而不谈，平日里最喜独处，闲暇时也总在宅院后面的卧房内独自消磨，唯一的消遣便是在花园里踱上几圈。”

“他可否与人有过书信往来？”

“据小人所知，却是没有。”管家迟疑片刻，又道，“从王先生提及以往的只言片语中，小人觉出似是其妻善妒，故此离他而去。”说罢不安地望了东家老爷一眼，见凌掌柜两眼直直瞪视前方，似是听而不闻，方才心下稍定，接着叙道："王先生并无私产，日子过得极其省俭，从不肯乱花一文钱，出门也从不雇轿。但是从某些细微处可以看出，他以前必是颇为阔绰，不定还做过官，因为有时言语往还之际，无意中会露出威严的官家气派来，令我惊诧不已。想来他定是丢了全副冠带家私，却浑不在意，还对我说过'若是花钱无趣，钱财又有何用？若是钱财已尽，做官亦是无味'。想不到一个饱学之士，竟会说出这等轻佻的话来——还请老爷恕小人放肆。"

凌掌柜直盯着管家，冷笑一声说道："看来你整天在宅里悠闲得很哩！不说督管下人，却到处搬弄是非！"

"让他接着说！"狄公对凌掌柜断喝一句，又对管家说道，"关于王先生歇假时的去向，莫非当真全无一点线索？你成日里见他来来去去，总会知晓一二吧？"

管家皱眉思忖半晌，答道："小人倒是留意过一事，王先生每次出门，总是十分欢喜，回来时却垂头丧气，并且一连几日郁郁不乐，不过教书倒是向来一丝不苟，连小姐也说过他对难题总能有问必答。"

"你明明说过王先生只教几个幼孙读书，"狄公对凌掌柜厉声说道，"怎的又冒出个小姐来！"

凌掌柜对着管家怒视一眼，抿抿口唇，简短答道："小女尚在闺中时，也曾蒙他教授过一阵，两月前已出嫁。”

“原来如此。”狄公说罢起身离座，对管家命道，“带我去王先生房中!”并示意洪亮跟随。凌掌柜正欲一同前往，却听狄公说道:“无须劳动大驾。”

管家引着二人穿过迷宫也似的曲径回廊，一路行至后院，摸出钥匙打开一扇窄门，擎起蜡烛照亮。只见房内十分狭小，家什也甚为简陋，仅有一副竹榻，一张书桌，一把直背座椅，一只黑皮衣箱，竹架上搁着几卷书册，墙面上悬有几幅墨笔所绘的兰花，画得颇见工力。管家见狄公注视着卷轴，便说道:“回老爷，这是王先生唯一的爱好。他甚爱兰花，对如何料理养护也十分精通。”

“难道他不曾养上几盆?”狄公问道。

“没有，老爷。据小人想来，许是买不起——兰花可贵得很哩!”

狄公点点头，从竹架上拿起几本边角卷折的书册，随手翻阅几下，皆是装帧粗陋、价格低廉的艳情绮诗，又打开衣箱，里面均是男子衣袍，虽然皆是旧物，衣料做工却颇为上乘，箱底的钱盒内只有几枚铜板。狄公行至桌前，见抽斗并未装锁，里面除了文房四宝，既没有银钱，也不见一页字纸，甚至连票据银根也无一张，于是关上抽斗，对管家怒道:“王先生不在时，有谁进过这屋内?”

“没人进来过，老爷!”管家大惊失色，结结巴巴地回道，“王先生出门时总要上锁，只有一把备用钥匙，收在小人这里。”

“你方才明明说过，王先生从不肯乱花一文钱，那他这一年来积攒的银钱都去了何处？为何只剩下几个铜板在此?”

管家大惑不解地摇摇头，“这个小人可说不上，老爷!敢说没人偷偷溜进来过，家里的所有下人，都是做工经年，我敢担保没有手脚不干净的!”

狄公立在桌前，缓捋长髯，盯着画卷出神，半晌后转身说道:“带路回花厅去!”

管家引路返回时，狄公闲闲问道:“府上周围一带，倒甚是清静雅洁。”

“一点不错，老爷，极是清静又体面的!”

“就在这等体面的里巷中，却自有上等行院。”狄公冷冷说道，“附近可有这样的去处?”

管家不意狄公有此一问，不免猛吃一惊，清清喉咙，胆怯说道:“回老爷，只有一家，离此处隔了两条街，由匡太太掌管——品级甚高，前去光顾者非富即贵，从未听说出过什么乱子。”

“果然如此。”狄公说道。

狄公返回花厅，命凌掌柜前去县衙正式认尸，于是二人同乘官轿出门。凌掌柜心中气闷，一路缄口不语。

官轿回衙后，凌掌柜认出死者确为家中塾师，并填写过一应公文格目，方才获准告退。狄公对洪亮说道："我先去更衣，你且叫班头与两名衙役在中庭内候命。"

洪亮转回二堂时，见狄公已换上一身简素的深灰色家常棉袍，腰系黑绦，头戴一顶黑便帽。

洪亮意欲询问要去何处，但见老爷若有所思，于是改了主意，默默跟在后面步入中庭。

班头与两名衙役一见狄公，连忙直身端立。

"你可知道城北一带的行院在何处？想是与那金匠行首凌掌柜家相距不远。"狄公问道。

"自然知道，老爷！"班头殷勤答道，"那行院由匡太太一手主持，得蒙官府许可，最是一流上等的去处，只有极为……"

"明白明白！"狄公不耐烦地插言道，"此刻便步行过去，你们几个前头引路！"

街市中人潮汹涌，处处花灯摇曳、夺目耀眼。班头与两名衙役不得不在人群中推推搡搡，为狄老爷和洪都头开出一条道来。

行院坐落在一条后街上，不意此处亦是人多熙攘。班头上前叩门，告知门房说县令老爷驾临，唬得看门老头儿连忙将狄公与洪亮请入华丽的前厅内。

一名衣着端庄的老妪出来献茶，捧上一套异常精美的细瓷茶具，旋即又有一个女子翩然而至，躬身下拜，身材颀长，容貌妩媚，自称是寡妇匡太太，看去三十左右年纪，身着一袭绛红色直身长袖缎裙，样式虽然简素，价格却是不菲。只见她款步上前，亲自为狄公斟茶，用左手托起飘然垂下的右袖，姿态甚是优美，随即玉立在地，恭候老爷问话。洪亮仍是手笼袖中，站在狄公的座椅后方。

狄公品了几口香茶，发觉此间竟十分清静，外面的噪声被覆盖墙面的厚密织锦与绣花帘幕完全阻隔，且有一股幽香弥漫在室内，应是罕见而名贵的香料，果然色色皆是上等。狄公放下茶盅，开口说道："本县虽对匡太太所操之业大不赞成，但也深知此乃不可或免之邪行，只要你将事事都料理妥当，并善待手下女子，官府自然不会与你为难。你且说说，这里共有多少姑娘？"

"回老爷，一共八位[1]，皆是明公正道而来，大多从

[1] 在荷文本中，此处为七位，以下同。

本人父母手中直接买入。每过三个月，小妇人便会将她们的入账记录送到县衙，作为缴税的凭据，想来……”

“本县对缴税一事全无异议，只是听说近日有个姑娘被一阔绰的主顾赎出，想问是谁这等走运？”

匡太太面上略显惊异：“想是老爷误会了吧。我这里的姑娘都还年齿甚幼——最大的也不过十九岁——尚在习艺期间，虽也尽力取悦奉迎，但还未能赢得哪位阔佬的青睐，以至于订下……订下终身之约。”沉吟片刻后，又恭敬地说道：“若是真有此事，对小妇人而言，自是一大笔进项，但我并不赞成，除非姑娘们年过双十，且歌舞吹弹等诸般才艺皆已尽善尽美。”

“明白了。”狄公说罢，不免心中怅然，这一番言语算是彻底打消了自己先前的设想，如此一来，此案就必得从头查起，首先是家住京师、将王先生举荐给凌掌柜的那名金匠，然而心中忽又闪过一念，暗自思忖不妨碰碰运气，于是面凝严霜，冷冷说道：“匡太太休得支吾搪塞！除了此间的八名姑娘，你还另为旁人备有别院。鉴于官府只许你在这一院之内挂牌经营，如此行事，可是大大的犯忌。”

匡太太抬手一拢盘结精巧的发髻，长袖顺势滑下，露出一段白皙圆润的玉臂，然后款款答道：“回老爷话，这消息并非全是实情，想来老爷说的是梁小姐[1]吧，她就住在邻街，年纪三十上下，昔年曾在京师中艳帜高张，花名叫作‘玫瑰露’，识得不少高官名流，积攒下一大笔私房钱，后来自赎其身，却并未摘牌脱籍，只因想要寻个长久安身之处，故此前来蒲阳暂避一时，为的是从容择人、选一佳偶。她生性聪明，且又看透世情，深知京师里那些花花公子徒有其表，皆是朝三暮四之徒，欲觅一个沉稳可靠又有家产门第的中年男子托付终身，于是偶尔也到小妇人的院中来接待几位贵客。老爷自会找到另行开具的额外账目，都是官府定期核查过的。鉴于梁小姐自己仍可挂牌，且又依律缴纳税金……”说着有意语声渐低下去。

狄公知道找对了路，不禁心中暗喜，但仍是摆出一脸怒容，拍案喝道：“如此说来，为玫瑰露赎身并欲娶她为妻的男子，岂不是白白上当受骗了！无论对你还是原先京师里的院主，都根本无须支付一文钱的身价！你二人设下圈套，企图瞒天过海、讹人钱财，可是预备要暗中私分？还不从实招来！”

匡太太终于花容失色，双膝一软，跪在狄公座前磕头如捣蒜，又仰面哭告道：“求老爷开恩，千万饶过小妇

---

[1] 在荷文本中，此女为林小姐。

人这一遭！那笔身价银子至今尚未到手，梁小姐的意中人也是个为官作宰的，说来还是老爷的同行哩，在本州内就任一方县令。若是那位老爷得知此事，定会……”说着珠泪涟涟，泣下不止。

狄公转头朝洪亮会意地一瞥，此君非是别个，必是那风流多情的金华县令骆某人！狄公又喝道：“实话告诉你，正是骆县令托我详查此事。那梁小姐现居何处？本县必得亲去问话，查明这桩可鄙的勾当！”

匡太太眼泪汪汪地报上梁小姐的宅址，果然就在邻街，于是狄公带了手下一径而去。

过不多时，众人行至门首。班头并未立即上前叩门，朝街中上下打量一番，开口说道：“启禀老爷，要是小人不曾弄错的话，那老叫花跌入的水沟，正在这所宅院背后。”

“好！”狄公赞道，“且让我来叩门。我与洪都头进去后，你们几个就等在院墙边，留神听我号令！”

狄公抬手敲叩几下，只见窥孔打开，一个女子在内问道：“门外何人？”

“我从骆县令处来，特为带信给玫瑰露小姐。”狄公温文答道。

大门立时开启，一个娇小玲珑的女子闪身出来，身穿薄薄的白丝家常衣裙，肃客入内后，又引路走向前院的厅堂。狄公跟在后面，见她虽然身形荏弱，却十分窈窕妩媚。

宾主入室后，女子对两位不速之客好奇地瞥了一眼，请狄公、洪亮在紫檀雕花长榻上就座，怯怯问道："奴家便是玫瑰露，不知二位贵客……"

"梁小姐放心，我二人只略坐一时。"狄公说着，上下打量一眼，见此女果然生得十分俏丽，一双水灵灵的杏核眼，一张樱桃小口，兼以眉目灵动、顾盼多情，端的是既具姿色又富心机，只是仍有一处尚未合榫。

厅堂内陈设雅致，狄公朝四下环顾，目光落在窗前的竹制花架上。只见花架甚高，共有三层，摆着成排的细瓷花盆，盆中所植皆是兰草，散发出一股幽香。狄公抬手指向花架："骆县令说过梁小姐育有不少兰花，在下亦是十分喜爱。顶层第二盆看去已然枯萎，似乎需要精心养护，可否请小姐端下来让我瞧瞧？"

梁小姐犹疑地瞥了狄公一眼，虽然骆县令的友人似乎性情怪癖，但还是打定主意迁就他一二为上，于是从墙角挪过一架竹制脚梯，置于花架前方，敏捷地登梯而上，轻拢薄裳，隐隐现出两腿修长的轮廓，正欲搬动花盆时，狄公霍然起身，行至梯前，闲闲说道："王先生可是一向将你唤作兰花？果然比玫瑰露更合佳人雅韵！”梁小姐立时僵住，低头望向狄公，双目圆睁，面露惧色。狄公见状，又厉声喝道：“你将花盆砸在王先生头上时，他正是站在此地，我说的可是实情？”

梁小姐脚下打起晃来，口中惊叫一声，两手在空中左右摇摆。狄公连忙伸手把稳梯子，登上几步，扶定佳人纤腰并护花落地。只见梁小姐气喘吁吁，手抚胸口，颤声说道：“我从没……你究竟是何人？”

“我乃蒲阳县令是也。”狄公冷冷回道，“你害了王先生性命后，将摔在地上的兰花移到一只新瓷盆中，因此看去明显枯萎，可是如此？”

“一派胡言！”梁小姐大声叫道，“纯是恶意中伤！我要……”

“本县自有证据！”狄公迅速说道，“你将尸首拖入此宅背后的水沟中时，曾被邻家的一个用人看见。本县还在王先生的住处找到一张字条，正是他亲笔所书，道是你已如愿钓得金龟婿，生恐自家会因此遭到不测。”

“这言而无信的混账！”梁小姐冲口叫道，“明明答应过不会留下任何与我有关的字迹……”说到此处蓦地收声，恨恨地咬紧红唇。

“我已尽知真相。”狄公徐徐说道，“王先生于望甚奢，并不满足于定期私会，这便危及到你与骆县令新近结下的情缘，而且此情非同小可，不但会给你和匡太太带来一大笔钱财，还能令你终身有托，故而非得除去旧相好不可。”

“旧相好？你以为我会让那令人作呕的跛子在此处动手动脚么？想当年在京师里，迫不得已被他搂搂抱抱，已经够叫人糟心的了！”

“然而你却许他前来此处，与你同床共枕！”狄公轻蔑地说道。

“你可知道他在哪里过夜？灶房中！我原先根本不许他来，是他非要效劳不可，不仅替我代写情信，又出钱买了那些兰花亲自照料，好让我能掐下来簪在头上，并且充当门房，遇有我哪个相好造访时，还可端茶送点。你以为我让他来还会为了什么！”

“看在他为你倾家荡产的分上，我想或许……”狄公冷冷说道。

“这该死的蠢货！”梁小姐复又高声叫道，“我已明言从此与他再无瓜葛，他却仍是穷追不舍，还说如果不能时常见我一面，便活不下去——下贱得直如叫花子一般！当年全是他行事荒唐，败坏了我的名声，害得我不得不远离京师，来到这穷乡僻壤中空自消磨。都怪我一时糊涂，轻信了这个装模作样的下流坯，居然还留下字条告发我！

背信弃义的腌臜小人！都是他毁了我！”此时一张俏脸已变得犹如恶魔一般狰狞，狂怒之下，还用纤足在地上踩踏不休。

“王先生从未告发过你，”狄公厌倦地说道，“我适才说的字条全是子虚乌有。在他房中，除了几幅亲手画下并饱含情思的兰花图之外，再无任何与你有关之物，这鬼迷心窍的可怜人，始终对你一片忠心、至死不渝！”说罢一拍两手，待班头与衙役奔入后，对三人命道：“将这女子用铁链套了，带回衙院去关入大牢，她已供认犯有杀人害命之罪。”

两名衙役上前扭住梁小姐的胳膊，班头解下铁链，正要动手捆缚时，狄公又道：“鉴于全无理由可以从轻发落，你将被押赴法场，砍头示众。”说罢转身出门而去，洪亮紧随其后。适逢一群少年手提彩灯，大说大笑着从门前经过，欢快的喧闹声立时淹没了梁小姐发出的狂叫。

狄公与洪亮回到县衙，一路径入内宅。走近后厅时，狄公说道：“你我先在此处喝一杯茶，然后再去与夫人们共享家宴不迟。”

二人在圆桌旁坐定。悬在檐下的一盏五彩大花灯连同花园树丛中的数盏灯笼皆已熄灭，天上一轮圆月洒下清辉，照亮了厅堂内外。

狄公三口两口喝完一杯茶水，靠坐在椅背上，开口叙道："你我去凌家之前，我只知道死者并非真是乞丐，由于被人猛击后脑而在别处丧命，从头上的细沙与白色屑末看来，或许是用花盆作为凶器。与凌掌柜言谈之际，我曾对他起过疑心，此人不但白天前来拜会时，只字不提王先生失踪一事，过后也不详问王先生到底如何遭遇不幸，令人颇觉古怪。但我很快便知原来老凌只是生性凉薄，对家中下人视如草芥，之所以面露不悦，是由于我意外造访搅扰了他的家宴。其管家口中道出的情形，使得真相逐渐浮出，原来王先生因为荡尽家财而落得孑然一身，关于其妻善妒一节，显然表明另有一个女人涉入，于是我便推断王先生必是迷恋上了一个名妓，从而泥足深陷，不能自拔。"

"为何不会是个良家少女或少妇，抑或一个平常的烟花粉头呢？"洪亮问道。

"若是正派良家，王先生就不必为她丧尽家财，大可休妻之后另娶意中人；若是平常的烟花粉头，亦可用公道的价钱为她赎身，然后金屋藏娇——总之都不必失去全副家私禄位。我敢说那女子定是京师里的名妓，擅于将其相好压榨得精光，随即抛诸脑后，转而另觅他人。我猜测王先生不甘心被弃之如敝屣，故此纠缠不休，那女子闻得蒲阳有许多富商大贾，便从京师迁至此地暂避，以便故伎重施，于是王先生一路追随至此，并以旧日的薄情劣迹相要挟，迫使她答应定期私会。当她套住了易于上钩的骆县令后，王先生开始向她敲诈勒索，并最终招来杀身之祸。”狄公说到此处，叹息一声，又道，“如今方知实情并非如此，王先生不但为那女子倾尽所有，甚至连教书挣的馆银，也用来为她购置兰花，每隔一阵能与她见面晤谈便已心满意足，虽然仍不免遭到羞辱、心怀沮丧。洪亮，一个男子的愚行，有时正是由于如此深挚而鲁莽的痴情所起，虽则匪夷所思，却也慷慨豪迈，令人不免感叹唏嘘。”

洪亮捻着花白胡须沉思半晌，发问道：“蒲阳当地有不少歌妓舞姬，老爷如何断定王先生的相好必在匡太太院中？为何他一定是被相好所杀，而并非死于他人之手？比如说心怀嫉恨的情敌之类。”

“王先生每次私会，总是徒步前去，本人又腿脚不便，足见那女子的住处离凌宅不远，于是我便顺藤摸瓜寻到了匡太太院中。至于为何询问匡太太近日可有歌妓被人赎出，是因为此乃最为合情合理的杀人动机，说穿了便是那歌妓须得除去令人难堪的旧相好。如今你我得知王先生确实令梁小姐感到颜面尽失，但并非由于敲诈勒索或其他恶行，而是他忠犬一般的全心奉献，惹得梁小姐越发厌憎鄙夷。至于你说的其他可能，我自然也斟酌思量过。如果凶手是个男子，他必会将尸体挪至更远的地方，并且为了掩盖死者身份，会做得更为细密周全，如今既是只换过一件乞丐穿的破旧外袍，并将头发弄得散乱，可见非是男子所为。妇人女子们只道变换衣裙发式便能看去改头换面，故而梁小姐也用上了这一手，殊不知却是大错特错。”

洪亮为狄公重又斟满一杯茶水。狄公举杯呷了一口，又道：“当然也可能有人设下圈套，希图构陷梁小姐，但我认为还是她本人的嫌疑更大。班头对我道出尸体当初就躺在她家背后的水沟里，我愈发认定自己的设想不差，不过你我入宅后，却见这梁小姐十分娇小纤弱，而死者身量颇高，她断无可能猛击其头部，于是四下打量一番，立时便发现了杀人圈套所在，又见高高的花架上摆满了盆栽兰花，其中一盆明显枯萎，这便是最后一条线索。梁小姐定是攀上梯子，叫王先生在下面替她扶稳，然后用言语或是动作，引得王先生转头望向别处，随即将花盆砸在他后脑上。待到明日开堂审问时，许多细处自会真相大白。至于匡太太扮演的角色，想来只是暗助梁小姐从骆县令处骗取一笔身价银子而已。这位形容妩媚的鸨母自是不会参与杀人勾当，切记彼处乃是上等行院！”

洪亮点头说道："老爷不但勘破一桩阴毒的杀人案，且又使得骆县令躲过一劫，免得娶了这个心狠手辣的女人！"

狄公微微一笑，说道："下次再见骆县令时，我定要与他谈及此案——当然不会点破我已心知肚明他便是梁小姐的相好。这位放浪不羁的同行友人，定是隐姓埋名前来蒲阳寻花问柳，但愿此案会给他一个教训！"

洪亮本想议论骆县令几句，但为了谨慎起见，终究未发一语，只是欣然笑道："如此一来，此案所有的疑点都已悉数揭开了！"

狄公长饮一口，将茶杯置于桌上，摇头郁郁说道："倒也未必，洪亮。"

狄公心想或许此时应将死者鬼魂显灵一事对洪亮道出，若非如此，这起人命案定会被当作寻常事故而草草了结，正欲开口时，却见长子一溜烟跑入厅堂。那少年迎头撞见父亲怒容满面，连忙行礼说道："大人，娘说我们可以将那盏灯笼带到卧房中去。"

眼见父亲点头应允，少年方才将一张座椅挪至立柱前，爬上椅背，摘下悬在檐下的五彩大花灯，跳下地后，取出火镰点亮了里面的蜡烛，举起灯笼给父亲赏看，得意地说道："这可是我和大姐费了两天工夫才做成的哩，大人！因此不想让阿贵弄坏了去。我们都喜欢铁拐李，这家伙虽然又老又丑，却让人心生怜惜！”

狄公指着小儿女们在灯笼上画的铁拐李，问道：“你可知道有关他的故事？”见长子只管摇头，便又叙道：“很久以前，李玄本是一个相貌堂堂的青年术士，读过许多道教经籍，精通各种法术，还能灵肉分离，使魂魄飞升神游于九天之上，独独留下肉身皮囊在人间，待到返回时再重新附体。有一天，李玄一时大意，将肉身留在田地中，几个农夫看见了，以为是一具弃尸，于是就地挖坑掩埋。等李玄魂返时，寻不到自己那俊逸潇洒的好皮囊，正巧另有一具乞丐的尸首横陈在道旁，又老又丑，还是跛腿，万般无奈之下，只得附于其中，从此就变成了这副模样。虽然后来他得了长生不老的仙丹，但已铸成大错，终是无法挽回，于是便成了八仙之一的铁拐李。”

少年撂下灯笼，嫌恶地说道：“我以后不再喜欢他了，还要去告诉大姐，铁拐李是个傻瓜，活该有此下场！”说罢双膝跪地，向父亲和洪都头请过晚安，起身匆匆离去。

狄公望着少年的背影蔼然一笑，提起灯笼正待吹熄蜡烛，却忽然僵住不动，只见铁拐李的轮廓正投在墙面上。他试着转动灯笼，烛光摇曳中，只见拐仙的高大身影沿墙缓缓掠过，随即消失在花园中。

狄公长吁一口气，吹灭烛火，将灯笼置于地上，庄容说道："洪亮，你说得果然不错！至少关于这人间的乞丐，所有疑点都已揭开，看来确是愚人无疑。至于那天上的乞丐么，我就不敢妄断了。"说罢起身淡淡一笑，又道："知之为知之，不知为不知，若以不知量己识，则人人皆为愚人也。洪亮，你我这就出去，与夫人们共庆佳节吧！"

夺 命 剑

此案仍然发生在蒲阳县。看过《铜钟案》的读者想必会记得，蒲阳不但与骆县令治下的金华相邻，还与性情严毅的潘县令管辖的武义相接。此篇中讲述的故事发生时，狄公正巧离开蒲阳前去武义，须与潘县令商议一桩牵涉到两县的案件。三天前，狄公带了洪亮陶干出城而去，留下马荣乔泰主持县衙公务。这三天里平安无事，就在狄公即将回城的当晚，突然发生了一桩命案。

“这第四笼填馅蟹壳，你来付账！”马荣一边将骰子收回盒中，一边得意地对乔泰说道。

“倒也值当。”乔泰说着咂一咂嘴，举杯一饮而尽。

二人坐在翠羽阁二楼临窗的一张小桌旁，这家小饭铺坐落在穿城而过的南北水道边，是他们最钟爱的去处之一。从二楼窗户朝外望去，夕阳正挂在西边城墙之上，好一幅壮观的日落美景。

下面街中传来一片喝彩声。马荣伸头看去，只见河岸上聚集了许多百姓，不禁说道：“原来是走江湖的戏班子，四天前来到此地，下午在街上表演杂耍，晚上登台唱戏。”

“我听说了。卖米的劳掌柜帮他们借了旧道观前的场子搭戏台，前几天曾带着戏班班主前去县衙请求准许此事。班主姓鲍[1]，看去正派体面，戏班里还有他老婆和一儿一女。”乔泰说罢，自行斟满一杯酒，又道，“我本想去瞧瞧，就爱看那些舞刀弄剑的好戏。不过老爷外出公干，你我得照管所有公事，我不想离开衙院太久。”

“至少此时此刻，你我可以坐在高处美美地看杂耍了。”马荣快意说罢，将座椅转向窗口，双臂交叠支在窗台上，乔泰也依样而行。

下面街中已铺开一块四方形草席，周围挤满了看众。一个八九岁的少年正在翻筋斗，动作十分灵活，另有二人在草席上抱臂分立左右，一个是瘦高男子，一个是健壮妇人，还有一个妙龄女子蹲在一只竹箱旁边，里面显然装着他们的一应用具。箱子上方有一只矮木架，架上搁着两柄闪亮的长剑，位置一上一下。四人皆是一身黑衣裤，腰间紧系红绦，头上缠着红巾。一名老者坐在旁边一张小凳上，身着破旧的蓝布长袍，两腿夹着一面小鼓，正在用力敲打。

---

[1] 在荷文本中，此人姓夏。

“我要是能看见那姑娘的脸面就好了，”马荣兴冲冲地说道，“瞧，劳掌柜也在那边，看似惹了麻烦！”说罢朝下一指。

只见一个衣冠楚楚、头戴黑纱帽的中年男子立在竹箱后面，正与一个泼皮无赖争吵。那泼皮身材壮硕，乱发上扎着一根蓝布条，伸手抓住劳掌柜的衣袖，却被劳掌柜一把推开。二人只顾口角，全未留意少年正绕场倒立行走，后脚跟处稳稳顶着一只酒坛。

“我以前从没见过那大汉，”乔泰说道，“必是从外头进城来的。”

“这下可以看清楚两个女人了！”马荣咧嘴笑道。

少年已经耍完，班主站在草席中央，两腿分开，膝头微曲，妇人抬起右脚踩上一膝，轻盈地攀上肩头。只听班主吆喝一声，姑娘也攀了上去，一只脚踩在左肩，一手抓住妇人的手臂，将另外一臂一腿朝外伸展出去。与此同时，少年也爬上班主的右肩稳住。四人叠罗汉立在地上，看去岌岌可危，留着花白胡须的老头儿大力击鼓，看众不禁高声喝彩。

那少年、妇人与姑娘的脸面，距离马荣乔泰不过十尺左右。乔泰兴冲冲地低声说道：“瞧那妇人的身段儿真是不赖！模样儿也十分可人！”

“我更中意那姑娘!”马荣急急说道。

“看去太嫩了！妇人的年纪正好，三十上下，最是知情识趣的!”

一时鼓声止息。三人跳下地来，与班主齐齐躬身一揖，姑娘端着一只木碗，在人群中收取赏钱。马荣从袖中取出一串铜板，扬手抛下，那姑娘接了个正着，并报之以嫣然一笑。

“简直就是乱扔钱!”乔泰淡淡说道。

“全当是投下本钱，只为一桩近在眼前的美事!”马荣得意地嘿嘿一笑，“接下来该演什么了?”

只见少年站在草席中央，背着两手，微微仰头。老头儿又开始击鼓，班主撸起袖子露出右臂，抓起放在木架上的宝剑，猛然朝前一送，剑身闪电般地刺入少年的前胸，立时涌出一股鲜血，又将宝剑迅疾拔出。少年踉跄后退几步。众人发出一阵惊叫。

“我以前看过这戏法,”马荣说道，“天知道他们是怎么弄的！那宝剑看起来活像真的一般。”说罢转头回身，抓起自己的酒杯。

一片嘈杂的低语中，忽然传出妇人的痛哭声。乔泰一直朝下观望，此时从座中一跃而起，叫道:“这回可不是要把戏，兄弟！真弄出人命来了！快去看看!”

二人一路奔下楼梯，又跑出门去，左推右搡排众而入。只见少年仰面朝天躺在草席上，胸前血迹斑斑，妇人跪在一旁，抬手轻抚那张一动不动的小脸，哭得浑身打战。班主手中仍提着那把沾满血污的长剑，与姑娘呆立在地，二人皆是面色惨白，低头直盯着少年的尸身。

马荣从班主手中夺下宝剑，怒喝道："你为何要做出这等事来?"

班主从麻木中醒转过来，茫茫然看了马荣一眼，嗫嚅说道："这剑不对!"

"马长官，小民可以解释!"劳掌柜大声说道，"此乃一场意外!"

一个矮胖男子走到近前，正是城西里长。乔泰命他用草席将尸首卷起，送去县衙让仵作查验。里长轻轻搀起妇人，乔泰对马荣说道："我们带这几人去饭馆楼上，看能不能把事情弄清楚!"

马荣点点头，将宝剑挟在腋下，对劳掌柜说道："你也一同来，让那白胡子老头儿带上箱子和另一把剑。"说罢环顾人群，想要找到方才与劳掌柜争执的泼皮大汉，那人却已不见了踪影。

在翠羽阁二楼，马荣命班主、两个哭泣的女人连同敲鼓的老头儿坐在一张角桌旁，从自己的坛中为众人倒出酒来，一心指望喝杯烈酒能使他们稍稍冷静一二，又转头命劳掌柜说明原委。马荣深知劳掌柜酷爱观戏，凡有戏班子进城，一向必看无疑。此人相貌端正，留着短短的髭须和一绺山羊胡，面色苍白憔悴。

劳掌柜扶正头上的纱帽，胆怯说道："马长官想已知道这位便是鲍班主，演戏杂耍样样精通。"说罢略停片刻，抬手抹了一把脸面，拿起老鼓手放在桌上的另一把剑，"想必长官以前看过这类戏法。这剑身做成中空，灌入猪血，剑尖却是假的，只有几寸长，一旦扎到什么东西上，就会滑入剑身里面，看去貌似深深刺入，猪血一旦流出，更能以假乱真。宝剑抽出时，剑尖便会被里面暗藏的一根藤条推出，于是重又恢复原状。还请长官亲自过目！"

马荣伸手接过，留意到有一道细槽环绕剑身，正在钝尖下方几寸处，转身持剑朝木头地板刺去，剑尖果然缩入，鲜红的猪血直喷出来。妇人惊叫一声，班主连忙扶住她的肩头。姑娘仍是定定坐在原处，如同石像一般。老头儿揪着蓬乱的胡须，口中喃喃怒骂。

"兄弟，这么弄可不大好！"乔泰喝道。

"难道我不得证实一下？"马荣懊悔说罢，又伸出左手抓起真剑，仔细掂量一下，低声咕哝道，“这两把剑的分量一样，看去也十分相像，未免太危险了！”

“假剑理应放在架子上面，”劳掌柜说道，“真剑放在底下。戏法要过之后，那小后生会从地上起来，班主再拿真剑舞上一套。”

班主起身走到马荣面前，嘶哑说道：“是谁调换了两把剑？”见马荣撇撇嘴，上前抓住他的肩头，大声叫道：“我问你，是谁干的？”

马荣轻轻挣脱出来，让班主重又坐下，说道：“我们正要查明此事。你能肯定你将那把假剑放在上头？”

“这个当然！我们以前照这规矩演过成百上千次了！”

马荣朝楼下招呼添酒，又示意乔泰与劳掌柜过来。三人走到窗前的一张桌旁坐下，马荣对劳掌柜低声说道：“我们兄弟方才一直坐在这里，从窗口朝下观望，看见你和一个大个子泼皮就站在竹箱和放宝剑的架子后面。你二人旁边还有谁？”

“这个小民真是不敢说定，”劳掌柜皱眉答道，“那泼皮已经在我旁边站了好一阵子，等小后生翻筋斗时，他忽然张口要钱，见我不答应，又出言威胁，我叫他趁早走开，然后……就出事故了。”

“那人是谁？”乔泰问道。

“以前从没见过，说不定班主知道。”

乔泰站起身来，询问那边的几人，班主一家三口一齐摇头，唯独老头儿气喘吁吁地说道：“官爷，我知道他的底细！每晚他都去道观里看我们演戏，只肯出一个铜板！原是个无家无业的游民，名叫胡大麻。”

“你有没有看见其他人靠近过放剑的木架？”乔泰问道。

“我哪里会看见！我得两眼一直盯着场上才行！”老头儿愤愤说道，“只看见了劳掌柜与胡大麻，因为这二人碰巧都认识。但是周围还有其他许多人，挤得满满当当，我怎会看见出过什么事？”

“想必你也不会看见，我们总不能缉拿在场的所有看客。”乔泰无奈说罢，转头对班主问道，“你有没看到什么认识的人站在草席附近？”

“我在此地谁都不认识，”班主木然答道，“我们以前去过武义和金华，但是来蒲阳还是头一遭。我只认识这位劳掌柜，当日我在道观前四处打量、想要搭戏台时，他主动上前自报家门，又好心好意给我等帮忙。”

乔泰点点头，心想这班主看去爽直干练，像是一条好汉，转头对劳掌柜说道：“你最好带他们回客栈去，就说县令老爷今夜回城，自会立即勘查此案。明日务必让他们去县衙大堂，办过一应例行公事后，自会把尸身交还给他们安葬。”

“乔长官，小民也同去如何？鲍班主是个好人，遇上如此惨事，我愿意尽力帮他一把。”

“你自然非去不可！”马荣正色说道，“你可是要紧的证人。”

马荣乔泰站起身来，对这突遭横祸的一家人安慰几句，待劳掌柜率众下楼后，重又在窗边落座，各自默默喝干一杯酒。马荣将两只酒杯再度斟满，说道：“但愿不要再生事端。老爷回来之前，你我总得熬过今晚去。我看这是个难啃的硬核桃，对老爷也一样哩！”说罢若有所思瞥了乔泰一眼。

乔泰未置一辞，漫漫注视着伙计手提一盏大油灯上楼，又走得不见了人影，方才重重放下酒杯，怒道：“这杀人案好生阴毒！故意让亲爹刺死儿子，还当着亲娘的面！我们非得捉住那该死的混账不可！此时就着手去办！”

“你说得不错，”马荣缓缓说道，“不过杀人案非同小可。不知老爷会不会乐意让我们插手办案。万一走错一步，就可能坏了大事！”

“只要我们依照老爷以前的法子去做，我看不至于坏多少事。”

马荣点点头，欣然说道：“好吧，那我就听你的！也得看运气如何！”说罢举杯一饮而尽，又苦笑一下，“这恰是证明你我有勇有谋的机会！当地的名流士绅与我们打交道时，表面上都是一本正经，背地里却说我们只是两个大老粗，有力气没心眼！”

“提起此事来，他们说得也对。”乔泰通情达理地说道，“你我到底没什么学问。正是因此，我并没一心想着要插手与名流士绅有关的案子。但是这桩人命案正合你我的胃口，牵涉其中的各类人物，我们全都熟悉。”

“那就盘算一下该如何着手！”马荣大声说着，又斟满两杯酒。

“老爷一向先议论动机和机会，”乔泰说道，“在此案中，动机一清二楚。没人会因为什么事而与那可怜的孩子结仇，凶手必是十分痛恨老鲍，将他看作眼中钉。”

“说得对。既然老鲍头一次来蒲阳，嫌犯自然也只可能是这几天里与戏班过从甚密之人。”

“老鲍仍有可能在此地碰到老仇家。”乔泰反驳道。

“若是如此，方才他定会立时告诉我们。”马荣说罢，又费力思忖了半晌，“要说没人会与那孩子结仇，我可不敢说定。小后生们有时淘气，专会在最意想不到的地方冒出来；他可能看见或听见了什么不该知道的事，有人想要灭他的口，而那宝剑就是天赐良机。”

“不错，”乔泰赞同道，“老天，竟有这许多可能！”说罢举杯呷了一口，又皱眉放下，面露惊诧之色，“这酒尝起来怎么有点怪！”

“跟咱们以前喝过的一模一样，不过我也觉得味道有点不对！老兄，跟你说吧，只有在心里没事、高高兴兴的时候，酒才会好喝哩！要是正琢磨着难心事，就没法好好喝酒了！”

“难怪老爷到了这时总要喝茶，好生可怜！”乔泰对着酒坛怒目而视，一把抓起，放在桌下的地上，将粗壮的双臂笼在袖中，又道，“要说机会，劳掌柜和胡大麻都站在架子旁边，因此都有可能换剑。他们会有何动机？”

马荣挠挠下巴，半晌后说道：“要说胡大麻，我只能想到一个，或者说两个，就是打鲍太太母女的主意。老天，我倒不介意亲自去她们那里走一趟！想想她们演的那些杂耍！胡大麻想把其中一个或两个弄到手，老鲍让他趁早死心，胡大麻大为恼火，然后就行此毒计？”

“有这可能。如果胡大麻是个卑鄙下流的无赖，不定就会使出如此阴狠的手段来报复。但是劳掌柜呢？”

“完全想不出！劳掌柜是个规规矩矩的老派人物。他要是想弄点风流韵事，定会悄悄去那些秘密的妓馆行院，而不敢与女戏子眉来眼去。”

“我也同意胡大麻最为可疑。”乔泰说道，“我这就去找他问话，然后再去找劳掌柜，说来只为行事周全。兄弟，你最好去道观里，多打听些关于戏班子的消息。老爷应是想要知道关于鲍家的所有事情。”

“好，我去找那两个女人套话，这是最容易的法子！”马荣欣然说罢，站起身来。

“不定没有你想得那般容易，”乔泰淡淡回了一句，也起身离座，“你可记着，那母女俩都是走江湖卖艺的！要是你惹恼了她们，难保不会动起手来！且罢，过后你我回衙再见。”

乔泰直走到东门附近的一家小酒馆中，此处正是丐帮头领盛八的老巢。

昏暗的大厅内，只有一个彪形大汉躺在扶手椅中鼾声如雷，身穿一件破旧的黑外褂，两条粗壮的胳膊叠放在光裸的便便大腹上。

乔泰上去大力摇晃几下。盛八惊醒过来，恶狠狠看了乔泰一眼，怒道：“我正睡得香，着实让你吓了一跳！罢罢，你且坐下，让我听听你有何见教。”

“我有事正忙。你可知道有个名叫胡大麻的无赖？”

盛八缓缓摇头，瓮声瓮气地说道：“我没听说过此人。”

乔泰见盛八眼中闪过一丝狡黠的光亮，不耐烦地说道：“你这狡猾的贼胖子，你可能没见过他，但一定听说过此人！有人在旧道观前的空地上看见过他。”

“休得骂人！”盛八一脸委屈相，又不胜渴慕地说道，“啊呀，旧道观前头的空地！那可是我的老地盘！想想过去那些好日子，何等逍遥快活，根本不必操心！如今做了丐帮帮主，整日管理帮中事务，负担实在太重！我……”

“你唯一的负担就是自己那个大肚皮，”乔泰插言道，“快说！我去哪里能找到姓胡的？”

“且罢，”盛八无奈说道，“如果你非要把事做绝的话……我曾听人说过，有个自称胡大麻的，常在东边城墙下一个卖酒的地方——就在东门朝北第五条街上。跟你提个醒，这只是道听途说来的，我……”

“多谢你了！”乔泰说罢，奔出门去。

乔泰行至街中，摘下帽子纳入袖中，又将头发弄乱，走了没多远，便看见城墙脚下有一间旧木板搭成的窝棚，又见四下一片漆黑、阒寂无人，方才掀帘入内。

窝棚里颇为幽暗，只点着一盏冒烟的油灯照亮，弥漫着一股令人作呕的油脂和劣酒气味。松散摇晃的竹制柜台后方，一个两眼模糊的老头儿正在倒酒，三个衣衫褴褛的汉子站在柜台前，身量最高的便是胡大麻。

乔泰走到胡大麻身旁站定。胡大麻漠然打量一眼，显然没认出乔泰是县衙官差。乔泰要了一杯酒，端起充作酒杯的破碗一尝，冲地上啐了一口，对胡大麻叫道："实在难喝！最后几文钱竟花在这东西上，真是糟糕透顶!"

胡大麻咧嘴一笑，黝黑的阔脸上露出讥讽之意。乔泰心想此人虽然面相粗鲁，不过倒也并非十分可厌，又道："你大概不晓得什么能捞油水的差事吧?"

"我确实不晓得。兄弟，你算是问错人了！近来我一直霉运当头。六七天前，我本该在武义县截住两车白米。差事容易得很，只须放倒两个赶车人即可。此事原本筹划得十分妥当——就在林中一片没人的空地里，谁知我浑不走运，居然失手坏了事。"

"许是你年岁太大了些!"乔泰嗤笑一声。

"你且闭嘴听着！我刚刚打倒了头一个车夫，却见一个小兔崽子从路上转出，跑到跟前，上下打量我几眼，傻里傻气地问道：'你这是要干什么?'我听见有动静，赶紧跳进灌木丛中躲起，又看见一辆篷车过来，上面装着走江湖卖艺的东西。另一个车夫告诉他们遭遇何事，还说我已经撒腿跑掉，于是众人结伴推着白米一道走了!"

"真不走运!"乔泰附和道，"保不定你还得接着走背字儿。昨天我看见一个戏班子在城里打把势卖艺，有个小后生翻筋斗。如果正是那小崽子的话，你最好当心些，不定他会认出你来。”

“他已经认出我了！又一回将我逮了个正着！这次却是跟他姐姐在一处！你能想得出比这更晦气的事来？不过这小兔崽子自己也运气不好，居然丢了性命！”

乔泰紧一紧腰带，心想这案子终究简单，于是殷勤说道：“胡大麻，你果然浑不走运！我乃是官府差人，这就跟我走一趟！”

胡大麻骂了一声娘，对旁边二人叫道：“你们都听见了，这厮是官府的走狗！我们一起把他打成肉酱！”

那二人缓缓摇头。年长的一个说道：“这位兄弟，你并非本地人，还是自己动手了账吧！”

“都见鬼去！”胡大麻怒骂一声，对乔泰说道，“出门去外头，不是你死，就是我亡！”

漆黑的小巷中，有个乞丐正在游荡，看见二人出来拉开架势要动手，赶紧拔腿跑开。

胡大麻率先出拳，朝乔泰下颌打去。乔泰熟练地挡开，紧接着抬肘猛击胡大麻的面门。胡大麻矮身躲过，伸出两条粗壮的胳膊，将乔泰拦腰抱住。乔泰心想若是单打独斗起来，此人并不容易对付，个头与自己一般高低，但是分量更重些，因此想要仗着势大力沉将自己摔倒在地。过不多久，二人皆已气喘吁吁，不过乔泰到底武艺更胜一筹，终于从对方的熊抱中挣脱出来，退后一步，飞起一脚，不偏不倚正中胡大麻的面门，使得他就此睁不开左眼。只见胡大麻甩一甩头，怒吼一声，复又扑上前来。

乔泰防备着对方使阴招，但是胡大麻显然并无此意，先是虚晃一招，随即一拳打向乔泰的上腹，若是不能躲过而被击中胸骨的话，定会就此倒地。乔泰假装被拳风扫到，踉跄后退几步，胡大麻又直朝乔泰下颌打来，想要一举制胜。乔泰伸出两手捉住胡大麻的拳头，略一蹲身，将他甩过肩头凌空抛出。只听“咔啦”一声响，胡大麻的肩膀脱臼，人也重重摔在地上，脑袋碰到一块石头，自此不再动弹。

乔泰走回窝棚里，命那老头儿拿一根麻绳来，然后再跑去叫里长与手下。

乔泰用绳子牢牢捆住胡大麻的两腿，随即蹲坐一旁，等待里长前来。众人将胡大麻放在一副临时扎起的担架上，一路送至衙院。乔泰吩咐狱吏将此人关入大牢，再唤来仵作，让仵作设法弄醒他，并为其脱臼的肩膀复位。

诸事料理过后，乔泰走入公廨，沉思良久。有一事令人颇为悬心，或许此案并不简单。

与此同时，马荣已从翠羽阁走回县衙，先洗浴了一番，又换上一件干净的长袍，一路行至道观前。

竹竿搭起的戏台下站着众多百姓，台上点起两盏硕大的纸灯笼。戏目已经开场，虽说儿子意外身亡，但是鲍班主一家仍得照旧登台卖艺。三人身着艳丽的戏装，立在权当御座的高桌前，鲍太太正随着刺耳的乐声吟唱。

马荣朝戏台旁边的竹笼走去，那白胡子老头正卖力地拉着二弦，同时用右脚敲着一面铜锣。等他放下二弦、拿起一副木头响板时，马荣上前抬肘一推，意味深长地咧嘴笑道："我在哪里能找到那两个女人？"

老头儿扬起下巴，指指身后的梯子，接着大力拍起手板来。

马荣顺梯而上，走入一间临时梳妆室内，与戏台之间用竹席隔开。里面只有一张简陋的梳妆台，摆着胭脂香粉等物，还有一条矮凳。

看众大声喝彩，昭示这一幕已经唱罢。脏污的蓝布门帘一挑，只见鲍小姐走入，一身公主打扮，翠绿长袍上缀有闪闪发亮的铜片，头戴一顶精美的花冠，上面贴有艳丽的纸花，左右鬓角处垂下两绺光亮的乌发，面上虽涂了厚厚一层戏妆，看去仍是妩媚动人。她迅速瞥了马荣一眼，在小凳上坐下，倾身朝前，对镜查看描过的眉梢，无精打采地问道：“可有什么消息?”

“没甚特别的!”马荣欣然答道，“我只想来与一个俊俏姑娘攀谈几句!”

鲍小姐转头轻蔑地瞥了马荣一眼，厉声斥道：“要是你以为因此就能随时随地与我厮混，那你就打错主意了!”

“我想听你说说你的爹娘!”马荣意外受责，不禁吃了一惊。

“爹娘？你是想说我娘吧！提起她来，你根本不用找人居中说合，只要是价钱公道的生意，她一向来者不拒!”鲍小姐说罢，忽然抬手掩面，呜咽起来。

马荣走到近前，拍拍她的脊背，“别难过，好人儿!你兄弟出了这等惨事，自然……”

“他不是我兄弟！这种日子……我再也挨不下去了！我娘是个贱货，我爹是个蠢货，对她百依百顺……你可知道我正在扮演何人？一个金枝玉叶的公主，父皇身份尊贵，母后冰清玉洁！哪有这样的笑话?”鲍小姐愤愤摇头，拿起一团纸来用力揩脸，稍稍和缓说道，“你想想看，就在半年前，我娘突然提起那小子来，事先没有半点征兆！对我爹道是此乃八年前她一时大意所致，那个勾引她的人

戏台旁马荣会女伶

一直养着孩子，如今没法再继续照管。我爹只好对她让步，就像以前一样……”说罢咬紧樱唇。

“你有没想过，是谁如此歹毒地陷害你爹?”马荣问道，“他在此地可曾遇到了老仇家?”

“为何那两把剑一定是被人有意换过的呢?”鲍小姐断然说道，“我爹就不会自己出错? 你也知道那两把剑看去一模一样。必须做成一样，不然耍起来就不像真的了。”

“你爹一口咬定有人换过。”马荣说道。

鲍小姐忽然顿足叫道:“这叫什么日子! 我简直恨透了! 谢天谢地很快就能摆脱，我终于遇到一个正派人，他预备送给我爹一大笔聘礼，娶我回家作妾。”

“你总该知道，给人作妾的日子可也不太好过!”

“只需忍耐一时! 他的正房生了重病，大夫说撑不过一年。”

“究竟是谁如此好运?”

鲍小姐迟疑片刻，方才答道:“只因你是衙门里的官差，我才告诉你，还望暂且守口如瓶! 他就是米店的劳掌柜，最近生意上不太顺利，不想先对我爹挑明，等到能拿得出钱时再说不迟。劳掌柜的年纪虽比我大了不少，又是古板守旧之人，不过我实在厌烦了那些年轻的公子哥儿，他们只想跟你一夜风流，过后便另觅新欢!”

“你是如何认识劳掌柜的?”

“我们刚到蒲阳的头一天就遇见了他。他主动帮我爹租这场子，不但一眼就看中了我，还……”

这时外面传来震耳欲聋的喝彩声，淹没了鲍小姐的话音。只见她跳下地来，整一整头上的花冠，急急说道：“如今我非得上场不可，再会了!”说罢消失在帘幕后方。

马荣回到衙院，见乔泰独自一人坐在空荡荡的公廨内。乔泰抬头看见马荣，说道：“兄弟，我们这桩案子似是办完了！我已捉住了疑犯，并将他关入大牢里!”

“好!”马荣拉过一张椅子坐下，听乔泰讲述来龙去脉，过后又自述一番与鲍小姐面会的经过，最后说道，“你我探得的消息加在一起，可知鲍小姐与那一片痴心的劳掌柜彼此来往时，还抽空与胡大麻私会过一遭，据我猜想，只为图个一时快活。你且说说有何事放心不下?”

“我方才忘了跟你讲，”乔泰缓缓说道，“胡大麻不肯老老实实随我来县衙，我不得已跟他动了几下拳脚。那厮出手倒很是干净，没使一点阴招。若是那小后生偷看他与鲍小姐私会，他一时气恼，想必会拧断对方的脖子，但是要说调换宝剑这种阴损下作的勾当……兄弟，我敢说这与他的性情不符!”

"有人一身具备各种性情。"马荣说着耸耸肩头，"我们去看看那厮情形如何。"

二人起身出门，走到大堂后面的大牢中。乔泰命牢头叫来主簿，好在审问犯人时从旁作证，并写下笔录。

狭小黑暗的牢房内，胡大麻坐在榻上，双手双脚皆被铁链系在墙上。乔泰举起蜡烛照亮，胡大麻抬头一看，郁郁说道："你这狗头，虽然我嘴上不愿承认，不过你那一掷实在漂亮！"

"少来这套！你倒是说说，那桩未能得手的劫案究竟怎么回事。"

"告诉你也无妨！你只会对我又打又骂。我当时只打昏了一个车夫，还没碰到米袋子哩。"

"你打算如何将那两车白米脱手？"马荣好奇地问道，"要是不能说服米商行会，你就不能卖出许多白米去。"

"什么也不卖！"胡大麻咧嘴笑道，"我只需将那几袋米全都扔进河里去！"眼看马荣乔泰目瞪口呆，又道，"那些白米已经霉烂。卖米的家伙想让白米被人偷去，如此一来，行会就得付钱给他。由于我没能成事，白米按时送到时，被人发现不是好货色，结果米店掌柜就不得不将从买主那里得来的钱如数退回。真是浑不走运。不过我费了这许多周折，那厮理应付给我一锭银子，我问他要钱，他却不想给我！”

“那人是谁?”乔泰问道。

“正是本地的一个米店掌柜，姓劳。”

乔泰疑惑地看了马荣一眼。马荣问道:“你是如何认识劳掌柜的？你不是从武义县来的么?”

“他是我的老相识了！我认得他已有好几年。他定期前去武义，这厮十分滑头，随时预备着坑蒙拐骗，看去像是正人君子，居然还在武义包养了一个女人，那女人与我从前的一个相好颇有交情——正是因此，我才认识了劳掌柜。有些人的口味真是古怪。我喜欢身板结实的姑娘，但是劳掌柜居然找了个又老又丑的婆娘，还与她生下一个儿子，都是听我那相好说的。或许那婆娘在八年前还看得过去，天知道怎么回事！”

“说起姑娘来，”马荣问道，“你又是如何认识鲍小姐的?”

“这事好说！他们头天晚上演戏时，我碰巧看见了台上的鲍小姐，立时便中了意，当天晚上试着与她搭讪，第二天又跑去，虽说熟络了一些，但还是没能得手！昨晚我又试探了一回——我正等着劳掌柜付钱，一时也无事可做。戏目散场后时辰已晚，鲍小姐看去十分疲累，性子也格外烦躁，但是当我百般央求时，她答应道:‘好吧，不过你最好做得像样些，我以后再不与人私会了！’于是我二人悄悄溜到空地角落处一间没人的棚屋里，不料正要入港时，那小崽子忽然冒了出来，四处找他姐姐，我叫他赶紧走开，他倒是乖乖照办了。不知是因为中途被人搅扰，还是行事不甚得法，反正后头的情形让我颇觉扫兴。世事常常如此，有时会喜出望外，其他时候则不尽如人意。但是我没花一文钱就弄到了手，又有什么可抱怨的？”

“我看见你与劳掌柜当街口角，”乔泰说道，“你二人就站在放宝剑的木架旁边，有没看见什么人动过那两把剑？”

胡大麻皱起眉头，摇头答道：“我既得留意劳掌柜，又得留意那两个女人。小崽子开始翻筋斗之前，鲍小姐就站在我前头——我本可以从身后摸她一把，看她十分冷淡，就转而摸了她娘一把，当时她娘正好走过来挪动箱子，结果得到的好处只是被狠狠瞪了一眼。就在那时，劳掌柜想要溜走，我拽住袖子将他拖回，他差点绊倒在箱子上。谁都可能换过架上那两块破铜烂铁。❶”

“连你也算在内！❷”马荣冷冷说道。

---

❶ 在荷文本中，最后一句为：“二位想也看得出我那时忙碌得很，因此你们不该问我究竟是谁调换了两把剑。”

❷ 在荷文本中，此处为：“我们不必非得问你，因为我们心知肚明正是你做的手脚。”

胡大麻想要纵身跃起，却被铁链困住，重又落回原处，不禁痛得大叫一声，高声骂道："你们这些鸟人，想要的就是这个！非得将杀人的罪名安在我头上不成？还使出种种下作的手段来……"两眼看着乔泰，又叫道："官爷，你不能那般对我！我对天发誓从没杀过人。倒是打过几个人，不过再没别的。要说杀死一个小后生这样……"

"你最好再想想！"马荣怒道，"我们有的是法子让你吐出实情来！"

"见你的鬼去吧！"胡大麻叫道。

马荣乔泰回到公廨内，坐在靠墙的大桌旁。主簿在二人对面坐下，靠近烛火，从抽斗中取出一沓白纸，提笔蘸墨，开始书写有关审问人犯的记录，马荣乔泰愁眉苦脸地从旁看视，默默不语。半日过后，马荣说道："如今我也赞成你说的话，胡大麻不像是凶手。不过这厮确实做了一件事，便是将案子搅得一团糟——真正一团糟哩！"

乔泰郁郁点头："别看劳掌柜一副正人君子相，实为奸诈之徒，且又好色成性，先是在武义县养着一个女人，如今又想把鲍小姐弄到手。那鲍小姐虽非守身如玉，不过仍是水灵俊俏。劳掌柜并没有十足的理由要杀死那小后生，或是要怨恨老鲍。不过我们仍得将他关入大牢，老爷自会与他核实胡大麻的说辞。”

“为何不让班头将鲍家三口与老乐师今晚一并召入衙院？如此一来，老爷便能传唤所有相关之人，等明早县衙开堂，就可尽快了结此案了！”

“好个主意。”

马荣转回时，老主簿已写完案录，大声念过一遍后，马荣乔泰皆无异议。乔泰说道：“老爷子既然下笔如此利落，不如连我二人的呈文也一并写了吧！”

主簿听罢莫可奈何，只得依命又取出一张纸来。马荣靠坐在椅背上，将帽子推到脑后，从二人如何在翠羽阁窗前亲眼目睹出人命开始，讲述了自己的一番经历，接着乔泰又叙说如何捉拿胡大麻的前后情形。写此呈文并非易事，因为人人皆知老爷不喜冗长的记录，但又要求不可遗漏细节。终于书成搁笔时，三人皆已满头大汗。

直到子初时分，狄公方才回衙，一身褐衣行旅打扮，看去面色疲惫、忧心忡忡，迈步走入公廨，三人连忙立起。只听狄公厉声说道：“究竟出了何事？我刚下官轿，就听班头禀报说你们将两名杀人嫌犯关入大牢，还召来了四名证人！”

“启禀老爷，”马荣胆怯说道，“出了一桩糟心的杀人案，死者是个小后生。我二人稍稍勘察了一番，过程全都写在这里，先是……”

“去二堂内再议！”狄公断然命道，“将公文统统带上！”又命主簿送一大壶热茶到二堂，随即走出公廨，马荣乔泰跟在后面。

狄公在书案后的圈椅中坐定，说道：“武义县的公务总算料理完毕。潘县令机敏干练，与他协同办案，实为快事一桩。洪都头与陶干在那边多留一天，处置一些细琐之务。”说罢喝了一口热茶，靠坐在椅背上，拿起几页文书。

马荣乔泰直挺挺坐在书案前的矮凳上，虽则喉头焦干，却是浑然不觉，只顾紧张地盯着老爷的脸面。

狄公先是拧紧浓眉，读了一阵之后，面色渐渐和缓，看完最后一页，又回头重读了几处，并让二人逐字逐句重述与他人的言语往还，随后将文书撂在案上，坐直起来，面上缓缓浮起笑容：“真是可喜可贺！你二人办得甚好，不但如我所愿督管了日常庶务，而且足见大可自行勘案。捉拿两名人犯，都有充分的证据。”

马荣乔泰不禁喜笑颜开。马荣抓起茶壶，为自己和乔泰迅速斟满两杯茶水。

“如今且来看看，我们已走到了何处。”狄公接着说道，“首先，现有的情形不足以证明此乃杀人案。老鲍当时十分匆忙，因为杂耍过后，他们还要赶去道观前串戏。

再说天色将晚，很可能老鲍一时大意，将真剑放在了上层。他本人确实暗示过此乃有意实施的毒计，但或是因为害怕被人控告疏忽大意。那些走江湖的艺人向来惧怕官府。”说罢略停片刻，手捋长髯，又道：“你们打探到的所有相关之人的消息，表露出各人都有可能故意换剑的各种原因，其中也包括老鲍在内。”

“为何老鲍想要害死那孩子？”马荣叫道。

“为了报复他不忠的妻子及其相好，即开米店的劳掌柜。”狄公见马荣乔泰大吃一惊，抬手示意他们不要作声，接着又道，“劳掌柜在武义县养的男孩，就是鲍太太的私生子，你们对此不致生疑吧？劳掌柜酷爱看戏，据我想来，当年戏班子在武义县卖艺时，他结识了鲍太太，二人生下一子，将孩子托付给一个老妇人照料，那老妇人在当地经营一家行院。八年之后，鲍太太决心要回儿子，这便意味着必须对丈夫承认自己不忠。鲍小姐说过其父心平气和地接受了此事，然而老鲍的心平气和，也可能只是表面佯装。就在今天，老鲍看见劳掌柜站在木架旁，便想到这是一个绝好的机会，既可报复不忠的妻子，又可除掉那私生子，还可将劳掌柜牵连进人命案中——真可谓一石三鸟。我们大可因此而控告劳掌柜。”

马荣乔泰又想开口，结果又被狄公止住。只听他接着说道："劳掌柜也有下手的机会。他熟知江湖艺人这些特殊器具的底细，因此可以见机行事，其中原因也非止一端，能想到的头一个便是敲诈。戏班来到蒲阳时，劳掌柜主动前去帮忙，或是冀望与鲍太太重修旧好。但是鲍家夫妇想要敲诈他——那男孩便是劳掌柜在武义县另蓄外室的活证据。调换宝剑之后，劳掌柜不但可以毁去此证，还能让老鲍从此闭嘴，大可威胁说要告发他出于妒恨而杀死了其妻的私生子。"

"再说鲍太太。鲍小姐对马荣道出其母实为娼妓，如此一个妇人的心思总是难以捉摸。鲍太太得知昔日的相好劳掌柜如今移情于自己的女儿时，或许想要通过杀死他的儿子来施行报复。不过，我们不可过分看重鲍小姐的说辞，因为这姑娘的所作所为很是偏颇。她张口就管生母叫做贱货，管生父叫作蠢货，自己却在与劳掌柜即将订下终身的前夕，毫无顾忌地与一个泼皮无赖暗地里鬼混。还有一事，我们必须查明鲍小姐是否知道劳掌柜曾与其母有过一段私情。"说到此处，狄公略停片刻，若有所思地看着两名亲随，"对你二人须得说明一事，我只是举出所有可能而已。在查明相关诸人的情感纠葛之前，不必继续深究下去。"

狄公拿起公文重又翻阅了一遍，偶尔细看几处，过后再度放下，沉思说道："我们必须记住，这些走江湖串戏的艺人，身处于两个截然不同的天地里。在戏台上，他们全心扮演着古时的卓越人物、男女英豪，下台后却是贫困潦倒、无家可归，几乎难以糊口。如此双重生活，足以使人变得性情扭曲。"说罢呷了一口热茶，缓捋颊须，默默沉思。

"老爷可否同意那胡大麻并非凶手？"乔泰问道。

"至少眼下尚且不能。你二人对胡大麻印象颇佳，我也心知你们或许所见不谬。不过，这些无赖闲汉的性情有时难免存着怪异之处。胡大麻特意点明二人幽会未能尽欢，全是由于鲍小姐的过错，还提到可能是由于那少年意外闯入。但是其中或许另有缘故，说来便是胡大麻自己临阵不举。他可能害怕从此不能为人事，心中十分忧惧，以至于对那少年痛恨不已。胡大麻身在牢中，对着两名前来审案的官差，居然长篇大论地讲述自己的风流事，让我觉得颇为古怪。或许他对此事太过担心，竟至不由自主地说个不休。既然胡大麻曾与那打鼓的老头儿讲过几次话，想来也有机会知道真假宝剑的戏法。不过，他大谈自己的风流事，也可能只是想要炫耀而已。"狄公说罢，站起身来，又朗声命道，"我这就去见见那一干人等。二堂太过狭小，告诉班头将他们全都带到花厅里去，让主簿叫两名衙吏来，以便记录审案过程。你二人下去吩咐，我先回宅抓紧洗浴一番。”

轩敞的花厅内灯火通明，墙上的蜡烛悉数点亮，正中的桌案上立着两支硕大的银烛台。鲍家三口与老头儿坐在桌前的椅子上。胡大麻站在左侧，劳掌柜站在右侧，身边各有两名衙役。主簿与两名衙吏坐在一张小桌旁。戏班中的四人与那二犯有意互不理睬，全都直直盯着前方，厅内一片死寂。

衙役班头推开双扇门，只见狄公走入，身着简素的深灰长袍，头戴一顶黑便帽，行至桌案旁，在一张宽大的乌木雕花扶手椅中坐下，马荣乔泰一路跟随，分立于座椅左右。众人全都躬身揖拜。

狄公先看那二犯，胡大麻面色阴沉，劳掌柜仪容庄重，甚至有些惺惺作态，心中暗想马荣乔泰对这二人的描述果然十分精准，随即默默打量鲍家三口，只见人人面色灰暗、神情疲惫，刚度过的一日着实沉重而漫长，自己却有意要勾起他们的伤心事，想到此处，不禁颇觉内疚，长叹一声，清清喉咙，语调沉着地说道：“本县向两名人犯发问之前，想要先澄清各位与死者有何亲属关系。”说罢两眼直盯着鲍太太，发问道：“鲍太太，本县听说那男童是你的私生子，可是实情？”

“正是，老爷。”鲍太太的声音听去十分疲累。

“为何你从不照管他，直到八岁才接回身边？”

“只因我一直犹豫要不要将此事告诉我丈夫，并且孩子的父亲答应过会负责照料。不瞒老爷说，我曾以为自己对那人怀有情意，为了他离开丈夫一年多。那人对我说是其妻生了重病，等她一死就娶我过门。但我后来发觉他实是个卑鄙小人，便与他一刀两断，从此再未见面。直到半年前，我们去州府串戏时，与他偶然相遇，他想要重修旧好，被我一口回绝，然后便说既然如此，他就没有道理继续出钱养那孩子，我这才对丈夫道出此事。”鲍太太说到此处，对其夫投去深情的一瞥，“我丈夫十分仁厚体贴，非但没有责怪我，还说正想有个男孩子加入戏班，可以教他成为一个出色的杂耍艺人，并且确实说到做到！老爷明鉴，虽然世人看不起这一行当，但我们夫妻却以此为荣。我丈夫对那孩子十分钟爱，待他就像亲生儿子一般，还……”说罢嘴唇抽动几下，住口不语。

狄公略等片刻，问道：“你可曾对你丈夫说过，那孩子的父亲是谁？”

“没有，老爷。那人虽待我颇不厚道，但我并没理由要败坏他的名声，如今也是一样。我丈夫也从没追问过。”

"明白了。"狄公说道。这妇人一番坦诚相告，已然揭出了真相，如今已知谁是凶手，动机也是一清二楚：正如马荣起初所猜测的一样，那男孩必须被灭口，只是马荣后来未能将这一想法与查明的事实联系起来。狄公揪一揪胡须，想到自己虽已明知是谁换过了宝剑，然而并没有一丝证据，不禁心中着恼，若是稍有耽搁，恐怕就再也无法证实凶手是何人了，虽然还来不及细想鲍太太这一番话中是否另有深意，但是必须让凶手当即自承罪状，于是对班头命道："带劳掌柜上前来!"

劳掌柜走到桌案前站定。狄公厉声说道："劳掌柜，你在蒲阳行事谨慎，让众人以为你做生意规矩诚实，人品也无可指摘，但是本县已得知你在武义的所有行径，不但企图欺瞒行会，还在那里蓄养外室，从胡大麻的证言中，亦可知道不少细事。本县奉劝你从实招来！你可承认曾在八年前与鲍太太有过私情?"

"小民承认，"劳掌柜颤声说道，"还请老爷……"

只听有人惊叫一声，却是鲍小姐从座中跃起，紧握双拳，两眼喷火，直直瞪着劳掌柜。劳掌柜口中嗫嚅，朝后退却几步。鲍小姐突然高声叫道："你这卑鄙无耻的家伙！老天真不长眼，居然让我蠢到相信了你说的那些鬼话！你以前就跟我娘玩过同样的把戏？我这傻瓜还信以为真，生怕那小崽子会将我与胡大麻私会一事告诉你，这才把真剑放在了上面！我非宰了你不可，你这……”说罢举起利爪一般的两手，朝胆怯的劳掌柜扑去。

两名衙役迅速上前，捉住鲍小姐的手臂，狄公抬手示意，二人将她带下。鲍小姐兀自叫骂厮打，如同疯猫一般。

鲍氏夫妇看着女儿，似是难以置信。鲍太太忽然失声痛哭起来。

狄公用指节敲敲桌面：“明日县衙开堂，本县将会听取鲍小姐的所有供词。至于劳掌柜，本县将彻查你的所有秽行，再判你入狱数年，如你这般人物，实在令我厌憎。胡大麻，你将受罚去北军的掘子军中服役一年，也算给你一个机会，证明自己尚有用处，日后或可从军入伍，做一名像样的兵士。”又转而对班头命道：“将两名人犯带回大牢！”

狄公默默打量鲍氏夫妇。鲍太太已止住哭泣，如今端然静坐，双目低垂，老鲍从旁注视着她，面色忧戚，皱纹愈发深重。狄公对二人温颜说道：“令嫒不能直面命中注定的艰辛漂泊，品性已然堕落，本县必须提议对她处以极刑。你二人在一天之内便失去了一双儿女，然而这一创痛将会随着光阴流逝而得以愈合。你们仍是年富力强，不但彼此依恋，且又深爱这一行当，这两样深情会永远支持左右。眼前虽然看似一片黑暗，但是切记即使在最浓黑的夜云背后，依旧会有黎明前的月亮洒下清光。”

鲍氏夫妇从座中立起，深深一揖，告退离去。

太　子　棺

此案发生在狄公第四次外放、担任兰坊县令期间。兰坊位于大唐帝国西部边陲，是一个偏僻的小城。正如《迷宫案》中所述，狄公在此地任职时，遭遇过十分棘手的难题。两年之后，即672年冬天，大唐遭遇到严重的危机，且看狄公如何在一夜之间破获了两桩疑案，一桩事关国家安危，另一桩则将决定两个贫贱小民的生死命运。

狄公迈步走入饭馆顶层的厅堂，一眼便看出这宴席颇为凄凉惨淡。两支硕大的银烛台发出亮光，照在精美的古董桌椅上。室内阔大轩敞，却只摆了小小一个火盆用以取暖，盆内不但石炭无多，而且行将燃尽。四周虽然悬有加衬的织锦帘幕，依然挡不住寒气刺骨，令人不由想起边境之外那覆盖着皑皑白雪的数千里苍茫大漠来。

圆桌旁独坐着一名清瘦男子，看去年事已高，正是边陲重镇大石口县的县令。另有两个妙龄女子立在后方，眼见一位身材高大的美髯公走入，面上仍是无精打采。

匡县令一见狄公，立时起身上前相迎，苦笑道："今日饭食粗陋、招待不周，本县着实过意不去！原本还邀了两位把总与两位行会首领同来陪席，奈何总兵忽然传令急召把总，那二位行首也被主管军需粮草的将官唤去。如今情势紧急……”说着无奈地抬手一摆。

“能与匡县令会面晤谈，定会受益匪浅，狄某于愿足矣！”狄公彬彬有礼地说道。

匡县令引着狄公行至桌前，又引见过二女，芳名分别叫作茶花和茉莉，身上皆是穿红着绿，衣料却殊非上品——依照常情，此时应有能歌善舞的名妓侍宴，这二女却显然只是平常的烟花粉头。不过狄公心知总兵那边也正在宴请一干军中将领，想必所有上等歌妓全被召至彼处去了。茉莉从旁为狄公斟酒，匡县令举杯祝道：“狄县令威名素著、人人景仰，今日贵客临门，幸何如之！来来，你我先干上一杯，预祝我大唐将士旗开得胜，马到成功！”

“大唐必胜！”狄公说罢，举杯一饮而尽。

就在此时，从楼下的街中传来一阵隆隆声，似是镶有铁钉的车轮正在硬地上行走。

“听去当是大军开拔，终将上阵发起反攻了。”狄公满意地说道。

匡县令侧耳倾听半日，凄然摇头说道：“非也，车子走得如此缓慢，应是从战场上回来的才对。”

狄公起身离座，搴帷开窗，只觉一阵寒风扑面而来，朝外一望，只见惨淡的月光下，长长一列羸马牵引的车辆正在街中行进，车上满是伤兵，还有一具具白布包裹的尸体，于是迅速阖上窗户。

“狄县令请用!”匡县令拿起筷子朝桌上一指，银碗碟中只盛有少量腌菜、几片风干腊肉与煮豆而已。

“银罐盛铜板——眼下便是如此!”匡县令苦涩说道，“开战之前，敝县可谓是色色齐备，如今所有吃食都行将告罄。若是再无转机的话，恐怕只能忍饥挨饿了。”

狄公正想出言宽慰几句，忽然掩口一阵猛咳，竟至浑身震颤。匡县令担忧地瞥了狄公一眼，问道:“莫非那肺疫已传到了贵县不成?”

狄公待咳喘平息，方才举杯一饮而尽，哑声说道:“只零星发作了一起，情形倒还尚可，病情不重，就如我这般光景。”

“狄县令算是走运了。”匡县令淡淡说道，“此地一旦有人发病，一两天内便会咯血，死者不计其数。”又焦急地说道，“但愿狄县令今夜的下榻之处还算舒适。”

“这个自然，我已在一家大客栈里订了一间上房。”狄公口中答道，实则并非如此，不但只找到一间四面透风的阁楼歇宿，还得与其他三名官员同住，之所以不曾道出实情，只是不想令主人心中不安。再说匡县令本人的官宅也已被大军征用，如今举家迁入一幢破旧的小楼中暂居，即使想邀自己去官宅内过夜，也是有心无力。凡此种种，皆因眼下情势非比寻常，若是太平时节，县令可谓全权在握，自是一县之内最具权威之人，然而如今却由军队统摄所有事务。

“明日一早，我便动身返回兰坊，”狄公接着说道，“那边还有许多公事待办，敝县也是存粮无多。”

匡县令郁郁点头，又问道：“总兵大人为何要召你前来？从兰坊到此地，须得走整整两日，况且路上又十分难行。”

“有不少回纥人在敝县的界河对岸扎下帐篷，总兵大人想知道他们是否会伙同突厥人与我大唐为敌。我已对他禀明……”说到此处，狄公蓦地住口收声，面带疑色瞧瞧两个女子，须知突厥人的奸细常是无处不在。

“她二人却是无妨。”匡县令会意说道。

“我已对总兵禀明，只有两千回纥人驻扎在彼处。回纥可汗已出发去西域长期狩猎，他刚一动身，突厥特使便去请求回纥派兵助阵。那回纥可汗十分精明，他的爱子作为人质，如今正在长安城内。”

“两千人倒是不足为患，”匡县令议论道，“那些可恶的突厥人在我大唐边境拥兵三十万之众，定要大战一场，我方在其猛攻之下溃不成军。总兵大人带领麾下二十万人驻扎在此，说是要大举反攻，却迟迟不见动静。”

宾主默默用饭，二女不断从旁斟酒。吃完煮豆与腌菜后，匡县令抬起头来，不耐烦地对茶花问道：“米饭在哪里？”

“回老爷，伙计说是已经没了。”茶花答道。

“岂有此理！”匡县令怒喝一声，站起身来，对狄公说道，“在下暂且失陪，非得去亲自过问一下不可！”说罢下楼而去，茶花一路跟在后面。

这时茉莉对狄公轻声说道：“不知老爷可否帮忙行个方便？”

狄公抬头一瞧，只见这女子年方双十，生得颇有几分俊俏，然而面色灰黄，双颊凹陷，饶是浓妆艳抹也难以掩饰，两眼格外硕大，目光灼灼如有火烧。

“你有何事？”狄公问道。

“回老爷，奴家觉得身上不大自在，若是老爷提前离席的话，还请携我一道出门。等稍事休息过后，一定好好服侍老爷。”

狄公见她两腿不住颤抖，显见得十分疲累，于是答道：“这个好说。只是我看过你的住处后，便得返回客栈去。”说着淡淡一笑，“因为我自己也颇觉不适。”

茉莉闻听此言，朝狄公投去感激的一瞥。

一时匡县令带着茶花转回，懊悔说道："实在对不住狄县令，方才所言不虚，当真无米下炊了。"

"狄某已是承情之至，还有这茉莉姑娘，竟也颇可人意。不如我即刻便告辞离去，还请匡县令恕罪则个！"

匡县令连连挽留说时辰尚早，不过显然心中亦知此举再好不过，于是一路送狄公下楼，又在厅堂中拱手道别。茉莉助狄公披上厚厚的皮氅，二人出门走到街中。外面一片严寒，肩舆雇轿早已不见踪影，只因所有轿夫皆被大军征去，专为搬运粮草辎重。

运送伤亡兵卒的车队仍在街中缓缓行进，不时有兵士骑马经过，口中怨骂不休。为了让出道来，狄公与茉莉只得将身子紧紧贴在街边的墙面上。

茉莉引着狄公拐入一条窄巷，直朝一幢小屋走去。屋子背靠一座高大黑暗的货仓，门庭破败，左右两侧各植有一棵松树，枝干被冰雪压得低垂下去。

狄公从袖中摸出一锭银子，交到茉莉手中，说道："我得接着赶路，那家客栈……"话音未落，又是一阵猛咳。

"老爷还是进屋去，好歹喝杯热茶。这样子实在不宜行走。”茉莉断然说罢，伸手推开房门，将咳喘未定的狄公拽入室内。

茉莉从狄公身上取下皮氅，安顿他坐在一把竹椅上，旁边摆着一张松散摇晃的茶几。狄公总算止住咳嗽，见这斗室虽然狭小幽暗，却甚是暖和，墙角的铜盆里堆满了炭火。茉莉见狄公一脸惊诧，冷笑一声说道：“如今身为窑姐儿，这倒是一大好处，能弄到不少军需木炭来烧，全是侍奉我军将士得来的酬劳！”

茉莉拿过一支蜡烛，凑近火盆点燃，随后放在桌上，转身掀开墙上悬挂的布帘，走到后面不见了人影。狄公环顾四周，烛光摇曳之中，只见靠墙处立着一张硕大的床架，床帷拉开，隐约可见里面被褥凌乱，枕垫脏污。

忽听一阵怪声。狄公回头看去，却是从靠墙方向传出，一幅褪了色的蓝布帘幕遮住了不知什么物事，不禁心中一警，该不会是设有圈套吧。虽说巡兵执法甚严，一旦捉住盗贼，便会在街角处施以鞭刑，直打得皮开肉绽，然而劫财伤人等勾当仍是屡屡发生。想到此处，狄公霍然立起，走上前去，一把扯开布帘。

一看之下，狄公不禁暗叫惭愧。原来靠墙摆放着一张木头小床，厚厚的棉被底下，露出一颗圆圆的小脑袋，一双聪慧明亮的大眼直盯着自己。狄公连忙拉好帘幕，重又坐回原处。

一时茉莉出来，手中提着一只大茶壶，为狄公斟满一杯，说道："老爷请用。这不是平常的茶水，据说可用于止咳。"说罢从帘后抱出婴孩，走到床边，腾出一只手来整整被褥枕头。

"家中乱成一团，还请老爷莫要见怪，"茉莉口中说着，将婴孩放在床上，"就在县令老爷召我前去侍宴之前，这里正有一个主顾上门。"只见她利落地解下长裙，全是一副娼家女子才有的毫不在意的做派，只套着阔腿裤坐在床上，背靠枕头，长舒了一口气，然后抱起孩子放在左胸前喂乳，小婴儿心满意足地大口吸吮起来。

狄公呷了一口热茶，其中带有微辛的药味，颇觉宜人，半晌后问道："你那孩儿有多大了?"

"两个月，"茉莉木然答道，"是个儿子。"

狄公瞧见茉莉肩上有几条长长的白色疤痕，还有一道宽阔的红印正好落在右乳上，几乎将其伤毁。茉莉抬头见狄公正望向自己，漠然说道："他们并非有意如此，都怪我咎由自取，挨打时拼命扭来扭去、想要挣脱，不料一记鞭子抽来，鞭梢卷过肩头，正好落在了那里。"

"为何你竟会身遭鞭刑?"狄公问道。

"一言难尽!"茉莉说罢，将心思转到小儿身上。

狄公默默喝完茶水，只觉喉间舒适了许多，不过仍是一阵阵头痛，便又饮了一杯。茉莉将婴孩放回小床上，拉好布帘，然后走到桌前，伸伸懒腰打个哈欠，指着大床说道："如今就来伺候老爷如何？我已歇息了半日，这茶水可抵不了老爷给的银子钱。"

"你这热茶极好，"狄公疲惫说道，"那一锭银子可买不来。"为了不至于惹恼她，连忙又道，"我只是不想让你冒这染上肺疫的风险，不如再喝一杯，然后便转回客栈去。"

"随老爷高兴！"茉莉说罢，在狄公对面坐下，"我也要喝上一杯，喉咙实在干渴得很。"

门外传来踩踏在冰雪上的脚步声，却是几个更夫正敲打着木梆子。茉莉浑身瑟缩一下，手按喉头，喘息说道："已到午夜了？"

"不错。"狄公忧心说道，"如果大军还不赶紧发兵反攻，怕是突厥骑兵就要冲杀过来、踏平此地了，不过我军自会将其再度击退。你既然有此娇儿，何不收拾收拾打起包裹，明早母子二人赶去东边避一避？"

茉莉定定望着前方，眼中喷火，痛楚难抑，喃喃自语道："只剩下三个时辰！"转头看着狄公，又道："我的孩子？等到天一亮，孩子他爹就要人头落地了。"

狄公放下茶杯，出声叫道："人头落地？真是大不幸事，他是什么人？"

"一个军中百长，姓武。"

"他犯下何事？"

"根本没有。"

"一个人总不会无缘无故就被拉去砍头吧！"狄公怒道。

"他是遭人陷害的，说他掐死了一个同伍的老婆，依照军法被判死罪。为了等候上头批复，他已在军营大牢中被关了一年左右，今天终于传来消息。❶"

狄公手捋长髯❷，说道："我以前常与军中巡兵打交道，他们执法时比我们地方官府更为严苛，不过行事迅速有力，裁断也颇为谨慎，应是不会弄错。"

"这次却是弄错了。"茉莉说罢，认命般地又道，"如今也无能为力，已经太迟了。"

"不错，天明就要行刑的话，确实无法可想。"狄公说罢，思忖半晌，又道，"那你何不讲讲事情的来龙去脉？正好也可令我暂时放下自己的烦心事，不定还能帮你打发掉这几个时辰。"

---

❶ 在荷文本中，此句为："他已在军营大牢中被关了数月。"

❷ 在荷文本中，无此句。

“好吧，”茉莉耸耸肩头，“此刻我心中悲苦，反正也没法入睡。事情原是这样，大约一年半以前，有两名军中百长时常结伴去我们院里，一个姓潘，一个姓武，二人同属一营，因此常在一起共事，但是根本合不来，人物也全是两样。姓潘的是个花花公子，生得一张俊脸，看去更像个文弱书生，没有一点男子气概，虽然谈吐斯文，却是个惹人生厌的家伙，姐妹们都不喜欢他。那姓武的却恰恰相反，性情粗豪，又有一副好身手，做事眼明手快，说话也很解趣，听说手下的兵士个个都肯为他赴汤蹈火，模样虽然算不得俊，但是我很中意他，他也只中意我一个人。每过一阵，他便会给我那院主付些银子，如此一来，我就不必接待当天的头一个客人。他还立誓说一旦升迁，就会替我赎身并娶我为妻，正是因此，我才索性与他有了孩子。若是平时怀了身孕，我们或是把胎儿打掉，或是生下以后卖给他人，但是这个孩子，我却一心要留下来。”

茉莉举杯喝干茶水，将一绺散发从额前撩开，接着叙道：“日子就这么平安过去。谁知十个月前的一天晚上，潘某人回到家中，发现老婆被人掐死，而武郎正站在床前呆呆发愣，于是便大声叫喊，召来一个路过的巡兵，控告武郎杀人害命。后来二人一同被带到军营的公堂上，姓潘的说是武郎时常骚扰他老婆，但是未能得手，还说曾屡次警告武郎最好检点一二、勿要纠缠不休，只因看在同伍的份上，才没去把总面前告发！又道是出事当天，武郎得知他晚间要在军械库中当值，于是趁机跑去潘家再次勾引他老婆，遭到回绝后，便一怒之下将人掐死。事情就是如此。”

“那武百长又是如何说法？”狄公问道。

“武郎说姓潘的全是扯谎，并且对自己一向怀恨在心，定是为了嫁祸于人，亲手掐死了自家老婆。”

“你这相好说起话来，未免不大聪明。”狄公淡淡说道。

“老爷且听下文如何？武郎说当天晚上路过军械库时，潘某人上前打招呼，道是老婆下午觉得身上不适，托他去家中看看是否一切妥当。等武郎到了潘宅，只见前门大开，不见一个用人的踪影，叫了几声也没人答应，这才进到卧房中，发现了那女人的尸首。就在此时，潘某人正好也奔进门来，一见出了人命便大叫巡兵。”

“听去好生离奇。倒不知军中将领究竟是如何断案的？想来你一定不会晓得。”

“我还偏就晓得，当日我悄悄跟人混了进去，全都看在眼里，不过吓得浑身冒汗，因为烟花粉头私入军营要是被人逮住，照规矩非得吃鞭子不可。只听那把总道是单单武郎犯下与同袍之妻通奸之罪，便依律当斩，又说武郎是否杀人无须细究，因为其手下已经查明潘某人在当天晚饭后将家仆打发走，刚一踏入军械库，便对巡兵道是听说近来常有盗贼在附近出没，要他们多多留意潘宅。据把总讲来，潘某人可能已经察觉自家老婆与武郎有私情，于是自行下手将其掐死，但他有权如此行事，而且依照军法，若是捉奸在床的话，还可同时杀死奸夫；或许因为他不敢招惹武郎，所以才设下此计加以构陷，总之实情非此即彼。武郎勾引同袍之妻为实，且此举有损军威，单此一项便理应问斩。”

茉莉住口不语。狄公轻捻颊须，半晌后方才说道：“如果情形属实，须得说把总判得有理，并且其推断与你口中所述的二人性情甚为相符。为何你认定武百长与潘太太并无私情？”

“因为他心里只有我，根本不会多看别的女人一眼。”茉莉应声答道。

狄公心想这真是妇人之见，倒不如换个话题，便转而问道：“你又为何会遭受鞭刑？被谁打的？”

“说来真是蠢事一桩！”茉莉说话时语声清冷，“审案之后，我对武郎气得要命。我已有了身孕，这卑鄙小人居然瞒着我去勾搭别人的老婆！于是一怒之下奔去大牢，对牢头谎称自己是武郎的妹子，这才得以进去。一见面，我就朝他脸上啐了一口，痛骂他是个无情无义的好色之徒，然后转头跑了出去，但是跑出一段后又觉得不对，思前想后半日，方才明白自己做了傻事，他对我原是一片真心。将近两月前，等孩子落地之后，我稍稍恢复元气，又去了军中大牢，想对他赔个不是，结果刚一进去便被人捉住，还捆上刑台抽了一顿鞭子。定是武郎告诉了牢头我如何蒙混过关一事——他自有道理，想想当日我冲他大叫大嚷时的那副模样！说来也是走运，我恰好认得负责行刑的兵士，那人总算手下留情，否则军营定得当场贴上一副棺材板不可。我的后背和肩膀被抽得一道一道，血流得如同杀猪一般，但我咬牙忍痛，不曾求饶。我爹以前常说，做人要像个庄稼汉一样硬挣，他是因为交不起地租，不得已才将我卖掉抵债的。紧接着有传言说突厥人就要打来，军营统领被召去京城，不久便打起仗来，事情一件接着一件，小武的案子便一直拖延未决，今早终于有了结果，天亮就要行刑。❶”

茉莉忽然抬手掩面，抽泣起来。狄公缓捋长髯，待

---

❶ 在荷文本中，此句为：“昨天我听说这案子终于被核准了。你我说些别的事如何？”

她稍稍平静一二，方才问道[1]："那潘家夫妻可否和睦？"

"我哪里会知道！谁又没天天睡在他家床底下过夜！"

"他们可有子女？"

"没有。"

"那成婚有多久了？"

"让我想想，大约一年半的光景。想起来了，我头一次见到潘武二人时，武郎说过姓潘的刚刚被他爹召回家去成亲，女方是父母替他挑选的。"

"你可知道他父亲姓甚名谁？"

"不知道。只记得姓潘的以前吹嘘过，说他爹是苏州城里的大人物。"

"如此说来，一定是刺史潘维良了。"狄公立时说道，"倒真是大名鼎鼎，在史学上颇有造诣。我虽从未见过其人，却看过几本他的大作，写得十分出色。潘公子仍在此地？"

"不错，就在大营旁边。既然你如此景仰潘家父子，何不赶紧去与那恶棍结交一二！"茉莉轻蔑地说道。

狄公起身离座，口中喃喃说道："我正有此意。"

---

[1] 在荷文本中，这两句为"'只要再给我一杯茶即可。'狄公说道。茉莉斟茶时，狄公又问道"。

茉莉低声咒骂一句，又高声怒道：“你们这些人，都是一路货色！我倒很高兴自己只是个为人正派的窑姐儿哩！大爷们挑三拣四惯了，不想跟我这少了一边胸脯的女人睡觉是么？要不要把钱还你？”

“只管留下便是！”狄公镇定说道。

“见你的鬼去吧！”茉莉说罢，朝地上啐了一口，转身背对狄公，不再理睬。

狄公默默套上皮氅，出门而去。

狄公一路穿过大街，见到处都是兵士，心想这情形看来颇为不妙。为了证实自己的推断，即使能寻到那潘百长，并从其口中顺利打探出消息来，还得让总兵从旁见证始末方可，因为眼下唯有他才有权下令刀下留人。然而此时正是事关大唐安危的千钧一发之际，总兵必有诸多要务缠身，且又是出了名的性情火爆。狄公心中暗自决意，若是大唐已到了如此紧要关头，以至于父母官竟不能阻止一个无辜之人蒙冤屈死的话……

总兵的营部设在狩猎宫内。此宫规模宏大，乃是当今圣上专为太子所建。圣上一向十分钟爱这个长子，只可惜他不幸早逝。太子生时酷爱在西部边陲打猎，在一次外出狩猎途中身亡，并留下遗言说愿葬于大石口。墓室中安放着太子棺，后来太子妃去世，也合葬于此。

狄公行至营门前求见，却是颇费周折。来人若不是军中将士，守卫都会面带狐疑上下打量半日，这次也不例外，最终总算放行。狄公走入一间狭小透风的前厅内，又有一个勤务兵进来，接过名帖去送给潘百长。过了许久，方才有一位青年军校走入厅内，穿着紧身锁子甲，腰系一条宽宽的剑带，愈发显得身形瘦削，头戴铁盔，相貌英俊清冷，光滑的面颊上只蓄有短短的髭须，僵硬地行过礼后便兀自傲立，静待狄公先行开口。虽说地方县令的官阶要远远高于军中百长，但是此人的态度分明暗示出一旦遇到战时，情势便大不相同。

“请坐，请坐！”狄公欣然说道，“常言道为人总得言而有信，迟做总比不做的好！”

潘百长在茶几对面坐下，面上显出基于礼节的惊异。

“大约半年前，”狄公接着叙道，“在回兰坊的途中，本县曾路过苏州，有幸与令尊谋过一面，皆因闲暇时也甚爱读几本史书哩！及到告辞时，令尊说道：‘我那长子效命军中，正在大石口服役，恰与兰坊比邻。若是狄县令因故经过彼处，还望代我探视一二，小犬真是运气不佳。’昨日总兵大人召我来到此地，明早便要返回兰坊，故此不揣冒昧前来，只为践言，并无他意。”

"多谢狄县令一片好意!"潘百长略显慌乱，含糊说道，"请恕小校方才无礼，我并不晓得……且又心烦意乱，人人皆知前方战事不利……"说罢喝令一声，便有一名小卒送上茶来，"不知……不知家父可曾对狄县令说过那桩惨事?"

"令尊只道是尊夫人正值青春，去年在此地不幸遇害，在此对公子诚表……"

"老爷明鉴，家父原本就不该逼我成亲!"潘百长冲口说道，"我跟他说过……试着想跟他说个明白……但他总是忙碌得很，抽不出一点空闲……"说罢努力自持片刻，接着又道，"我自忖当日成家未免为时过早，想请家父推迟几年，好歹等我从这边陲之地调任至都市大埠再说，也好有时间来……来将一些事情理清头绪。"

"莫非潘公子另有所爱?"

"绝无此事!"潘百长出声叫道，"我只是觉得自己并非适合娶妻成家之人，目前尚且不宜。"

"尊夫人可是被盗贼所害?"

潘百长郁郁摇头，面色变得惨白，"凶手乃是一个军中同伍，整日里寻花问柳，最是令人厌恶，张口闭口谈论的都是女人，简直没法跟他正经说上一句话。只要女人们略施手段，他必会心甘情愿乖乖上钩……"只见他恨恨地吐出最末一句，一仰脖灌下一杯茶水，又黯然说道，“后来又想勾引贱内，贱内执意不从，竟被他下手掐死。及到天亮，他就要被行刑问斩了。”说罢突然抬手捂住脸面。

狄公见潘百长痛苦不堪，从旁默默注视良久，方才温言说道：“不错，公子着实运气不佳。”说罢起身离座，换作一副公事口吻，“我非得再求见总兵不可，烦劳你带我进去。”❶

潘百长立时站起，引着狄公穿过一道长廊，沿途只见许多勤务兵来回奔走。潘百长说道：“我只能送老爷到前厅，唯有军阶最高的将官才能获准再往里去。”

“如此甚好。❷”狄公说道。

潘百长请狄公走入一间大厅，道是自己就等在外面，

---

❶ 在荷文本中，以上狄公与潘百长会面的内容颇为不同，试译如下：

潘百长立时面色和缓，感激说道：“多谢狄县令一片好意。”说罢唤过一名小卒，命他立即送茶。二人很快谈笑风生起来，论及军情时，潘百长说道：“老爷在如此危急时候前来，实在不巧得很。但愿情势复归安宁时，老爷再来此地，小校很乐意带老爷去看几处名胜。此地有一座寺庙……”

狄公抬手示意一下，冲着潘百长一眨眼，说道：“今晚我已去看过当地一大胜景，而且看得十分透彻！”随后倾身朝前，悄声说道：“漂亮女人，你自然明白！”

潘百长浑身一凛，狄公又信口说道：“我没能听清她的名字，她正忙于行事哩！被单如同白玉一般，那身段……”说着用两手在空中比划一下。

潘百长面上变色，似是极力掩饰自己对此香艳情事的厌憎，低声说道：“小校很高兴老爷中意我们当地的歌妓……”

狄公微微点头，说道：“如今我得求见总兵大人，带我前去如何？”

❷ 在荷文本中，此处为：“我自会找人带我进去。如此危急时候，看得出众人皆是通宵办理公事。”

以便过后再恭送狄公出去。大厅内满是军中将领，狄公甫一踏入，众人骤然息声。一名把总走上前来，草草瞥了一眼狄公头上的官帽，冷冷说道：“这位县令有何贵干？”

“我有要事，须得求见总兵。”

“绝无可能！”把总断然回道，“总兵正在议事，我奉命在此把守，任何人不得入内。”

“一条人命正危在旦夕。”狄公肃然说道。

“你说一条人命？”把总冷笑一声，大声说道，“总兵正在思量的，可是二十万条人命的安危哩！我且送县令出去如何？”

狄公面上失色，到底还是徒劳无功。那把总虽则彬彬有礼，却不由分说一路送客出门，口中说道：“想必县令定能体谅……”

“县令慢走！”另一名把总从室内奔出，饶是寒气刺骨，面上却大汗淋漓，高声叫道，“不知你可认得一位姓狄的同僚？此人现在何处？”

“在下便是狄某。”狄公答道。

“老天有眼！让我足足找了一两个时辰！总兵正急等你去！”

把总拽住狄公的衣袖，一径穿过前厅，从后门走入一条幽暗的过道，两边墙面上悬有用于隔音的厚毛毡，又推开最尽头的一道重门，示意狄公入内。

巨大的宫殿内一片静寂，只见一群将官正立在一张供桌旁，个个身披铠甲、辉煌耀眼，案上堆放着地图文书等物。众人缄口不言，默然凝望着一个反剪两手、来回踱步的彪形大汉。

那人身穿一件平常的锁子甲，披着铁制旧肩甲，套一条骑兵的阔腿皮裤，高高的头盔上镶有一条昂首朝天的带角金龙，这正是总兵的标志。只见他拖着重步在地上来回行走，腰带上挂一柄阔刀，刀尖不时碰在雕花精美的汉白玉地砖上，发出锵锵之声。

狄公屈膝跪下。把总走到总兵面前，直挺挺端立在地，朗声禀报了一番。

“狄县令？”总兵高声说道，“如今已是用不着了，叫他回去！不不，还是稍等一下！在下令撤军之前，到底还有个把时辰。”随即对狄公叫道：“你还跪在那边作甚！过来过来！”

狄公连忙立起，走上前去深深一揖，随后站直。狄公本已身量颇高，不料这总兵竟然还要高出至少两寸。他将两手的拇指勾在剑带上，目光锐利的右眼直直盯着狄公，左眼处蒙着一条黑布——皆因在北地征战时，曾被敌方的一支利箭射中。

“听说狄县令很擅长破案解谜，可是如此？我这里正好就有一个！”总兵说罢，转头朝桌案那边喝道，“柳参将！茅参将！”

人群中立时闪出二人，披挂着将军的甲胄。狄公认得一身金甲、身形瘦削的那个是左军统领柳将军，另一个身材低矮，肩宽背阔，穿戴着金甲银盔，正是统管巡兵的茅将军，唯独不见右军统领桑将军。这三将再加上总兵，便是整个大军的最高统领，值此危难关头，圣上已将大唐帝国与天下百姓的命运悉数交与他们四人手中。[1] 狄公躬身一揖，两位参将却只报以一脸冰霜。

总兵大步走过宫殿，抬脚踢开一扇门。四人默默穿过几道宽阔的回廊，周围不见一个人影，只闻得铁靴踩在汉白玉地面上发出的空洞回响。前方一道宽阔的下行楼梯，尽头处有两名守卫，看见众人过来，连忙直身正立。总兵抬手示意一下，二卒缓缓推开沉重的双扇门。

里面是一间巨大的拱形墓室，墙面上不见一扇窗户，每隔一段便在高处筑有一个壁龛，龛内的银灯发出暗淡的光芒。地中央并排放置着两口硕大的棺柩，外面涂有朱

---

❶ 在荷文本中，无“值此危难关头……”一句，而是“总兵说道：‘这位是狄县令。我们且让他看一看。进去吧！’”

狄公入营拜见总兵

漆，红色正是表示复生之意。两棺一般大小，皆是长三丈，宽一丈，高一丈五。

总兵上前躬身一揖，身后三人也依样而行。总兵行礼过后，抬手一指棺柩，对狄公说道："狄县令，谜题就在这里！今日午后，我正要下令发兵进攻时，桑参将前来求见，告发这位柳参将通敌叛国，说他已与突厥可汗通过消息，商定我军一旦发起进攻，他便会率领部下倒向突厥狗贼一边，事成之后，会得到江南半壁作为奖赏。证据何在？桑参将说是柳参将已将二百副全套甲胄与刀剑藏入这太子棺中，上面印有叛贼的记号。时候一到，其同伙便会打破此棺，穿戴上印有标记的盔甲，然后再杀尽所有留在这大营中的其他将领。"

狄公猛吃一惊，迅速瞥了柳将军一眼。只见他直挺挺立在当地，两眼望向前方，脸色惨白，面上绷得紧紧。

"我对柳参将一向深信不疑，"总兵猛揪颌下的胡须，接着叙道，"但是桑参将也已征战多年，富有威望，万万不可贸然行事，非得查证一番不可。只是时间紧迫，我军的反攻大计已然拟定，由柳参将带领一万五千人先打头阵，冲入突厥军中打开一个缺口，然后我会亲率十五万大军跟上，将那起狗贼一路赶回自家草原上去。如今看来风向即将转变，若是拖延过久，我军就得顶风冒雪作战，冰雹迎面打在脸上，势必大为不利。

“我与茅参将的手下亲信已仔细查看过太子棺，足足花费了个把时辰，仍是没能找出一点被人动过手脚的痕迹。桑参将一口咬定他们割掉了一大块漆皮，凿出一个洞来，将盔甲等物藏入，过后又重新刷过朱漆，因为有精于此道的高手，故而做得天衣无缝。虽说可能确实如此，但是我非得找到确凿的证据不可。这可是当今圣上爱子的棺柩，我万万不能私自开启、略有亵渎——没有圣上的旨意，我连碰一下都不行——若是派人进京送信再带回批复的话，至少也得花六天工夫。不过，若是无法证实桑参将确属诬告，我又不能贸然下令开战。如果一个时辰之内仍无结果，我就得命令大军撤退。狄县令，如今全看你的手段了！”

狄公绕着太子棺来回走了两匝，又匆匆查看一番太子妃棺，抬手指着地上的几根长杆，问道：“这些杆子有何用处？”

“我曾命手下将棺材撬起，”茅将军冷冷说道，“为的是查看棺底是否被人动过手脚。凡是人力所及，都已试过了。”

狄公点点头，沉思说道：“我曾读过一篇描述这狩猎宫的文章，记得说是太子殿下的玉体安放在一口金棺中，金棺套在银棺里，外面又是一层铅棺，空隙处则放入生前的朝服与饰品等物，再用厚重的杉木制成外椁，并涂上一层朱漆。两年之后，太子妃殿下辞世，棺椁亦是采用同样的形制。由于太子妃殿下素喜乘船，在宫殿后方还专门开凿出一个大湖，湖上有几只大船，正是仿造太子妃与宫廷命妇们乘过的宫船而制成。实情可是如此?"

"不错，"总兵怒道，"此事无人不知。狄县令不要站在那厢净讲废话，快说要紧事!"

"请问大人可否给我一百名掘子军?"

"要掘子军何用? 不是跟你说过我等不能乱动这棺柩么?"

"回大人，恐怕突厥人对这太子棺也是尽知底里。一旦他们攻入此城，定会破棺洗劫。为了不使此物落入蛮人之手并惨遭荼毒，我想不如将其沉入湖底。"

总兵闻听此言，不觉目瞪口呆，大声吼道:"你这蠢货! 难道竟不知中空的棺材不会沉到湖底? 你……"

"当然不会，大人!"狄公迅速说道，"不过如此一来，我们挪动两棺便有理有据了。"

总兵用一只独眼直直盯着狄公，忽然叫道:"老天有眼，狄县令，真叫你说着了!"转头对茅将军喝道:"给我找一百名掘子军来，再带上缆绳和滚木! 即刻便去!"

茅将军领命奔出后，总兵又开始在室内踱步，口中喃喃自语。柳将军偷眼打量，只见狄公仍立于太子棺前，手笼袖中，默默凝神注视。

茅将军很快返回，后面跟着拥入一群身材矮小的兵士，人人穿着褐色皮制衣裤，头戴同样的褐皮尖顶帽，帽沿上缀有长长的护颈与护耳，有的手持长杆，有的提着成卷的粗绳。这便是掘子军，最为精通挖地道、攀城墙、在水下封堵河道或港口等战时必备的技能。

待总兵下令后，十来个兵士迅速将墓室后方的大门推开，清冷的月光正照在汉白玉平台上。平台十分宽阔，三级石阶下去便是水面，湖上结有一层薄冰。

其他兵士围在太子棺四周，像一群蚂蚁一般团团忙碌，彼此只用手语传递口令，因此几乎略无声息。他们能在房屋底下神不知鬼不觉地挖出一条地道来，屋内之人却丝毫不会察觉，直到墙上或地上突然出现洞口时，才会如梦方醒。只见三十人用长杆撬起太子棺的一头，一队将滚木置于其下，另一队抛出粗绳套在外椁上。

总兵从旁打量半日，转身出门，行至室外的平台上，狄公与茅柳二将跟随在后。四人默默立在水边，遥望着冰封的湖面。

身后忽然传来一阵低沉的隆隆声，只见巨大的棺柩被缓缓推出大门，几十名兵士拽着粗绳一路牵引，其他人则在棺下不停更换滚木。太子棺穿过平台，浸入湖中，看去好似船体下水一般。大片的浮冰砰然碎裂，棺身上下摇晃一阵，终于静止不动，没入水中大约有一丈左右。一阵冷风从湖上吹过，狄公又开始猛咳，连忙拉起项巾掩住口鼻，抬手指向墓室内的太子妃棺，示意掘子军统领如法炮制。

不一时又传来隆隆声，太子妃棺也被移上平台、推入水中，正在太子棺一侧。总兵弯腰凝视两棺，细细比较吃水线的深浅，看去几乎毫无分别，太子妃棺似是只比太子棺略重一点。

总兵直起身来，猛拍一下柳将军的肩头，大声叫道："我就知道你靠得住！柳参将还等什么，赶紧传令发兵！不出三个时辰，我便率大军跟上，祝你旗开得胜、马到成功！"

柳将军严峻的面上缓缓绽出笑容，郑重行过礼后，转身大步离去。掘子军统领走上前来，对总兵恭敬说道："启禀大人，我们这就给两棺缚上铁链和大石，然后……"

"方才我办了件错事，"总兵断然说道，"告诉他们，将两棺从水中拖出，再送回原处放好。"又对茅将军喝道："你带上一百人，去西门外桑参将的大营中，以通敌叛国之罪将他拿下，然后锁链加身、押去京师长安，他的手下军兵由高参将负责接管。[1]”转头又对咳喘未定的狄公说道：“你想必也已晓得这其中缘故了！桑参将比柳参将年长，二人却官阶相同、平起平坐，因为咽不下这口气，这狗娘养的便与突厥可汗暗地里勾结，懂了没有？他设下这条诬告的奸计，只为阻止我军反攻。大军一旦撤退，定会遭到他与突厥人的夹击而腹背受敌。别在那里吭哧吭哧咳个没完，狄县令！听得我好不心烦。总算大事已了，我们走吧！”

议事厅中如今人声鼎沸。大幅地图铺展在地，军中谋士正在核对反攻大计中的一应细处。一名将军对总兵急急说道：“这几座山头后面再增兵五千，不知大人意下如何？”

总兵弯腰俯看地图，众人开始议论繁杂细琐的具体事宜。狄公朝墙角处的刻漏焦急地张望一下，见浮标显示还有半个时辰便要天亮，于是走上前去，胆怯说道：“恕我冒昧，不知可否请大人行个方便？”

总兵站直起来，暴躁地说道：“呃？你有何事？”

---

[1] 在荷文本中，此处是二百人而并非一百人，且无“他的手下军兵由高参将负责接管”。

“想请大人复核一桩案子，事关一名百长的性命。此人原本清白无辜，却被判了杀头之罪，天一亮便要行刑。”

总兵面皮紫涨，咆哮道：“在我大唐生死关头，你竟敢拿什么下三滥人物的小命来聒噪一个堂堂总兵！”

狄公紧盯着总兵那圆睁的独眼，镇定说道：“回大人，如果战事需要，赔上一千条性命也是应当。但是如果非是必需，即使一条人命也是人命关天。”

总兵破口大骂几句，忽又住口不语，嘲讽地笑道：“狄县令，要是你有朝一日厌烦了案牍公文，不妨到这里来，我定会将你栽培成一员大将哩！你说复核一桩案子？岂有此理，我立时便要了结！你且发号施令吧！”

有一名把总方才听到总兵开口叱骂，便飞奔过来，想要看个究竟，狄公对此人说道：“有一姓潘的百长，此时在前厅门口等我，正是他诬告同伍杀人，还请你带他进来！”

“也叫他的上司同来！要快！”总兵从旁命道。

把总快步出门而去。此时从外面传来呜呜声，如哀叹一般低沉，调子愈来愈高，几乎穿透了厚厚的宫墙。这正是黄铜号角吹出的号令，意在召唤大军齐集出发。

总兵挺直宽阔的双肩，咧嘴笑道：“狄县令你听，这音调听去最是入耳不过的！”说罢又去俯看地图。

狄公两眼直盯着门口❶。把总片刻即回，潘百长与一名上了年纪的军官跟在后面。狄公对总兵说道："大人，二人带到。"

总兵转过身来，两手的拇指仍勾在剑带上，对着来人怒目而视。那二人站得笔直，两眼定定凝望，要说有幸得与天下第一勇将近在咫尺、面面相觑，这还是生平头一遭。总兵冲那军官吼道："报上这名百长的情形！"

"驭下有方，严于律己，与他人不甚相得，未曾上过沙场……"军官急急说道。

"你说的又是什么案子？❷"总兵对狄公问道。

狄公冷冷说道："潘百长，你不适合娶妻成家，只因你钟情的并非女子，而是那姓武的同袍，却又遭他鄙弃，于是你便掐死了自己的妻子，然后又诬告武百长杀人害命。"

"这些可是实情？"总兵厉声喝问道。

"是的，大人！"潘百长茫然应道，神情恍惚，如在梦中。

"把他带出去，"总兵对把总命道，"判罚鞭刑处死，拣那细藤条慢慢地打。"

---

❶ 在荷文本中，无此句。

❷ 在荷文本中，此处为"这百长犯下何罪？"

“还请大人开恩！”狄公急忙说道，“潘百长皆因父命难违才不得不娶妻成亲，奈何生来异于常人，且又难以应付随之而来的种种麻烦。据我想来，不如给他一个痛快的了断。”

总兵应声答道：“可以！”又对潘百长说道：“你能不能死得像个男子汉大丈夫？”

“能的，大人！”潘百长再次应道。

“那就助他一臂之力！”总兵对那老军官喝道。

潘百长解下紫色项巾，递给自己的上司，然后拔出长剑，双膝跪在总兵面前，右手握住剑柄，左手握住剑尖，利刃深深没入手指，却似浑然不觉。老军官走到近前，展开手中的项巾。潘百长抬头仰望总兵铁塔一般的身影，大声叫道：“吾皇万岁！”只见他两手猛地朝上一举，切断了自己的喉咙，随即全身瘫软下去，老军官迅速拿项巾紧紧缠在其脖颈处，免得血流如注。

总兵点点头，对那军官说道：“这潘百长总算还死得像个军人样，务必也给他一个军人的葬仪！”又对狄公说道：“你去料理另外那人，将他从大牢里放出，并官复原职。”说罢重又俯身去看地图，对一名将军喝道：“再派五千人去这山谷的入口处！”

这时过来四名勤务兵，将潘百长的尸身抬出门去。

狄公走到桌案前，抓起一支笔来，在一张唯有高级将官才用的官文用纸上迅速写下几行字。一名把总在上面盖过总兵大印，又副署上自家姓名。狄公匆匆瞥了一眼刻漏，转身奔出门去。还有两刻钟的工夫。

狩猎宫与军营大牢虽然相距不远，狄公却花了半日工夫方才走到。街中挤满了全副武装的骑兵，六人并肩排成一行，手持令敌人胆寒的长戟，胯下战马已吃饱了草料，身上的盔甲在微红的晨光里熠熠生辉，这便是柳将军率领的先锋团，也是唐军中的精锐部队。这时又传来一阵低沉的鼓声，召集总兵手下将士去各自营中会合。大举反攻即将开始。

狄公手持盖有总兵大印的文书，立时见到了主管大牢的军官。只见一个身形健硕的青年后生被四名守卫押出，粗壮的脖颈露在外面，正为斩首之用。牢官大声念罢文书，命手下副官助那人披上铁甲，待他套好头盔后，又取出长剑亲手交还。狄公见这武百长虽不甚机灵，面相却开朗随和，便对他说道："且随我来！"

武百长十分惊异，两眼直盯着狄公的乌纱帽，开口问道："县令老爷怎会插手此事？"

狄公含糊应道："复核此案时，本县碰巧就在总兵的大营中。人人都忙碌得很，于是就命我来办理此事。”

二人出门走到街中，武百长喃喃说道：“我在那该死的大牢中坐了将近一年，如今已是无处可去。”

“你只管跟我来！”狄公说道。

二人一路行走时，武百长侧耳聆听着鼓声，郁郁说道：“我军到底还是发兵进攻了？也好，我总还赶上了及时回营，至少可以死得堂堂正正。”

“为何你一心想要寻死？”狄公问道。

“为何寻死？因为我就是个蠢货，再不为别的！我从没碰过那潘百长的老婆一指头，却辜负了一个好女人。她曾到狱中探监，可惜竟被巡兵用鞭子活活打死了。”

狄公默然不语。二人穿过一条僻静的小巷，停在一幢背靠空仓房的小屋门前。

“这是何处？”武百长吃惊地问道。

“里面住着一个勇毅非凡的女子，还有她为你生下的儿子。”狄公简短答道，“此处便是你家，后会有期！”说罢转身迅速走开。

狄公绕过街角，只觉一阵冷风扑面，连忙拉起项巾掩住口鼻，免得又要咳嗽。回到客栈后，但愿还有伙计从旁侍应，赶紧沏上一大杯热茶来。

除 夕 案

此案仍发生在兰坊。依照惯例，县令在一地的任期为三年。但是直到674年年末，狄公担任兰坊县令已满四载，仍未见有消息从京师中传来。这沉闷的一年挨过之后，在除夕之夜发生了此案。以往断案时，狄公的设想常常最终被证明为实，然而读者将会发现在这一起特别的案件中，狄公犯下了两桩大错，虽与常规相悖，却是因错得福！

狄公收起最后一份公文，锁上抽斗，忽然浑身一竦，起身裹紧家常棉袍，穿过冰冷空荡的二堂，伸手推开窗户，朝黑漆漆的衙院中庭只看了一眼，便又赶紧关闭。外面虽已不再下雪，仍有一股冷风灌入，差点吹熄了案头的烛火。

后墙处摆着一张长榻，狄公走到榻前，叹息一声，动手叠起被褥。在兰坊任职将满四载，今晚便是这冗长一年的除夕，预备就在二堂中过夜。如今内宅里空空如也，只剩下几名家仆。两月之前，大夫人回乡探望年事已高的母亲，二夫人三夫人与子女也陪她一同前去，还有忠心耿耿的老随从洪亮，预备早春时再返回——当此寒冷凄清的冬夜，春日似是格外遥远。

狄公端起茶壶，自行斟出最后一杯茶水，却发觉水已冰凉，不禁十分沮丧，正欲拍手唤来一名衙吏，又想起自己已将一众衙员全都打发回家了，包括马荣乔泰陶干在内，如今只剩下看守正门的几个衙役。

狄公拽一拽家常皮帽，遮住两耳，端起蜡烛，经过漆黑无人的公廨，直朝三班房走去。

地中央生着一堆柴火，四名衙役正蹲坐在旁，一见狄公进门，连忙跳起来整整头盔。班头站在窗前，伸头朝外，正在冲什么人破口大骂，只瞧见一副宽阔的后背。

“你在那里作甚!”狄公呵斥一声，待班头转身行礼，又道，“大年夜里，说话最好留神些!”

班头口中咕哝几句，似是有个穷小子竟敢大晚上贸然跑来县衙搅扰，又厌烦地说道:“那小兔崽子想叫我帮忙去找他娘哩！拿我当使唤丫头不成!”

“这个当然不会!”狄公冷冷说道，“不过究竟怎么回事?”说罢走到窗前，朝外打量。

街中有个瘦弱的小童蜷缩在墙下避风，月光正照在那张涕泪横流的小脸上。只听他哭叫道:“地上……地上到处都是！我滑了一跤，摔倒在上面……娘也不见了!”

说罢盯着两只小手，想要在单薄的夹袄上揩擦干净。狄公看见他手上有红印，连忙转身对班头命道："牵我的马来，再带两个人跟我出去！"

狄公走到外面，立即抱起小童放在自己的鞍上，然后缓缓踩镫上去，坐在小童身后，想起不久前自己还能跳上马背，面上不禁抽动一下，近来风湿症发作，颇为恼人，忽觉老迈疲惫，在兰坊已消磨了足足四年……狄公努力自持一下，对那抽抽噎噎的小童欣然说道："我们这就一起去找你娘！你爹是何人？家住哪里？"

"我爹姓王，是个小贩，"小童说着咽下泪水，"我家住在孔庙西边的第二条街上，离水门不远。"

"这事好办！"狄公说罢，小心地策马行走在雪地中，班头与两名衙役默默跟随。一股冷风吹下房檐上的积雪，雪片打在脸上，犹如针扎一般。狄公抹抹两眼，又问道："小鬼，你叫什么名字？"

"回老爷，我叫小宝。"小童颤声答道。

"小宝，好个名字！你爹如今在何处？"

"我不知道，老爷！"小宝郁郁说道，"爹回到家中，和娘大吵了一架。娘没预备好吃食，说家里连一根面条都没有了。后来……后来爹开始骂娘，大声说娘一下午都和开当铺的沈老头子在一起。娘开始哭起来，我就跑出门去，心想没准儿可以去菜店赊一包面条来，让爹转怒为喜。但是菜店里的人实在太多，我挤不进去，只好回家，谁知爹和娘全都不见了。满地是血，到处都是，我滑了一跤，还……”说罢哭出声来，瘦小的脊背不停抽动。

狄公搂紧小宝，二人默默前行。

夜幕中森然浮现出孔庙的高大门楼。狄公甩镫下马，将小宝抱下地来，对班头说道：“我们就快到了，把马匹留在这里，最好不要惊动他人。”

众人走入一条窄巷，两旁皆是摇摇晃晃的木头板房。小宝抬手指向一扇半开半掩的大门，窗纸后面透出昏暗的光亮，但是二楼却灯火通明，传出说笑声和唱曲声。

“谁住在楼上？”狄公在门口驻足问道。

“刘裁缝。”小宝说道，“今晚他家请了几个朋友来开宴席。”

“小宝，你告诉班头如何上楼。”狄公说罢，又对班头低声命道：“将这孩子托付给楼上的人家，再带那姓刘的下来回话。”

狄公走入房中，两名衙役跟在后面。

房内空旷冰冷，唯有一只破旧的木架上点着一盏油灯，烧得吱吱作响。地中央摆着一张粗糙的大木桌，桌上放着三只破陶碗，旁边还有一柄大菜刀，刀上沾有血迹，石板地上另有一大摊鲜血。

年长的衙役指着那把菜刀，说道："老爷，有人用那刀杀了人，手法好生利落！"

狄公点点头，伸出食指轻触刀上的血迹，发觉仍旧湿润，又迅速顾视左右。一片昏暗之中，只见后墙处摆着一张大床，上面悬有褪色的蓝布帘帐，左边靠墙处另有一张小床，未挂帷幔，显然是为小宝所设。墙面上光秃秃的，有几片草草刷过的痕迹。床榻边有一扇紧闭的小门，狄公走过去一看，却是通向一间小灶房，炉灰已经冰冷。

狄公转回房中。那年轻衙役冷笑一声，说道："老爷，这里可不会有盗贼光顾！小人听说过那姓王的小贩，穷得叮当响哩！"

"杀人定是出于一时激愤。"狄公简短说道，抬手一指掉在床边地上的一方丝帕，油灯闪烁不定的亮光正照在一个用金线绣成的"沈"字上，"小宝出去赊面条时，他爹发现了这方手巾，想必是他娘的相好留下的。他爹本已怒气冲冲，此事一出，更是火上浇油，于是提起菜刀杀了老婆。全是老一套的故事。"说罢耸耸肩头，又道，"他必是出去藏匿尸首了。那人是不是身强力壮?”

“回老爷，壮得跟牛一般!”年长衙役答道，“小人常在附近看见他，从早到晚走街串巷，总背着一只很重的箱子。”

狄公见门旁果然立着一只四方形大箱，上面蒙有油布，不禁缓缓点头。

这时班头推着一个男子进来，身材瘦高，似是酩酊大醉，行走时脚步踉跄，一双精明的小眼朝狄公投去迷蒙的一瞥。班头揪住那人的衣领，按着他跪倒在地。狄公将两手笼在阔袖中，简短说道:“此处发生了一桩人命案，说说你的所见所闻!”

“一定是那女人的错!”刘裁缝含混不清地说道，“整日里四处游荡，却从不拿正眼看过如我这般的正经人!”说罢打了一个酒嗝，“她嫌我跟她家老王一样穷哩！满心盘算着当铺沈掌柜的银子，好一个下作娼妇!”

“嘴巴放干净些！仔细回话!”狄公怒道，“这天花板只用几块薄板钉成，他们夫妻争吵时，定会被你听见!”

班头冲着刘裁缝的肋间踹了一脚，喝道:“还不快说!”

“回老爷话，小民什么也没听见!”刘裁缝吓得直叫起来，“楼上那群混账全都喝醉了酒，又唱又叫一刻不停!

我那蠢婆娘又打翻了碗，也是喝得太多，竟没法把东西擦洗干净。为了让她好好做活，我不得不摇晃了她半日工夫。”

“没人离开过屋子？”狄公问道。

“谁也没有！”刘裁缝咕哝道，“他们全都乐滋滋地看着李屠户如何杀猪！让谁去烤猪肉呢？自然是我了！他们只知道拼命喝我的酒，连炉子里的炭火都懒得去添！结果弄得屋里全是烟，我一打开窗子，正好看见那淫妇跑出门去！”

狄公扬起两道浓眉，思忖半晌，又问道：“她丈夫跟她一起出去了？”

“莫非她会想让丈夫跟着不成？”刘裁缝冷笑一声，“独个儿才更好哩！”

狄公迅速转身，弯腰细看地板，只见一片凌乱的血红足印中，有一对尖尖的小鞋印一直通到门口，连忙问道：“她朝哪个方向去了？”

“水门那边！”刘裁缝阴沉答道。

狄公裹紧身上的皮袍，对衙役命道：“将这厮带上二楼！”说罢朝门口走去，又对班头低声嘱道：“你就在这里等我。姓王的一回来，立即拿下！那当铺掌柜定是来这里取他的手巾，正撞上王家夫妻为此争吵，于是姓王的杀死了沈掌柜，其妻也跑出家门。”

狄公出门后，踩着积雪走到邻街，登鞍上马，直朝水门方向疾驰而去。出了一条人命，已是一之为甚。

狄公行至通向谯楼的石阶前，跳下马来，急急奔上陡峭的台阶。落雪结冰之后，地面颇为湿滑。在谯楼顶层，果然有个女人立在雉堞的尽头，裹紧身上的衣袍，正低头俯瞰下面的护城河水。

狄公奔上前去，抓住那女人的手臂，肃然说道：“王太太不可如此！即使你自寻短见，也无法令死者复生！”

王氏退后几步，背靠雉堞，惊恐地看着狄公，吓得口唇半张，虽然面色憔悴，看去仍是端庄清秀。只见她迟疑地开口说道：“你定是官府里的人！如此说来，他们已然知晓我那可怜的丈夫杀了人！全都是我的过错！”说罢放声痛哭起来。

“被杀的正是开当铺的沈掌柜?”狄公问道。

王氏凄然点头，又哭诉道：“我真是个傻瓜！我可以对天发誓，与那沈掌柜从没半点瓜葛，只是想稍稍戏弄我丈夫一下……”说到此处，抬手撩开额前的一绺湿发：“沈掌柜从我这里订了一套绣花手帕，想要过年时送给他家小妾。我没告诉丈夫这事，打算收到工钱后让他惊喜一下。今天晚上，我丈夫发现了尚未完工的最后一块手帕，就跑去灶房拿菜刀，叫嚷着要宰了我和沈掌柜。我跑出家门，想去邻街找我姐姐，她家却大门紧闭。等我再回家时，已不见了丈夫的人影，满地……都是血。”抬手捂住脸面，又抽泣说道：“沈掌柜……他定是前来取货时……被我丈夫给杀了。全都是我的过错，这叫我如何活得下去……”

“切记你还有个儿子需要照料。”狄公说罢，牢牢抓住王氏的胳膊，拽着她一路下楼。

二人回到王家，狄公命班头带着王氏上楼去，待班头事毕后，又道：“我们全都在门旁靠墙站定，只需等着凶手回来。老王在此处杀了沈掌柜，然后出去藏尸，本打算回来清理血迹，不料其子带我们来到这里，就此露出了马脚。”过了半晌，又叹息说道：“我很为那孩子难过，好生惹人怜爱！”

四人在大门左右分别立定，狄公站在大箱旁边。楼上有人正大声叫嚷。

房门忽然开启，进来一个膀大腰圆的汉子。众衙役跳上前去，那人还没回过神来，便已是锁链加身，又被强按着跪在地上。从他的衣袖中掉出一个油纸包，散落了一地面条。衙役飞起一脚，将纸包踢到墙角里。

楼上有人正在起舞，薄薄的天花板被踩得弯曲，不停嘎吱作响。

“别白白糟蹋吃食!”狄公怒喝道,“捡起来!”

那衙役遭此训斥，连忙捡起面条放在桌上，口中咕哝道:“这已经没法下肚，从楼上落下不少灰尘，都给弄脏了。”

班头已盯着老王打量半日，此时大声叫道:“老爷，这歹人的右手上有血迹!”

老王双目圆睁，定定看着面前地上的鲜血，口唇翕动半日，却没能发出声音，这时抬头对狄公说道:“我老婆在哪里？她出了何事?”

狄公坐在大箱上，将两手笼在阔袖中，冷冷说道:“此时此处，唯有本县才能发问！从实招来……”

“我老婆在哪里?”老王狂叫一声，挣扎着想要起身，班头扬起手中的鞭柄，冲他头上猛击一下。只见他摇摇脑袋，嗫嚅说道:“我老婆……还有儿子……”

“快说！今晚这里出了何事?”狄公问道。

“今晚……”老王愣愣吐出半句，又迟疑起来，没了下文。

班头上前踹了他一脚，吼道:“从实招来!”

老王皱皱眉头，又看了一眼地上的血迹，终于开口说道："今天晚上，我正往家走时，卖菜的小贩告诉我说开当铺的沈掌柜来过。我进门一看，家里没有吃的，连大年夜的面条都没有。我对老婆说我不要她了，让她只管去找那姓沈的，留在沈家便是，街坊邻里全都知道我出门时他来找过我老婆。我老婆却一言不发。过后我看见床上有块手巾，就奔去灶房找菜刀，想先杀了老婆，再去结果那姓沈的。等我提了菜刀出来，老婆已跑得不见了人影。我抓起那手巾，想要扔在姓沈的脸上，然后再给他一刀，不料手巾上还插着一根针，把我的手给划破了。"

老王略停片刻，咬咬嘴唇，喉头吞咽一下，接着叙道："我这才明白自己犯了傻。沈掌柜并没把手巾落在这里，他是跟我老婆订的针线活计，还没完工……我跑出去找老婆，先去她姐姐家，见那里没人，又跑到沈家当铺，想要当了我的外褂，好给老婆买一件像样的东西。不料沈掌柜说欠我一贯钱，原是跟我老婆订做二十幅手帕的工钱，今日午后去我家取货时，最后一幅还没完工，不过他家小妾拿到另外那些手帕，十分欢喜，再说又是除夕夜，怎么也应该付钱给我。我买了一包面条，又给老婆买了一朵头花，然后回来。"说罢两眼直盯着狄公，大声叫道："告诉我，我老婆到底出了什么事？她人在哪里？"

班头哈哈大笑，出声说道：“这歹人连扯谎也不会！只想拖延工夫哩！”说着举起鞭柄，冲狄公问道：“老爷，要不要小人打下他几颗牙齿来，好让他赶紧实话实说？”

狄公摇一摇头，缓捋长髯，定定注视着老王那张憔悴的脸面，对班头命道：“搜搜他身上是不是真揣着头花！”

班头探手伸入老王的前襟，果然摸出一朵纸做的红花来，呈给狄公看过，随后不屑地抛在地上，抬脚一碾。

狄公起身走到床边，捡起那幅手帕仔细看过，又走到桌旁站立半晌，低头打量油纸上弄污的面条，屋内只闻得老王沉重的喘息声。

楼上忽然一阵骚动，狄公抬头看看天花板，对班头命道：“将那二人带下来！”

老王一见妻儿，惊讶地合不拢嘴，出声叫道：“老天有眼，你们都平安无事！”正想跳起来，众衙役用力按着他重又跪在地上。

王氏奔到老王身前，对面跪下，哭诉道：“饶过我这一遭吧！我真傻，只想戏弄你一下！我都干了什么，干了什么啊！如今你已是……他们会把你带走，然后再……”

“你二人都起来！”狄公厉声喝道，又抬手断然示意一下，两名衙役这才放开老王的肩头。

除夕夜全家喜团圆

"将铁链解下!"狄公命道。班头目瞪口呆地依命行事时,狄公对老王说道:"今晚你一时妒火中烧,差点丢了老婆。多亏这孩子及时跑来县衙报官,才免得酿出惨事来。你也算是得个教训——对你们夫妻二人都一样。除夕本是除旧迎新之日,理应回首往昔,并在心中铭记天恩,万不可将那些天赐的好处视为理所当然,任意挥霍不知感激。你二人不但彼此有情,且又正当壮年,还生得一个好儿子,这已是莫大的福分了!不妨在今日许个愿,往后定会一力向善,是以不负天恩祖德!"又拍拍小宝的头,说道:"你且记着,本县命你给这孩子改名叫作大宝,不是小宝贝,而是大宝贝!"说罢对其他三人示意一下,出门而去。

"可是……老爷,那杀人案……"王氏吞吐说道。

狄公在门旁止步,惨然一笑说道:"根本不曾出过什么杀人案。楼上的刘裁缝家杀猪,刘氏打翻了一碗猪血。她当时多喝了几杯,没能立时擦洗干净,猪血便从天花板的缝隙间流下来,滴到这屋里的桌上和地上。再会了!"

王氏掩口惊叫了一声。老王冲她嘿嘿傻笑一下,弯腰捡起地上那红花,笨手笨脚地抚弄平整,走上前去,插在王氏的发间。小宝抬头看着爹娘,圆圆的小脸上绽出笑容。

班头将狄公的坐骑牵到门前，狄公跳上马背，忽觉四体轻捷，风湿症似已消失不见。

此时传来打更的梆子声，昭示午夜降临，集市中开始燃放爆竹。狄公正要催动马匹，又转头大声说道：“恭贺新禧！”不知门内的一家三口可否听见，然而已是无关紧要了。

后　记

狄公在历史上确有其人，本名为狄仁杰，生于630年，卒于700年，在其仕途生涯的后半期，曾经官居宰相，对于唐代的内政外交均有过良好影响。

然而，他之所以能够名垂千古，却是由于担任地方县令时赢得了断案如神的名声。时至今日，中国人仍将他视为探案行家，类似歇洛克·福尔摩斯在西方人心目中的地位一样崇高。

本书中的故事全是虚构而成，不过笔者仍从中国古代公案小说中借鉴了一些内容，尤其是作于十三世纪的《棠阴比事》，笔者曾在十年前将此书译成英文。《莲池案》的最后部分借鉴了此书中的《蒋常觇妪》[1]《思彦集儿》[2]两则。《太子棺》中的称量石棺一节，则出自《孙宝称馓》的附注[3]。

《五祥云》中的香篆图，来自收录香篆图案、出版于1878年的《香印图考》[4]。《迷宫案》中的迷宫图亦是出自此书。

请注意中国的人名是姓在前、名在后。在狄公生活的年代里，中国人不留辮子，这是1644年满族人入主中原后强加给汉人的习俗。男子将长发盘成顶髻，无论在室内室外都要戴帽子，并且从不吸烟，在几个世纪之后，烟草和鸦片方才传入中国。

高罗佩

1967年，日本

❶ 四部丛刊续编本《棠阴比事》，商务印书馆，上海，1934年8月。原文如下：唐板桥店主张逖，妻归宁，有王卫、杨正等投店宿，五更早发。夜有人以王卫刀杀逖，其刀仍入鞘中，正等不觉。至明，店人趁正等，援刀，血甚狼藉，收讯之，遂自诬服。上疑之，差蒋常覆推，到则悉追店人十五以上，既集，为人数不足，且放去，止留一妪，日晚放出，令典狱者密觇之，云：有人共语即记之。明日复尔，如是三日，并是此人，常乃追集男女三百余人，就中唤出与妪语者问之，具伏，乃是与逖妻有奸而杀之。

❷ 四部丛刊续编本《棠阴比事》，商务印书馆，上海，1934年8月。原文如下：唐韩思彦使并州，有贼杀人，主名不立，醉胡怀刀而污，讯掠已伏。思彦疑之，晨集童儿凡数百，暮乃出之，如是者三，因问：儿出亦有问之者乎？皆曰：有之。即物色其人而讯之，于是果获真盗。

❸ 此则即《曹冲称象》，见于《折狱龟鉴・证慝》之《孙宝》附注。原文如下：按魏太祖时，孙权致巨象，欲知其斤重，访之群下，莫能出其理。邓哀王冲方数岁，请致象大船之上，刻水痕所致，而称物以载之，校可知也。

❹ 根据宋希於《高罗佩的迷宫图・丁月湖的印香炉》一文，考证出此书实则名为《印香图稿》，清人丁月湖编，高罗佩先生藏有一册。此文见于《掌故》第一集，中华书局，2016年版。

狄公年表

（除狄公生辰与年表末尾所附的史录外，以下十四部长篇小说❶与八部短篇小说的内容纯属虚构。）

时间、地点、官职	篇名（注*者为短篇小说）	狄公及其家人、随从与多次出场的人物概述（所注页码皆出自伦敦初版）
630年，山西首府太原。		狄公出生，在家中启蒙受教，通过乡试。
650年，京城。		狄公之父升为朝廷尚书左丞，狄公任书记一职，娶一妻一妾，通过会试后，任秘阁校理。
663年，蓬莱县令。蓬莱位于中国东北海岸。	《黄金案》（伦敦，1959年）。县令被害案，新妇逃逸案，恶徒被杀案。	狄公首次统摄一方，洪亮随行，路遇马荣、乔泰。首次提及雨龙剑，乔泰预言自己将命丧此剑之下（见第31页）。第十五回中叙述曹小姐的不幸遭遇。
	*《五祥云》	狄公到达蓬莱七日之后，贺夫人突然身亡，是自尽还是被害？狄公独自勘破此案。
	*《公文案》	一月之后，一名军官被害，狄公勘破此案，由马荣、乔泰协助。孟把总首次出现。

❶ 高罗佩先生曾计划以《断案集》作为狄公案系列小说的收尾，故在书后附此年表。后来他改变计划，又写出《项链案》和《中秋案》，这两部作品自然不在此表中。

时间、地点、官职	篇名 （注*者为短篇小说）	狄公及其家人、随从与多次出场的人物概述 （所注页码皆出自伦敦初版）
	*《雨中客》	半年之后，一名当铺掌柜被杀，狄公独自勘破此案。再次提及孟把总。狄公决意娶曹小姐为第三房夫人。
	《漆屏案》（伦敦，1962年❶）。漆屏案，富商自尽案，伪账案。	狄公暂驻牟平，由乔泰协助办案。再次提及乔泰将命丧刀剑之下（见第140页）。
666年，汉源县令。汉源位于京城附近的湖滨地带。	《湖滨案》（伦敦，1960年）。舞姬溺水案，新妇失踪案，大臣挥霍家财案。	狄公与洪亮、马荣、乔泰协同办案。第四名亲随陶干首次出现（见第153页），富裕乡绅韩咏翰出现，并叙写汉源丐帮首领（见第118页）。
	《晨之猿》（出自《猴与虎》，伦敦，1965年）	一个游民被害，狄公与陶干勘破此案，陶干从此被狄公收为亲信。丐帮首领再次出现（见第31页），韩咏翰亦有提及（见第59页）。
	《朝云观》（伦敦，1961年❷）。住持升仙案，信女入教案，神秘道士案。	案件发生在汉源山上的一座古旧道观中，狄公与陶干协同办案。第12页中写到狄公对几位夫人的态度。
	*《莲池案》	一位年迈诗人被害，狄公与马荣勘破此案。
668年，蒲阳县令。蒲阳地属江苏，位于大运河边，丰饶富庶。	《铜钟案》（伦敦，1958年）。半月街奸杀案，佛寺淫僧案，钟下藏尸案。	狄公与洪亮、马荣、乔泰、陶干协同办案。丐帮军师盛八出现，第九回中金华骆县令出现。

❶ 此处应为1964年。

❷ 此处应为1963年。

续 表

时间、地点、官职	篇名（注*者为短篇小说）	狄公及其家人、随从与多次出场的人物概述（所注页码皆出自伦敦初版）
	*《两乞丐》	狄公与洪亮勘破此案，再度提及骆县令。
	*《夺命剑》	一个走江湖卖艺的少年被害，狄公与马荣、乔泰勘破此案。盛八再度出现。
	《红楼案》（伦敦，1964年）。花魁猝死案，状元殉情案，情杀旧案。	案件发生在乐园之中，狄公与马荣驻留两日。骆县令于第二回和第二十回中再度出现。
	《御珠案》（伦敦，1963年）。司鼓被害案，妾室被杀案，御珠失窃案。	一年一度的龙舟大赛上发生命案，狄公由洪亮协助办案。第八回中盛八再度出现，钟情于梁紫兰。
670年，兰坊县令。兰坊位于西部边陲地区。	《迷宫案》（伦敦，1952年❶）。密室杀人案，秘藏遗嘱案，无头女尸案。	第22页中叙述狄公为何会被突然迁至偏远边城。狄公与洪亮、马荣、乔泰、陶干合力平定当地叛乱，并勘破三桩疑案。回纥女子吐尔贝成为马荣的情人（见第173页）。叙述班头方铁匠的遭遇（见第35页），方铁匠之子成为衙役（见第289页）。
	《紫云寺》（伦敦，1966年）	狄公与洪亮、马荣勘破三桩合而为一的疑案，第40页中描写狄公的三位夫人，第104页中对三夫人（即原先的曹小姐）叙写更详。回纥女子吐尔贝再度出现（见第56页），再度提及方铁匠与其子（见第11、136页）。

❶ 此处应为1962年。

续　表

时间、地点、官职	篇名 （注*者为短篇小说）	狄公及其家人、随从与多次出场的人物概述 （所注页码皆出自伦敦初版）
	*《太子棺》	唐军与突厥人大战时，狄公被召往位于边境的大石口县，独自勘破了两桩疑案。
	*《除夕案》	狄公在兰坊任职四年后，独自破获了这桩极不寻常的案件。
676年，北州县令。北州位于北方荒凉边地。	《铁钉案》（伦敦，1961年）。无头女尸案，猫形拼图案，商贾被害案。	狄公赴任北州仅仅数月之后，便被擢升为京师大理寺卿。他在北州破获了几桩甚为残酷的命案，由四名亲随协助，洪亮在办案时遇害身亡。第116页中叙述狄公三位夫人的家世背景。第38页中郭夫人出现。
	《暮之虎》（出自《猴与虎》，伦敦，1965年）。	狄公离开北州前往京师，途中在一家荒僻的山庄里过夜，独自破获了一桩少女被害案。第91页中提及郭夫人与洪亮之死。
677年，京师大理寺卿	《柳园图》（伦敦，1965年）。柳园图案，失足坠楼案，奴婢被杀案。	狄公新任京师大理寺卿，马荣、乔泰成为禁军统领，陶干成为大理寺主簿。马荣娶袁氏孪生姐妹为妻。
681年❶，宰相。	《广州案》（伦敦，1966年）。朝臣失踪案，神秘舞姬案，金钟案。	狄公身为钦差大臣前往广州，由乔泰、陶干协助破获几桩疑案。乔泰殒身于雨龙剑下，陶干决意娶梁小姐为妻。第160页中提及郭夫人跳崖自尽的悲剧。

❶ 此篇人物表中作680年。

续 表

时间、地点、官职	篇名（注*者为短篇小说）	狄公及其家人、随从与多次出场的人物概述（所注页码皆出自伦敦初版）
史录：狄公卒于公元700年，享年七十岁，身后有两子狄光嗣、狄景晖，皆仕进有成，但无显名。其族孙狄兼谟继承了他的光辉人格与出众才智，官至东都留守卒。❶		

❶ 据《旧唐书》列传第三十九所载，"仁杰尝为魏州刺史，人吏为立生祠。及去职，其子景晖为魏州司功参军，颇贪暴，为人所恶，乃毁仁杰之祠。长子光嗣，圣历初为司府丞，则天令宰相各举尚书郎一人，仁杰乃荐光嗣。拜地官员外郎，莅事称职，则天喜而言曰：'祁奚内举，果得其人。'开元七年，自汴州刺史转扬州大都督府长史，坐赃贬歙州别驾卒。"另有一子狄光远，生平事迹不详。狄兼谟，新旧《唐书》载是其族曾孙，且"刚正有祖风"。

译后记

此书中的八篇小说，并非创作于同一时期。1958 年前后，高罗佩先生担任中东公使时，在黎巴嫩贝鲁特写出了《莲池案》《太子棺》《除夕案》，并在 1958 年将《除夕案》自费印刷了两百本，作为新年礼物赠送给友人，名为 *New Year's Eve in Lan-Fang*：*A Judge Dee Story*，英文本由贝鲁特的天主教印刷社（Imprimerie Catholique）出版，荷文本由荷兰范胡维出版社出版（W. van Hoeve Ltd.）。

1961 年，荷兰范胡维出版社出版了荷文本，名为《狄公六案》（*Zes Zaken voor Rechter Tie*），收入六个短篇，除了以上三篇之外，还包括《公文案》《两乞丐》《夺命剑》，并有前言后记。其中《莲池案》的插图有所不同（见下页）。

1967 年，此书的英文本由英国海涅曼出版社（William Heinemann Ltd.）出版，名为《断案集》（*Judge Dee at Work*），收入了全部八个短篇，并附有作品年表。

1969 年，范胡维出版社推出了另一种荷文本合集，

以《五祥云》(*Vijf Gelukbrengende Wolken*)作为书名，收入《五祥云》《雨中客》和《晨之猿》。此后出版的荷文本，一直沿用《狄公六案》与《五祥云》这两种结集体例。

《公文案》的英文篇名为“The Red Tape Murder”，其中的red tape，既可指缠在箭杆上的红丝，也可引申为官样文章与文牍主义，在此应有双关之意。高罗佩先生在写作时一向注重首尾呼应，此案起于遗失的公文，结尾处再度强调公文，可谓合情合理，而红丝只是在查案过程中出现的另一条辅助线索，故此译者选用“公文”而并非“红丝”作为篇名。后来经友人提醒查对荷文本，发现并无

"红丝"这一因素，而且篇名"Moord en Ambtelijke Haarkloverij"中的Ambtelijke Haarkloverij，意为繁缛公文，由此益证先前的推断无误。其中的人物施琅，猜测来自清朝同名将领。高罗佩先生在《迷宫案》后记中曾提及施公，而施琅正是清代小说《施公案》主人公施仕纶之父。

《莲池案》中的施明，猜测是来自《漆屏案》后记中提到的施明，出自《棠阴比事》之《陈具饮馔》。关于此篇借鉴的《蒋常觇妪》，高罗佩先生在译著《棠阴比事》英文本中的《蒋常觇妪》一则后作有注解，分析了此案的不合情理之处，并显然在借鉴时有所避免。试译该注解的全文如下：

> 蒋常在客店众人里没能发现疑犯，于是设法在全体村民中寻找凶手。为了诱使凶手自我暴露，在开堂之后，蒋常留下了一名原在店内的老妪，天黑之后才让她离去，心想由于她年事已高，且又在夜晚时分，更加容易隐蔽，凶手便会上前打听有关查案的消息。不过有一点并不清楚，即那名男子第三次与老妪搭话时，蒋常为何不命人拘捕他。另外，蒋常为何要召集全体村民，也是令人不解。唯一的解释似是为了证据确凿，以免被皇帝批评为故意构陷无辜之人。还需指出一点，《折狱龟鉴》的编者略去了村民共有三百人这

一节，并让蒋常在凶手第三次接近老妪时就捉住了他。

1943年9月，高罗佩先生在重庆与水世芳女士订婚后，曾在记事本中录有一首喜爱的日本和歌，《夺命剑》结尾处狄公的言辞似是来源于此。全文如下：

云彩消失时
不要以为
天已经亮了
因为天空里还有
黎明的月亮❶

关于《夺命剑》中提及的女伶生活，或可参见高罗佩先生的著作《中国古代房内考》第九章中关于元代艺妓的一段记述："这些戏中的女角多半是由妓女充任。所以从那时起，演戏也就成了艺妓和妓女日常训练的一部分。元代有一位只知其姓黄的学者写了一篇《青楼记》。该文描述了不下七十个艺妓的经历。她们当中有许多就是因为擅长唱歌和演戏而出名的。从《青楼记》的这些小传中可以看出，这些女子的一生是多么坎坷不平，它们反映了那个时代的动荡不安。有些歌女被富人买去做妾，然后又把

❶ ［荷兰］C. D. 巴克曼，［荷兰］H. 德弗里斯著，施辉业译：《大汉学家高罗佩传》，海南出版社，2011年，第105页。

她们推给另一个人的私人戏班，最后或者嫁给戏班班主，或者辗转重操旧业。另一些女子则成了道姑，在帝国的各大城市间流浪漂泊，一会儿当演员，一会儿当妓女，聊以为生，最后穷困潦倒，或被汉族官员，或被蒙族官员收为姬妾。书中也谈到男演员，他们职业低贱，收入菲薄，妻子和女儿常常不得不依靠卖淫来补贴家用。”❶

有一点需要特别说明，即英文本与荷文本之间存在的差异。荷文本《狄公六案》出版于1961年，时隔五六年之后，高罗佩先生在出版英文本时，对这六篇旧作做出了一些修改，在正文的脚注中均有说明。然而《五祥云》与《雨中客》两篇的情形正好相反，即英文本先出、荷文本后出，其荷文本定稿于何时虽然不得而知，但是出版日期确实晚于英文本，对比其中略有不同的细处，不难断定荷文本当是修改后的定本。正是因此，对于这两篇，译者经过考虑，最终选择在不同之处依荷文本并加注说明。特此感谢于鹏先生提供荷文本《狄公六案》与《五祥云》。

关于英、荷文本之间的差异，在此不妨赘述几句。作家修改旧作，总会令读者和研究者格外起兴，因为从中或可窥见作者在创作思路与手法上的变化发展轨迹。至少对

---

❶ [荷兰]高罗佩著，李零、郭晓惠、李晓晨、张进京译：《中国古代房内考》，商务印书馆，2007年，第243页。

于译者本人而言，这一发现确是一个绝大的惊喜。就目前所能搜求到的资料来看，以《御珠案》《猴与虎》《断案集》中的改动之处最多，究其根本，大致可分为两类状况。一是有关年代和日期，这些细节的修订，多是为了使小说内容与中国史实更为相合、更少出入，而且各书之间也可彼此照应、互为印证。比如《御珠案》中的几处重要修改（详见《御珠案》译后记），还有书中提到的五十多年前朝廷废止用活人祭祀的血腥风俗，在《雨中客》一篇中亦有提及；《暮之虎》中一百年改为五十年，其思路与修改《御珠案》应是一样，即为了将年份限于唐代以内，从而避免上溯至前朝。二是有关人物性格的刻画，显示出作者曾进行过重新构思，并做出了相应修改。比如《太子棺》中狄公与潘百长会面的内容，英、荷文本中的叙述大不相同，对比之下，明显可见荷文本过于简短粗略，且说服力不足，而后出的英文本则更加合乎情理，描摹得也更为细致。由于高公重在以形写神，因此这方面的修改，多是集中于人物的动作和语言上，以此来表现出不同的性格与心理。在《暮之虎》和《雨中客》中分别删去了关于凶手神态的描写，或可反映出作者尽量赋予人物更多的尊严感，并不赞成刻意丑化。《晨之猿》一篇略微特殊，作者曾做过整体性的调整，在故事情节、叙事顺序和人物设置上有多处增删改动，甚至因为文字内容的变动而改画了插图。凡此种种，足见高公在写作与出版上认真严谨、精益求精的态度。除此之外，还有涉及作者个人经历的改动，比如《太子棺》中的“他（桑参将）的手下军兵由高参将负责接管”，为何在六年之后要平白加入这么一句呢？窃以为此篇中的桑参将，其原型便是高公第一次赴日工作时的上司、荷兰驻日本公使帕布斯特将军，二人曾共事七年，相处得极不融洽。1958年，高公写作此篇的荷文本时，尚在黎巴嫩担任荷兰驻中东公使，而1967年英文本《断案集》出版时，高公已升任荷兰驻日本大使，所谓“负责接管”，也是其来有自，思之不禁令人莞尔。关于不同文本的对比工作，译者只是刚刚起步不久，以后还将继续深入下去，以便能为有兴趣的读者和研究者们提供更多相关信息。

《断案集》是“新系列”的最后一部作品。高公原将此书定为收山之作，并在书后附有作品年表。后来，在英国海涅曼出版社的要求下，他又写出了最后两部作品《项链案》《中秋案》。这两部小说与《暮之虎》一样，皆是狄公独自一人探案的故事。

张　凌

2019年9月

图书在版编目(CIP)数据

断案集/(荷)高罗佩(Robert van Gulik)著;
张凌译. —上海:上海译文出版社,2020.5(2024.2 重印)
(大唐狄公案)
书名原文:The Monkey and the Tiger · Judge Dee
at Work
ISBN 978-7-5327-8356-4

Ⅰ. ①断… Ⅱ. ①高… ②张… Ⅲ. ①侦探小说—荷
兰—现代 Ⅳ. ①I563.45

中国版本图书馆 CIP 数据核字(2020)第 056139 号

Robert van Gulik
The Monkey and the Tiger
根据 Charles Scribner's Sons 1965 年初版译出
Judge Dee at Work
根据 Charles Scribner's Sons 1967 年初版译出

断案集
[荷兰]高罗佩 著 张凌 译
责任编辑/顾真 装帧设计/张志全工作室

上海译文出版社有限公司出版、发行
网址:www.yiwen.com.cn
201101 上海市闵行区号景路 159 弄 B 座
苏州市越洋印刷有限公司印刷

开本 889×1194 1/32 印张 14.25 插页 4 字数 177,000
2020 年 6 月第 1 版 2024 年 2 月第 6 次印刷
印数:20,351—24,350 册

ISBN 978-7-5327-8356-4/I·5122
定价:56.00 元

青の炎